La magie de Noël

JANICE KAY JOHNSON

La magie de Noël

*éditions*Harlequin

Titre original : KIDS BY CHRISTMAS

Traduction française de ÉLISABETH BENARBANE

HARLEQUIN®
est une marque déposée par le Groupe Harlequin

PRÉLUD'®
est une marque déposée par Harlequin S.A.

Photos de couverture

Femme : © JOSE LUIS PELAEZ / CORBIS
Enfant : © PICTURE PRESS / STUDIO X

83/85 boulevard Vincent-Auriol 75646 PARIS CEDEX 13.
Service Lectrices — Tél. : 01 45 82 47 47

ISBN 978-2-2808-4817-6 — ISSN 1950-277X

Chapitre 1

Elle n'avait pourtant pas la moindre raison d'être déprimée. Ne venait-elle pas de passer son meilleur Thanksgiving depuis des lustres, en compagnie de sa sœur Carrie et de sa petite famille ? Si on lui avait dit, il y a un an, qu'une chance pareille l'attendait, elle ne l'aurait jamais cru. Non, vraiment, elle n'avait pas le droit de broyer du noir, pas maintenant, pas après ces retrouvailles aussi heureuses qu'inespérées !

Suzanne Chaumont gara sa voiture dans l'allée, coupa le moteur et serra les poings sur le volant, le regard dans le vide. C'était comme si, tout à coup, ses forces l'abandonnaient. Au point que l'idée même d'ouvrir la portière et de sortir ses courses du coffre l'épuisait d'avance. Que lui arrivait-il ? Ce genre de coups de blues n'était pourtant pas dans ses habitudes…

La faute au temps, sans doute. Depuis deux semaines, il n'en finissait plus de pleuvoir, une pluie glacée et insidieuse qui trempait vos vêtements en quelques minutes et colorait le ciel d'un gris délavé absolument uniforme, et parfaitement sinistre. Si elle avait vécu à Londres, ou bien à Amsterdam, elle aurait sans doute pris son mal en patience.

Mais ici, à Edmond, dans cette région du Pacifique Nord, personne n'était programmé pour supporter un tel climat. C'était génétique, il n'y avait rien à faire ! De toute façon, cette période de l'année lui sapait toujours plus ou moins le moral. Il faisait nuit quand elle partait travailler, nuit encore quand elle rentrait chez elle, elle avait l'impression de ne jamais voir la lumière du jour. Pas étonnant que certains animaux aient opté pour l'hibernation ! Il n'y avait sans doute rien de mieux à faire que d'attendre le retour du printemps.

Seule consolation au tableau : Noël approchait. Et cette année, le moment s'annonçait magique. En effet, Suzanne s'apprêtait à passer les fêtes avec son frère et sa sœur, pour la première fois depuis une éternité. Pour la première fois depuis l'horrible accident de voiture qui les avait privés de leurs deux parents. Elle avait tout juste six ans alors, et, comme si un malheur ne suffisait pas, on l'avait séparée de ses deux cadets. Il lui avait fallu des années pour retrouver leur trace mais c'était chose faite maintenant, et elle sentait que sa vie, du même coup, allait enfin changer de cap. Suivre un cours plus heureux, en somme. D'ailleurs, sa sœur Carrie lui avait montré la voie en épousant le détective privé qu'elle avait engagé pour la retrouver. Quant à Gary, son frère, lui aussi était récemment tombé amoureux et il préparait activement son mariage.

Non, vraiment, elle avait mauvais jeu de faire la fine bouche alors même que son rêve de toujours se réalisait enfin. Bien sûr, elle n'avait pas de nouvelles de l'organisme d'adoption, mais sur ce point, on l'avait suffisamment mise en garde : la première qualité qu'on attendait d'elle, c'était la patience. Malgré tout, elle ne pouvait s'empêcher de pester contre la lenteur des procédures. Ce serait tellement formidable si on lui proposait un enfant avant Noël ! Ce moment est tellement magique pour un petit… Que rêver de mieux pour faire connaissance, pour s'apprivoiser l'un l'autre ? Enfin, elle avait conscience que l'adoption était une affaire sérieuse et complexe, et que ce genre de considérations ne pouvait à l'évidence pas être un critère pour l'organisme d'Etat auquel elle avait eu recours. Au fond, plus elle s'interrogeait sur sa situation, et moins elle trouvait de causes à son spleen soudain. Sur un plan personnel, elle était dans une phase… transitoire, mais en rien alarmante.

Quant à son boulot, tout se présentait pour le mieux. En fait, les affaires commençaient même à décoller. Ça faisait tout juste un an qu'elle avait ouvert en centre-ville sa boutique de laines et de tricot, et ça marchait on ne peut mieux. Elle n'y était pas allée à l'aveuglette, elle savait bien sûr, en créant son commerce, que la mode revenait et que de plus en plus de jeunes se tournaient vers ce passe-temps réservé autrefois aux grands-mères ; mais tout de même, ses résultats dépassaient toutes ses prévisions ! Il ne lui avait fallu que quelques mois pour se faire une clientèle de passionnées, à qui elle vendait du matériel et prodiguait ses conseils. Fini le temps des mamies tricotant des layettes au coin du feu ! Les femmes modernes — et même quelques hommes — déçues par le prêt-à-porter, attirées par les matières naturelles, ne dédaignaient pas de consacrer un peu de leur temps à la confection de vêtements originaux, dans des laines de qualité. Suzanne les aidait à choisir les couleurs, elle leur proposait des patrons de son invention, des motifs, bref, elle s'éclatait ! Pour elle, c'était un peu comme si elle avait réalisé son idéal : allier travail et plaisir. En surfant sur cette vague inattendue, elle assouvissait du même coup une vraie passion. Depuis deux semaines, la boutique ne désemplissait pas, cadeaux de Noël oblige, si bien qu'elle avait fait sa plus grosse recette depuis l'ouverture.

En somme, tout allait pour le mieux dans le meilleur des mondes et son vague à l'âme était totalement injustifié. D'accord, mais il n'empêche qu'elle se sentait vidée et qu'un nœud lui serrait l'estomac. Peut-être était-elle tout simplement crevée. A travailler six jours sur sept à la boutique, à consacrer son unique journée de repos à sa comptabilité, il n'y avait rien d'étonnant à ce qu'elle ait envie de jeter l'éponge. Lancer son entreprise n'est pas une chose facile et requiert un investissement de tous les instants. Mais c'était bien clair dans son esprit, dès qu'elle serait maman, elle lèverait un peu le pied. Quand l'organisme l'appellerait, elle prendrait immédiatement des dispositions. A supposer qu'ils appellent…

Elle sentit sa gorge se serrer davantage et poussa un soupir. O.K., inutile d'éluder la question, la perspective de l'adoption l'angoissait. Elle avait peur qu'on ne lui présente aucun enfant, elle avait peur de ne pas être à la hauteur, elle avait peur, point. Bon, se dit-elle en frappant du plat de la main contre le volant, ce n'était pas en restant là, dans la voiture, à spéculer dans le vague, qu'elle allait résoudre quoi que ce soit ! Au mieux risquait-elle d'attraper une pneumonie, voilà tout ! Elle prit son sac d'un geste nerveux et ouvrit la portière. Adopter un enfant, fonder une famille, évidemment elle en rêvait. Mais en était-elle seulement capable ? Peut-être gagnerait-elle, pour l'instant, à se fixer des buts plus modestes, plus à sa portée… Faire installer une porte de garage électrique, par exemple. Encore fallait-il au préalable qu'elle débarrasse la pièce du bazar qui y était entassé. C'était bien la peine d'avoir un garage si elle ne pouvait pas y entrer sa voiture ! Elle avait remisé là des vieux meubles, tout un tas d'objets dont elle ne se servait plus, des vêtements usés ou passés de mode, au point qu'il devenait difficile de se frayer un passage jusqu'à la maison. La moindre des choses quand on envisageait d'élever un enfant, c'était de savoir faire preuve d'un minimum de pragmatisme. Par exemple, si elle commençait par vendre tout ce fatras lors d'un vide-grenier ? Avec la recette, elle pourrait peut-être payer une partie de la porte automatique…

Elle alla jusqu'à son coffre, sans un regard, pour une fois, vers la maison de son voisin. D'habitude, elle jetait toujours un œil pour s'assurer qu'il n'était pas dehors. Non que Tom Stefanec soit du genre entreprenant, ni même inquisiteur, mais un je-ne-sais-quoi chez lui la mettait mal à l'aise. Aussi déployait-elle d'ordinaire différentes stratégies pour éviter de le croiser. Mais ce soir, elle avait l'esprit trop occupé à lutter contre un vilain cafard pour se soucier de son voisinage. Et puis avec ce froid, le jeune homme avait sans doute mieux à faire qu'à traîner dehors.

Le levier intérieur d'ouverture du coffre ne fonctionnait plus depuis bien longtemps, aussi se pencha-t-elle vers la serrure pour déverrouiller le battant avec sa clé de contact. Encore une chance que la vieille Ford, elle, roule toujours, songea-t-elle en hochant la tête. Il ne manquerait plus qu'elle la lâche... Comme d'habitude, ses sacs de courses s'étaient à moitié renversés dans la malle, et elle eut toutes les peines du monde à saisir un premier sac à peu près rempli.

— Un coup de main ?

Elle sursauta et se redressa si brusquement qu'oubliant le capot au-dessus de sa tête, elle manqua se fracasser le crâne ! Le choc, mat, violent, lui coupa un instant le souffle et elle crut qu'elle allait perdre l'équilibre. Quelle idiote ! marmonna-t-elle entre ses dents tout en se frottant le cuir chevelu. Quand donc cesserait-elle de jouer les miss Maladresse ? En l'occurrence, elle était bonne pour une sacrée bosse !

— Désolé, bafouilla Tom Stefanec visiblement confus. Je vous ai fait peur. Ça va ? Vous voulez que j'aille chercher de la glace ?

— Merci, c'est bon, répondit-elle en détournant les yeux.

L'impressionnante carrure de son voisin se découpait dans le contrejour créé par le lampadaire de la rue, et elle frissonna. Quant à son visage, martial, il semblait taillé dans le marbre. Des pommettes hautes, un nez qui avait probablement reçu un mauvais coup dans sa jeunesse, une mâchoire puissante et musculeuse, le regard glacial... Pas franchement engageant, se dit-elle en réprimant un tremblement.

— Je suis désolé, vraiment, répéta-t-il. J'aurais dû me douter que vous ne m'entendriez pas arriver. J'ai un paquet pour vous. Vous étiez absente, alors le facteur l'a déposé chez moi.

— Un paquet ?

Elle n'attendait rien, pourtant. Tom lui tendit une grande enveloppe de papier kraft, dont elle reconnut immédiatement l'expéditeur.

— Génial ! Ce doit être mon nouveau patron ! s'exclama-t-elle, ravie.

— On envoie les patrons par la Poste, à présent ? répliqua-t-il, hébété.

Elle le considéra un instant, dubitative, avant d'éclater de rire.

— En couture, oui ! Je dessine des modèles pour le crochet ou le tricot. Le dernier en date, qui doit se trouver dans ce paquet, est destiné aux enfants.

— Je vois. Eh bien, toutes mes félicitations pour cette nouvelle… création.

Il paraissait sincère et, malgré la fatigue, le mal de tête et la pluie qui recommençait à tomber, Suzanne parvint à lui rendre son sourire.

— Vous ne voulez vraiment pas que je vous aide à rentrer vos courses ? reprit-il.

Il n'y songeait pas ! Aucun risque qu'elle le laisse approcher ne serait-ce que du seuil de sa maison. Sa sœur était partie la veille au soir et elle n'avait pas encore eu le temps de faire le ménage.

Le voisin, elle le sentait, était du genre… maniaque. Et encore, le mot était faible. Obsessionnel-compulsif aurait été plus juste. Peut-être pas à enfermer, mais pas loin… Sans jamais être entrée chez lui, Suzanne aurait pu parier que le garage de cet homme resplendissait davantage que le plan de travail de sa propre cuisine ! Il n'y avait qu'à jeter un œil à son gazon pour s'en convaincre : pas une touffe plus haute que les autres, pas une mauvaise herbe. Les haies étaient taillées au cordeau, les massifs de fleurs plantés dans des cercles parfaits, rien n'était laissé au hasard, tout respirait l'ordre et la maîtrise. Et il ne s'agissait que du jardin ! Pas besoin d'être grand clerc pour savoir à quoi ressemblait son intérieur… Non seulement Suzanne n'avait rien d'une fée du logis, mais elle s'accommodait très bien du désordre. Disons que ça correspondait mieux à la vision qu'elle se faisait de l'existence. Pas de doute, Tom risquait l'infarctus s'il découvrait son bazar, et elle n'était pas du tout d'humeur à courir aux urgences ce soir !

— Non, merci, assura-t-elle en rassemblant ses sacs.

— Vous avez des nouvelles pour l'adoption ?

— Aucune, répondit-elle plus sèchement qu'elle ne l'aurait voulu.

Chaque matin, elle se réveillait avec l'espoir de recevoir un coup de fil dans la journée, chaque soir elle se couchait en se disant que peut-être ce serait pour le lendemain. Par-dessus tout, elle craignait que le départ de sa conseillère n'ait retardé la procédure. Rebecca Wilson avait demandé sa mutation à Santa Fe, au Nouveau-Mexique, et Suzanne pouvait difficilement le lui reprocher : celle-ci, en effet, s'apprêtait à épouser Gary, son frère. Si elle était heureuse d'accueillir la jeune femme dans la famille, elle aurait néanmoins préféré que Rebecca lui trouve un enfant à adopter avant de changer d'agence.

— Eh bien… bonne chance, alors, conclut Tom avant de disparaître dans l'obscurité.

Suzanne fit deux voyages pour rentrer la totalité de ses paquets. Voilà ce qu'il en coûtait de refuser l'aide qu'on lui offrait ! Tom Stefanec ne manquait pas de courtoisie, et pourtant, elle ne pouvait s'empêcher de le trouver étrange. Elle rangea les produits frais dans le réfrigérateur puis entreprit de déballer son paquet. Il contenait vingt photos de sa dernière création, un pull pour enfant aux couleurs chatoyantes, ainsi que la fiche technique correspondant au modèle. Non seulement son projet, une fois encore, avait reçu l'approbation du comité de rédaction du magazine et allait être publié le mois prochain, mais elle savait déjà qu'elle n'aurait aucun mal à le vendre à ses clientes. L'imprimeur avait fait du beau travail, tout le monde allait adorer.

Décidément, la période n'était guère favorable pour accueillir un enfant. Son entreprise avait bien démarré, mieux qu'elle ne l'avait pensé même, mais il n'était pas temps encore de relâcher la pression, bien au contraire. Si elle voulait que son commerce soit définitivement viable, elle allait devoir se donner à fond dans les prochains mois. Sans parler des questions financières. Dès qu'elle arrivait à dégager quelques bénéfices, c'était pour les investir dans la boutique, si bien qu'elle ne s'accordait qu'un maigre salaire. Aussi son projet aurait-il été irréalisable si elle avait demandé à adopter un nourrisson. Mais elle avait postulé pour un enfant déjà grand, un être qui ait réellement et immédiatement besoin d'elle tout en étant un minimum autonome. Un enfant qui puisse aller à l'école pendant qu'elle serait à la boutique. Et puis, si les nouveau-nés trouvaient sans mal un foyer, il n'en allait pas de même pour les orphelins de plus de quatre ans, nettement moins demandés. Ce qui lui laissait une chance supplémentaire de voir son dossier avancer rapidement. Quant à l'argent, elle se débrouillerait, tout comme n'importe quel parent isolé.

D'après Rebecca, les chances n'étaient pas minces de voir son rêve se réaliser pour Noël, mais on était déjà le 24 novembre, et pas la moindre nouvelle. Il fallait qu'elle soit patiente, se répéta-t-elle, et surtout qu'elle pense à autre chose. A force de spéculer, non seulement cette perspective l'obsédait, mais chaque jour qui passait lui semblait une éternité. Le téléphone finirait bien par sonner, forcément. Elle avait franchi toutes les étapes, obtenu l'agrément de l'organisme, le reste n'était qu'une question de temps. Quelque part, un enfant attendait de porter son nom. Un petit être que la vie avait malmené et qui devait craindre l'avenir qu'on lui destinait. Célibataire, Suzanne envisageait plus facilement d'élever une petite fille mais au fond, elle serait tout aussi heureuse d'avoir un garçon. De cela, le sort déciderait. Et en attendant, maman ou pas, elle avait bien l'intention de profiter des fêtes de Noël. La perspective d'un vrai réveillon avec Carrie et Gary, en famille, la remplissait de joie.

Au décès de leurs parents, Suzanne avait six ans, Gary trois, et Carrie n'était encore qu'un bébé. Si elle avait eu la chance d'aller vivre chez son oncle et sa tante, son frère et sa sœur, en revanche, avaient été séparés et adoptés chacun par une famille différente. Pour la première fois depuis vingt-cinq ans, la fratrie était réunie et elle se départait un peu du sentiment de vide, de manque dans lequel elle avait vécu jusque-là. Elle se souvenait encore des mots de sa mère. « C'est toi l'aînée, Suzanne. Tu dois t'occuper de ton petit frère et de ta petite sœur ». A l'époque, bien sûr, elle en aurait été bien incapable, mais la certitude d'avoir failli ne l'avait jamais quittée. Du jour au lendemain, elle avait perdu ses parents, entériné, impuissante, le départ de Carrie et de Gary avec la culpabilité de ne pouvoir s'y opposer.

Et puis à l'automne dernier, ce qu'elle n'osait plus espérer était arrivé. Les retrouvailles, le bonheur de former de nouveau une famille. Et une famille qui s'agrandissait. Pour Noël, il y aurait en effet du monde chez sa sœur, à Seattle. Le fils de son mari, né d'un premier mariage, ses beaux-parents et ses parents adoptifs seraient là, en plus de Gary et Suzanne.

Il lui suffisait d'imaginer la tablée du réveillon, le sapin illuminé entouré de cadeaux, pour avoir les larmes aux yeux. Bien sûr, elle n'avait pas fondé de foyer, elle arriverait en célibataire, et selon toute probabilité sans enfant. Mais sa vie prenait enfin un tour qui lui correspondait, enfin elle existait pour elle-même. Il lui avait fallu du cran pour quitter son travail et lancer sa propre entreprise, et elle commençait à récolter les fruits de ses efforts. Quant à se remarier, ça ne faisait pas partie de ses projets immédiats. En fait, après un mariage désastreux, elle n'était pas prête à remettre le couvert. Mais elle voulait des enfants, par-dessus tout. Alors l'idée d'adopter s'était peu à peu imposée, d'abord parce qu'elle sentait bien qu'elle ne s'engagerait pas de sitôt auprès d'un homme, mais aussi pour en finir avec sa vieille culpabilité, toute irrationnelle qu'elle soit. Là où elle avait été impuissante, vingt-cinq ans plus tôt, auprès de son frère et sa sœur, elle pouvait être utile aujourd'hui en accueillant auprès d'elle un orphelin, un enfant qui ait vraiment besoin d'elle. Elle le savait, elle sauterait sur la première proposition que lui ferait l'agence.

Mais ce soir encore, le répondeur n'avait enregistré aucun message. Noël approchait et la chambre au bout du couloir restait vide.

Elle s'apprêtait à sortir lorsque la sonnerie du téléphone retentit le lundi matin. Elle se figea sur le seuil, hésitant à répondre. Son sac en bandoulière, elle tenait son déjeuner dans une main et de l'autre un cabas avec deux ouvrages en cours, un pull pour le beau-fils de Carrie et un échantillon destiné à servir de modèle pour son cours de tout à l'heure, à la boutique. Vu l'heure qu'il était, l'appel émanait certainement d'une entreprise de télémarketing. A moins que Carrie ou Gary n'aient un problème… Elle repoussa la porte du pied et déposa son fardeau avant de décrocher.

— Allô ?

— Bonjour, répondit une voix féminine. Je souhaiterais parler à Suzanne Chaumont, s'il vous plaît.

— Oui, c'est moi.

— Ah ! Je suis vraiment contente de vous avoir. C'est moi qui ai repris les dossiers que Rebecca Wilson suivait.

Le cœur de Suzanne se mit à battre si fort qu'elle entendit

à peine ce que son interlocutrice lui disait. L'organisme d'adoption, enfin !

— Excusez-moi, coupa-t-elle lorsqu'elle eut recouvré ses esprits, je n'ai pas compris votre nom.

— Vu les circonstances, je ne peux pas vous en vouloir, assura l'employée. Melissa Stuart. Comme je vous le disais, je travaillais avec Rebecca. A son départ, elle m'a donc tout naturellement confié votre dossier plutôt qu'à sa remplaçante. Vous serez bientôt belles-sœurs, si j'ai bien compris ?

— Oui, en effet…

Suzanne s'efforçait de tempérer son impatience. Malgré l'aval de Rebecca, il n'était pas impossible que son ancienne collaboratrice ait décidé de la tester. Dans ce cas, virer à l'hystérie et se mettre à hurler « venez-en au fait ! » pouvait lui coûter cher.

— En venant visiter la maison pour accréditer ma demande, je suis sûre qu'elle n'imaginait pas une seconde qu'elle tomberait amoureuse de mon frère, se contenta-t-elle d'émettre prudemment.

— C'est une histoire assez inhabituelle, en effet. Mais pardonnez-moi, je m'égare. J'imagine que vous vous demandez la raison de mon appel.

Perspicace !

— Rebecca a spécifié dans votre dossier que vous seriez susceptible d'accueillir une fratrie. Il se trouve que j'ai là un frère et une sœur qu'il est impossible de séparer. Si vous le voulez bien, j'aimerais que nous en discutions. Pouvez-vous vous libérer ?

— Je… Quel âge ont-ils ? balbutia Suzanne, sous le choc.

— La petite fille a dix ans et son frère sept.

Deux enfants… Mon Dieu ! Accepteraient-ils de partager la même chambre ? La préadolescente risquait de mal supporter la cohabitation avec son petit frère. Même si la situation était provisoire. Suzanne prit une profonde inspiration et s'efforça au calme. Inutile de brûler les étapes. Elle ne savait rien de ces enfants. Qu'était-il arrivé à leurs parents ? N'étaient-ils pas affreusement traumatisés ? Et puis, serait-elle à la hauteur ? Compte tenu des heures qu'elle passait à la boutique, pourrait-elle prendre soin de deux enfants ?

— Quand pouvons-nous en parler ?

— Le plus tôt sera le mieux. Je suis disponible à 15 heures aujourd'hui ou bien… à 11 heures demain ?

Elle n'arriverait jamais à tenir jusqu'au lendemain. Le cours des débutants finissait à 14 h 50, il suffisait que quelqu'un la remplace à la boutique, le temps du rendez-vous.

— Je peux être à l'agence à 15 h 15, ça irait ?

— Parfait ! Je compte sur vous ?

— Absolument.

Après avoir raccroché, elle resta longtemps immobile, les yeux rivés sur le téléphone, incapable de réaliser ce qui lui arrivait. Deux enfants… Cela ne correspondait pas du tout à ce qu'elle avait imaginé. Les soirées sur le canapé, une petite fille sur les genoux à qui elle faisait la lecture, un petit vélo dans le garage, des cours de tricot, la complicité se créant peu à peu entre la mère et la fille… La proposition de Melissa Stuart l'obligeait à revoir ses plans. Le tricot n'intéresserait jamais un garçon de sept ans. Il lui faudrait jongler avec deux activités, assister à deux réunions parents-profs, acheter deux vélos, se battre doublement à l'heure du coucher, vérifier les devoirs de chacun… Sans parler du budget qu'elle avait prévu et qu'il faudrait quasiment doubler. L'angoisse ! Et si les enfants ne l'aimaient pas ? Forcément unis par un lien indéfectible, ils auraient par conséquent moins besoin d'elle.

Minute ! Elle ne s'était encore engagée à rien, sinon à discuter avec Mme Stuart. Si ça se trouvait, l'une comme l'autre tomberaient d'accord pour dire qu'elle n'était pas la mère qu'il fallait à ces petits. Un peu honteuse d'avoir trouvé là un alibi pour se défiler, elle rassembla ses affaires et sortit. Elle s'était faite de l'adoption une idée idyllique mais la réalité lui présentait un tout autre visage. Le sort de deux enfants, déjà grands, sans doute traumatisés par leur histoire, dépendait de la décision qu'elle allait prendre. Un vent de panique s'empara d'elle, des émotions contraires la submergèrent. Le désir d'accueillir ces enfants, la peur de ne pas s'en sortir, de voir ses rêves s'effondrer… Sans doute était-ce une réaction normale avant de faire le grand saut. Il fallait qu'elle joigne Rebecca, elle seule saurait la guider.

Elle arriva à la boutique avec dix minutes de retard mais par chance, aucune cliente n'attendait, le nez collé à la vitrine. D'habitude, la première heure était plutôt calme. Elle avait même pris la décision, dès qu'elle aurait un enfant, de changer ses horaires de travail. Pour l'instant, elle pouvait se permettre d'être là de 9 à 18 heures, mais bientôt il suffirait qu'elle arrive à 10 heures pour repartir à 17. Et puis, en plus du dimanche, elle pensait fermer le lundi.

Deux femmes entrèrent, firent un tour rapide de la boutique et sortirent sans avoir rien acheté mais avec le calendrier des cours que Suzanne dispensait. Peut-être de futures clientes, songea-t-elle avec optimisme, qui parleraient de leur trouvaille à des amies, et ainsi de suite.

De nouveau seule, elle décrocha le téléphone et composa le numéro de Gary à Santa Fe. C'est Rebecca qui décrocha.

— Ah ! Suzanne ! s'exclama cette dernière, visiblement ravie. Figure-toi que j'allais t'appeler pour savoir si tu avais eu des nouvelles de Melissa.

— Ce matin, justement, répondit Suzanne avant de lui détailler leur conversation téléphonique. Je dois la rencontrer cet après-midi mais je t'avoue que je suis pétrifiée. Je ne cesse de me demander s'il est bien raisonnable d'adopter, et puis je m'en veux de douter et…

Rebecca éclata de rire.

— Tu as la trouille, c'est bien normal, assura-t-elle. Je connais le dossier des deux enfants qu'elle te propose. Adopter un nouveau-né est nettement moins stressant et pourtant, tu peux me croire, les couples qui viennent voir le bébé qui leur est destiné sont aussi terrifiés qu'émus. Ils se posent dix mille questions. « Et si le bébé pleure », « et si le courant ne passe pas », « et s'ils ne ressentent pas pour lui un amour immédiat ? » Et si, et si, et si…

— Seigneur ! Je n'avais pas pensé à ça. J'avais envisagé qu'ils ne m'aiment pas, mais tu as raison, l'inverse est aussi possible…

— Il faut parfois un peu de temps, expliqua Rebecca avec pragmatisme. C'est comme les mariages arrangés. Au temps de nos grands-parents, la pratique était courante. Souvent, c'est la vie commune qui créait un lien qui n'existait pas à l'origine. N'empêche qu'au moment de dire *oui*, les futurs époux n'en menaient pas large. Et puis, n'oublie pas que l'adoption ne sera effective qu'après un temps d'adaptation. S'il s'avérait que ça ne marche pas, soit d'un côté soit de l'autre, c'est que l'organisme se sera trompé. Pour les enfants comme pour toi, il faudra alors envisager les choses autrement.

— Que Melissa va-t-elle penser de moi si je décide de ne pas les garder?

— Elle pensera tout simplement que vous n'étiez pas faits pour vous entendre et elle reverra ses critères de sélection, c'est tout. On a l'habitude, ne t'inquiète pas.

— Tu me rassures un peu. Ce matin, en apprenant la nouvelle, j'ai d'abord été folle de joie et puis, juste après, j'ai ressenti un immense sentiment de panique. J'ai eu beau essayer de me persuader que c'était une réaction normale, j'avais honte d'hésiter, si près du but.

— Cesse de t'angoisser, sois toi-même et tout ira bien. Tu m'appelles quand tu auras vu Melissa? Ah, et dis-moi, j'allais oublier une nouvelle de taille. Gary et moi pensons nous marier la première semaine de janvier.

— Mais c'est génial! Où aura lieu la fête, vous avez déjà tout organisé?

Quatre clientes entrèrent en bavardant joyeusement. Suzanne leur sourit avant de reprendre.

— Excuse-moi, Rebecca, j'ai du monde. Je te rappelle ce soir ?

— Tu as intérêt !

— Il est génial, ce pull ! s'exclamait l'une des jeunes femmes.

Suzanne raccrocha et rejoignit les amies, groupées devant un mannequin qui portait un pull de sa confection. Un angora bleu électrique, censé attirer une clientèle jeune. Et c'était réussi, les nouvelles arrivantes avaient vingt-cinq ans tout au plus.

— Bonjour, dit-elle avec un sourire. Vous tricotez ?

Deux d'entre elles n'avaient jamais touché une aiguille de leur vie. Elle réussit à en convaincre une de s'inscrire au cours pour débutantes, puis aida l'autre à choisir une laine d'alpaga rouge pour une écharpe. Cette première vente de la journée la détendit un peu, la détournant de ses pensées du moment. Elle appela Rose, sa plus fidèle cliente, qui la remplaçait au pied levé chaque fois qu'elle en avait besoin. La vieille dame, en plus d'être une tricoteuse hors pair, avait du temps libre et acceptait volontiers le petit revenu que lui rapportaient quelques heures, parfois une journée entière, à la boutique. Elle promit à Suzanne qu'elle serait là à 14 h 45 et ferait même la fermeture, si besoin était.

Le cours de l'après-midi, ouvert depuis quatre semaines seulement, affichait complet. La plupart des membres du groupe travaillaient à tricoter un cadeau pour un membre de leur famille. Echarpes, chaussons et bonnets pour nouveau-né, pull pour les plus avancées, Noël inspirait chacune, avec plus ou moins de réussite. Une des élèves, qui perdait au minimum une maille à chaque rang, ne se lassait pas de plaisanter au sujet du nom de la boutique, *Maille à l'envers*, d'après elle seul responsable de ses maladresses. Suzanne s'amusait beaucoup, l'aidait à défaire le rang pour le recommencer, jetant régulièrement un regard vers la pendule. Rose arriva avant la fin du cours et à 14 h 50 précises, elle se leva.

— Prenez votre temps, annonça-t-elle en enfilant son manteau. Je dois m'éclipser, j'ai un rendez-vous, mais Rose vous donnera tous les conseils dont vous avez besoin.

Elle remercia chaleureusement la vieille dame qui, au fil des mois, était devenue une véritable amie, puis se pressa vers Lynnwood, l'estomac noué.

Melissa Stuart vint l'accueillir à la réception dès que son arrivée fut annoncée. C'était une cinquantenaire avenante, aux formes généreuses, dont le sourire mettait instantanément à l'aise.

— Ravie de vous rencontrer, dit-elle en lui serrant la main. Avez-vous des nouvelles de Rebecca ?

— Oui, elle va très bien. Gary et elle prévoient de se marier juste après les vacances de Noël.

— Ces deux-là ne perdent pas de temps, et ils ont bien raison.

— Un véritable coup de foudre !

— Voulez-vous me suivre dans mon bureau ? suggéra Melissa en acquiesçant. Nous serons plus à l'aise pour discuter.

La petite pièce aux murs blancs était décorée de dizaines de dessins d'enfants, et un unique dossier trônait sur le bureau. Suzanne s'assit, le cœur battant, incapable de quitter des yeux les pages qui, peut-être, allaient radicalement changer sa vie.

— Inutile de vous faire attendre plus longtemps, vous devez mourir d'impatience d'en apprendre un peu plus sur Sophia et Jack, commença Melissa. Comme je vous l'ai dit au téléphone ce matin, Jack a sept ans et Sophia dix, bientôt onze, en fait. C'est une fillette très éveillée, brillante, dont les résultats scolaires ont été remarquables jusqu'à l'année dernière, où elle a commencé à devenir un peu turbulente. Son frère est un matheux qui a quelques soucis avec la lecture. Sa dernière institutrice pense que c'est une conséquence de l'épreuve qu'il a lui aussi traversée l'an passé.

— Que leur est-il arrivé ?

— Leur mère est décédée. La pauvre femme souffrait d'une sclérose et, n'ayant pas de mutuelle, elle n'était pas vraiment suivie médicalement. Elle a élevé seule ses deux enfants, et puis elle s'est retrouvée sans travail, sans logement, obligée d'aller de foyers en chambres d'hôtels. Ces deux dernières années ont donc été très déstabilisantes pour les petits. D'un côté, ils sont plus matures que la moyenne, Sophia, en particulier, qui s'est beaucoup occupée de sa mère. En revanche, ils ont du mal à s'adapter au système scolaire, ou même à une vie de famille dite normale. En deux ans, ils ont changé cinq fois d'école, une situation qui ne leur a pas permis de se faire des amis, de vivre comme n'importe quel enfant de leur âge.

— C'est terrible…

— C'est Sophia qui a appelé les secours lorsque, en rentrant de l'école, elle a retrouvé sa mère mourante.

— Quand est-ce arrivé ?

— Début septembre. Les enfants ont alors été placés en famille d'accueil et bien sûr, ils ont de nouveau changé d'établissement scolaire. Et fin octobre, nous avons dû leur trouver une nouvelle famille d'accueil.

— Et leur père ?

— Il s'est envolé quand Jack était bébé. Il semblerait qu'il passe son temps à déménager pour éviter de payer la pension alimentaire. Nous l'avons tout de même localisé. Quand nous lui avons appris la mort de son ex-femme, il s'est uniquement inquiété de ne pas se retrouver avec les enfants sur les bras.

— Mon Dieu !

— C'est avec joie que nous avons fait en sorte qu'il soit déchu de ses droits parentaux, croyez-moi, continua Melissa. Notre objectif était de permettre aux enfants d'être adoptés le plus rapidement possible. Trop souvent, les orphelins sont trimballés d'une famille d'accueil à une autre tandis qu'on règle d'interminables problèmes administratifs. Pour Sophia et Jack, au moins, c'est fait.

Suzanne savait de quoi Melissa parlait. Gary, avant d'être adopté, avait passé deux ans en famille d'accueil. Elle acquiesça d'un signe de tête, invitant l'assistante sociale à continuer.

— Sophia est une fillette très protectrice à l'égard de son petit frère, et elle est capable de grosses crises de colère. Quant à Jack, il manifeste son traumatisme par un comportement régressif, en mouillant son lit, par exemple.

A mesure que Melissa lui parlait des enfants, Suzanne abandonnait les idées idylliques qu'elle s'était faites concernant l'adoption. La réalité se révélait beaucoup plus problématique qu'elle ne l'avait envisagée.

— Bien entendu, reprit Melissa, il est hors de question de séparer la fratrie.

Suzanne était la première convaincue à ce sujet. Son frère et sa sœur étaient assez petits pour avoir oublié son existence, après leur séparation. Elle seule avait gardé, année après année, le souvenir d'eux, intact.

— Je sais que Sophia et Jack ne sont pas précisément ce que vous aviez en tête…

— Je l'ai dit à Rebecca, je n'avais pas vraiment d'idéal. D'une certaine façon, l'idée de chercher un enfant avec une liste précise de critères, comme on fait son marché, me répugne.

— C'est la bonne attitude, acquiesça Melissa en lui souriant chaleureusement.

— J'ai perdu mes parents à l'âge de six ans.

— Oui, je l'ai appris. Et je ne vous cache pas que c'est la raison pour laquelle j'ai pensé que, mieux que personne, vous vous entendriez avec Sophia et Jack. Voulez-vous voir leur photo ?

Suzanne retint son souffle tandis que l'assistante sociale ouvrait le dossier posé devant elle. Elle en sortit deux clichés et les posa sur le bureau. Deux visages aux yeux immenses, à la fois pleins d'espoirs et de méfiance. Les mains moites, le cœur battant, elle ne pouvait détacher son regard des portraits. Pas de doute, c'était un vrai coup de foudre !

— Quand puis-je les rencontrer ?

Chapitre 2

Fort heureusement, les enfants étaient prévenus de sa visite. Melissa Stuart connaissait parfaitement son travail, elle savait qu'avec Sophia et Jack, il aurait été malvenu de faire semblant. Avec les plus jeunes, on pouvait toujours présenter le parent potentiel comme un ami de la famille d'accueil, ou bien comme un membre de l'organisme. Mais ces enfants-là ne seraient jamais dupes. Pire, ils se sentiraient immédiatement trahis s'ils comprenaient qu'on essayait de les berner. Or le plus important, pour des êtres vulnérables et sans protection, c'était bien évidemment de garder leur confiance. Les choses s'étaient enchaînées très vite : deux jours seulement après le premier rendez-vous à son bureau, Melissa avait organisé cette rencontre.

A présent, les deux femmes venaient d'arriver devant une maison modeste. Melissa coupa le moteur de son véhicule et se tourna vers Suzanne, qui, depuis qu'elles avaient quitté le centre-ville, n'avait pas prononcé un mot.

— J'ai déjà présenté deux couples aux enfants. Dans les deux cas, ça n'a pas collé.

— Pourquoi ?

— Je pense que cela vient de Sophia. Elle aura bientôt

onze ans mais vous allez le constater par vous-même, elle est assez… précoce.

— Vous m'avez dit, en effet, qu'elle était plus mature que la moyenne.

— Pas seulement mentalement, physiquement aussi. Elle est très grande pour son âge, et déjà presque formée. Quant à ses choix vestimentaires, ils achèvent de brouiller les cartes. Cette petite a l'allure d'une adolescente de quatorze ou quinze ans.

— Si je comprends bien, les couples dont vous me parlez rêvaient d'une petite fille docile et malléable, et non d'une rebelle au look déjà affirmé. Ils ont dû tomber des nues.

— Exactement.

Suzanne aurait bien ajouté qu'elle trouvait ça dommage, et pas très intelligent de leur part, mais elle se souvint brusquement des critères qu'elle avait elle-même donnés à Rebecca en remplissant le formulaire : adopter un enfant suffisamment jeune pour avoir le temps de construire avec lui un rapport vrai et durable, en un mot, de devenir mère à part entière. Dans le cas de Sophia, les choses ne se présentaient pas vraiment sous cet angle. Elle pourrait s'investir autant qu'elle le voudrait, l'adolescente aurait tôt fait de quitter le foyer pour voler de ses propres ailes. Les quelques années qui leur seraient offertes lui permettraient-elles de transmettre à la petite les valeurs en lesquelles elle croyait, de partager avec elle des moments riches et instructifs ? Il y avait peu de chances. Si elle ne cautionnait pas le refus catégorique qu'avaient opposé les couples en question, elle comprenait aussi leurs réticences et n'était pas loin de les partager, en théorie du moins. Sophia, telle que Melissa venait de la lui décrire, ne collait pas vraiment à l'image qu'elle s'était forgée.

Cependant, depuis le début, elle s'était juré de rester ouverte, de ne pas avoir d'attentes trop arrêtées. Ce qui comptait avant tout, c'était que l'être qu'elle adopterait ait besoin d'elle, et qu'elle sache lui donner l'affection dont il avait besoin pour s'épanouir, voilà tout. A priori, ces deux petits n'avaient pas été épargnés par la vie, ils espéraient sans doute pouvoir poser leurs valises et connaître les joies communes à l'enfance. N'était-ce pas tout simplement ce qu'elle avait à cœur de leur apporter ?

Après avoir échangé un regard avec l'assistante sociale, Suzanne prit une profonde inspiration, descendit de voiture et la suivit vers la maison. Le rendez-vous avait été fixé à 16 heures, juste après l'école. D'après Melissa, c'était le meilleur moment pour rencontrer les enfants ; ils goûtaient, faisaient une pause et n'étaient pas sous pression. Evidemment, ça ne correspondait pas vraiment avec ses propres horaires, mais Suzanne n'avait pas imaginé une seconde repousser cette première — et cruciale — entrevue. Aussi, une fois de plus, avait-elle dû faire appel à Rose pour garder la boutique. La vieille dame adorait ça, certes, mais il faudrait tout de même qu'elle songe à la dédommager. « Et généreusement », se dit Suzanne en gravissant les deux marches du porche.

— La personne qui accueille les enfants a des soucis de santé, expliqua Melissa. Elle nous a donné jusqu'au premier janvier pour trouver un autre placement. J'avoue que ça ne m'enchante guère, ces enfants ont été déjà tellement ballottés… Je ne vous cache pas que j'aimerais leur éviter d'avoir à s'adapter à une nouvelle famille d'accueil tout aussi provisoire que les autres. Malgré tout, malgré cette échéance, il est crucial que vous vous sentiez entièrement libre et que vous preniez tout le temps dont vous aurez besoin pour les connaître mieux et mûrir votre choix. En revanche, si vous pensez que vous êtes prête à sauter le pas, il faudra me le dire au plus vite de manière à ce que j'accélère la procédure.

Suzanne sentit son estomac se nouer. Depuis des mois, elle attendait ce moment et pourtant là, à cette seconde précise, elle aurait tout donné pour se trouver à l'autre bout de la planète ! Elle fixait la porte d'entrée d'un œil vide, sentant ses forces, une à une, l'abandonner. La panique totale ! C'est qu'aussi, elle le pressentait bien, ce qui allait se jouer promettait de bouleverser sa vie entière. Jamais peut-être elle n'avait vécu instant aussi décisif. Et si les enfants lui étaient hostiles ? Ou même indifférents ? Et si elle ne les aimait pas ?

Elle était la troisième mère adoptive potentielle qu'ils voyaient défiler. De quoi être blasés ! Quel effet cela devait-il faire de se sentir inspectés comme des pommes sur un étal ? Les enfants, de manière générale, comprennent parfaitement ce que trament les adultes autour d'eux. Jack et Sophia avaient l'habitude d'être observés sous toutes les coutures jusqu'à ce qu'on discerne en eux le défaut fatal et rédhibitoire. Ils se prêtaient sans doute au jeu de bonne grâce, tout simplement parce qu'ils n'avaient pas d'autre choix. Suzanne réprima un tremblement. Considérer un enfant comme on choisit un vulgaire produit de consommation lui paraissait tout bonnement atroce. En même temps, Melissa avait raison : cette rencontre était déterminante et il s'agissait de ne pas s'engager à la légère, ni d'un côté, ni de l'autre. Aussi, et même si cela lui répugnait, elle se devait de garder la tête froide de manière à ne pas accepter une situation qui deviendrait rapidement ingérable.

La porte s'ouvrit enfin sur une femme à la mine joviale, qui les accueillit avec un franc sourire.

— Bonjour, Melissa, entrez ! Les enfants vous attendent. Vous devez être Suzanne Chaumont, je suppose ? Enchantée.

La bonne dame devait avoisiner les soixante-dix ans et souffrait d'un excès pondéral qui rendait difficile le moindre de ses mouvements. Rien d'étonnant à ce qu'elle ait demandé à être déchargée de la garde. Dans le salon, la télévision diffusait le dernier *talk-show* à la mode, le bruit assourdissant des applaudissements emplissant l'espace à intervalles réguliers.

— Les enfants ! héla la vieille dame en coupant le son. Melissa est arrivée !

Suzanne s'efforça au calme alors même que son cœur s'emballait. Cette fois, plus moyen de reculer. Après quelques secondes d'un silence presque intenable, une porte s'ouvrit au bout du couloir et un petit garçon apparut, tête baissée, poussé par sa grande sœur qui le tenait par les épaules. Jack et Sophia. Cette dernière ne tergiversa pas une seconde : ignorant totalement les deux autres adultes qui lui faisaient face, elle planta directement son regard dans celui de Suzanne, avec une intensité presque animale. De toute évidence, elle avait peur. Melissa n'avait pas menti tout à l'heure en brossant son portrait : cette petite n'avait effectivement rien d'une fillette de dix ans. La démarche féline, les lèvres ourlées, l'œil défiant et agressif, on sentait immédiatement en elle un caractère profondément indépendant et une maturité qui devait pour le moins rendre houleux ses rapports avec ses camarades de classe.

— Sophia, Jack, je vous présente Mlle Chaumont, annonça l'assistante sociale.

Suzanne esquissa un sourire d'encouragement tandis que le garçonnet levait vers elle des yeux timides, qu'il détourna d'ailleurs bien vite. Sophia, au contraire, soutint son regard.

— Bonjour, prononça la jeune femme en affectant la décontraction. Je suis heureuse de faire enfin votre connaissance. Melissa m'a beaucoup parlé de vous.

— Pourquoi vous n'avez pas des enfants à vous ? demanda abruptement Sophia.

L'insolence avec laquelle elle avait posé sa question, l'expression de défi qui se peignait sur ses lèvres, tout indiquait combien cette petite avait dû, année après année, revers après revers, se forger une carapace. A la voir ainsi campée, le regard brillant, on avait l'impression qu'une rage irrépressible bouillait en elle, prête à éclater à la première provocation, ou ce qu'elle considérerait comme tel.

— Sophia ! intervint sa tutrice. Ce n'est pas une chose à demander !

— Ça ne fait rien, je vais répondre, dit Suzanne. Mon mari et moi, nous voulions fonder une famille, mais ça n'a pas marché entre nous, et nous avons divorcé. Pour ma part, j'ai toujours voulu avoir des enfants, alors j'ai pris la décision d'en adopter.

— Et pourquoi nous ?

C'était comme si tout à coup le monde avait perdu toute consistance autour d'elle. Comme si tous ses repères avaient volé en éclats. Elle était seule, désarmée, tremblante, face à cette gamine aux cheveux noirs et au regard dur, dont les prunelles d'un bleu profond semblaient percer la moindre de ses pensées.

— Parce que Melissa m'a parlé de vous et que je crois que nous pouvons nous entendre. J'ai perdu mes deux parents lorsque j'avais six ans, ce qui fait que j'ai un peu l'impression de comprendre ce que vous traversez.

Le masque froid et indifférent qu'affichait la fillette parut se fissurer légèrement.

— Vous avez été adoptée, alors ?

— Pas vraiment, c'est mon oncle et ma tante qui m'ont recueillie. Avec les deux enfants qu'ils avaient déjà, ça n'a pas été facile pour eux. Disons que je n'étais pas prévue au programme comme on dit ! Mon frère et ma sœur, eux, ont été placés dans deux familles différentes.

L'enfant échangea un coup d'œil avec son frère, qui avait relevé la tête et considérait maintenant Suzanne avec intérêt. Ses yeux étaient d'un bleu plus pâle que ceux de sa sœur et ses cheveux plus clairs aussi ; on imaginait qu'après un été au soleil, Jack devait être tout blond !

— Vous ne les avez jamais revus ? continua Sophia.

— Je ne les ai retrouvés que cette année. J'avais engagé un détective privé et son enquête a porté ses fruits. Pour moi, c'est un vrai miracle. Un grand bonheur, surtout.

La petite hocha la tête et resta songeuse.

— Si nous nous asseyions ? suggéra Melissa. Je suis sûre que vous avez envie de faire plus ample connaissance.

Les deux enfants prirent place sur le canapé avec une docilité étonnante, Jack se blottissant contre sa sœur. Il était petit pour son âge et paraissait d'autant plus chétif qu'il faisait tout pour disparaître. Sophia, au contraire, imposait sa présence. D'abord par sa taille assez exceptionnelle pour son âge : dans un an tout au plus, elle aurait dépassé Suzanne. En les voyant tous les deux côte à côte, personne n'aurait pu imaginer qu'ils n'avaient que trois ans d'écart.

Suzanne s'installa dans le fauteuil qui leur faisait face tandis que Melissa échangeait quelques mots avec la maîtresse de maison.

— Je monte m'allonger un moment, annonça celle-ci. Appelez-moi quand vous voudrez vous en aller.

— Et si vous me parliez un peu de votre maman ? suggéra Suzanne.

Jack baissa les paupières et sembla enfouir sa tête dans ses épaules tandis que sa sœur, à l'inverse, se redressait.

— Elle était très malade, expliqua-t-elle. Elle ne pouvait pas marcher, et des fois elle… s'évanouissait. Enfin, je ne sais pas trop… Mais elle mettait du temps à se réveiller.

— Et avant de tomber malade ? Qu'est-ce que vous faisiez ensemble ? Des jeux, de la couture, du dessin ?

— Non, pas de couture. Je l'aidais à faire la cuisine, et on allait aussi à la bibliothèque.

— Et toi, Jack ? Tu jouais au football avec ta maman ? Elle te racontait des histoires ?

— Maman lisait tout le temps des livres, murmura l'enfant. Même encore pas longtemps avant de…

Il s'interrompit brusquement et fixa ses chaussures. « Avant de ne plus se réveiller », termina Suzanne pour elle-même. Pouvait-on seulement imaginer ce que ces enfants avaient enduré ?

— Tout ça n'est pas facile pour vous, soupira-t-elle. Vous retrouver sans votre maman, et puis devoir rencontrer des gens nouveaux tout le temps. Je ne sais pas pour vous mais moi, je vous avoue que j'ai un peu peur.

— De quoi ? s'étonna Sophia.

— Eh bien… Tu comprends, je voudrais bien faire, ne pas décevoir votre confiance. Adopter des enfants, c'est un vrai engagement, et je n'ai encore jamais été mère. En plus, je ne me souviens pas bien de la mienne, en tout cas pas aussi clairement que je l'aurais voulu, ce qui fait que je n'ai pas vraiment de modèle. En fait, je ne sais pas si je serai à la hauteur. Je n'ai aucune expérience.

— Ça veut dire que vous ne voulez pas de nous, conclut la petite, suffisamment habituée aux refus des uns et des autres pour préférer prendre les devants. Si c'est ça, vous pouvez le dire, il n'y a pas de problème. D'autres gens sont venus et n'ont pas voulu nous adopter.

— Ce n'est pas ce que j'ai dit ! Je veux simplement vous expliquer combien cet acte, pour moi, est important et… difficile parce que je n'ai pas le droit à l'erreur. Vis-à-vis de vous, bien sûr. Par exemple, pourriez-vous me dire ce que vous attendez d'une famille ? Voudriez-vous avoir un père ? De quel genre de mère rêvez-vous ?

— Comment ça, quel genre de mère ? demanda Sophia en fronçant les sourcils.

— Je ne sais pas… Peut-être avez-vous envie d'une maman toujours souriante, très belle et très coquette, qui vous prépare de bons cookies quand vous rentrez de l'école, qui gagne beaucoup d'argent pour pouvoir vous offrir tout ce dont vous avez envie…

— Un cheval, par exemple ? intervint Jack.

— Entre autres, oui.

— Avoir un père, je ne sais pas, vu qu'on n'en a jamais eu. Hein, Jack ?

Le garçon acquiesça.

— Et maman… je ne sais pas si elle était très belle avant de tomber malade, je ne m'en souviens pas, ajouta Sophia.

— Avez-vous des photos d'elle ?

— On a une boîte avec plein de choses à elle.

La fillette s'interrompit, le regard perdu dans ses pensées.

— Ce qu'on voudrait, c'est un chien ou un chat, déclara-t-elle enfin. On n'a jamais eu d'animaux parce qu'on déménageait tout le temps. Vous avez un chien ?

— Non, mais c'est envisageable. D'autant que le jardin est déjà clôturé.

— Vous avez une maison ? s'exclama Jack. Une vraie maison ?

— Oh, ne t'emballe pas, elle n'a rien d'un palace, mais elle est suffisamment spacieuse, je crois. Il y a trois chambres, ce qui fait que vous pourriez avoir chacun la vôtre. A l'arrière, il y a un vieux pommier, si vous aimez grimper aux arbres. J'aime bien jardiner, alors j'ai planté des tas de fleurs, des jonquilles, un lilas…

De toute évidence, que le jardin soit fleuri ou non ne les intéressait guère.

— Les chambres sont vides pour le moment, reprit-elle, mais vous pourriez les décorer à votre idée.

— J'aurais ma chambre à moi…, murmura Sophia comme si cette perspective dépassait tout ce qu'elle avait pu imaginer.

Sans doute, aussi loin qu'elle se le rappelait, la pauvre petite avait-elle dû partager avec sa mère et son frère une unique et sordide chambre d'hôtel.

— Si tu le souhaites, ce sera possible, assura Suzanne. Mais peut-être aurez-vous besoin, ton frère et toi, d'un peu de temps pour prendre vos repères, vous habituer à la maison, à moi aussi. Alors, si vous préférez, vous pourrez commencer par partager la même chambre. C'est à vous de décider.

— Jack fait pipi au lit, déclara d'un trait la fillette.

Son frère la regarda en fronçant les sourcils, ouvrit la bouche pour protester mais se ravisa.

— Souvent, dans les hôtels où nous habitions, ça a causé des problèmes avec la direction.

Melissa avait évoqué ce détail lors de leur premier entretien, mais Suzanne l'avait totalement éludé. En l'occurrence, elle n'avait pas de solution miracle ; elle se disait simplement que ce désagrément finirait par passer dès que l'enfant se sentirait mieux et qu'il aurait trouvé un environnement plus stable.

— Il ne faut pas s'inquiéter pour ça, dit-elle avec un

sourire. C'est une chose qui arrive, mais qui ne dure pas. D'ailleurs, as-tu déjà entendu dire qu'une grande personne faisait pipi au lit ? Ça s'arrangera très vite, Jack, sois-en sûr.

— N'empêche que dans notre dernière famille d'accueil, la dame lui donnait de sacrées fessées chaque fois que ça arrivait.

Du coin de l'œil, Suzanne nota que Melissa avait légèrement tressailli. A coup sûr, la famille en question risquait de perdre son agrément.

— Vous donnez des fessées, vous ? enchérit Sophia.

— Non, ce n'est pas dans mes habitudes. Et puis, si Jack mouille son lit, ce n'est pas sa faute. Il n'y a aucune raison de le punir pour ça.

— Il suce son pouce, aussi.

— C'est pas vrai ! s'indigna le garçon.

— Et toi, Sophia, tu n'as pas de mauvaises habitudes ? demanda Suzanne, pour faire diversion.

— A l'école, j'ai cogné sur un garçon et on m'a envoyée dans le bureau du directeur, répondit la petite avec une pointe de fierté dans la voix.

— Pourquoi l'as-tu frappé ?

— Il m'avait mal parlé.

Une fois de plus, elle soutenait le regard de Suzanne avec un aplomb peu commun. De toute évidence, la petite la testait. « Et toi, comment réagiras-tu si je fais une bêtise, ou si je te parle mal ? » semblait-elle demander.

— T'en es-tu plainte à ton instituteur avant de réagir aussi violemment ?

— Non, j'étais trop en colère.

— Heureusement qu'on ne frappe pas les gens chaque fois qu'on est en colère, fit remarquer Suzanne. Tu es consciente, j'imagine, qu'il y a d'autres solutions. Et sinon, quoi d'autre ?

— C'est tout... La colère, c'est mon pire défaut. L'année dernière, j'ai dit à ma maîtresse qu'elle n'était qu'une grosse menteuse.

Décidément, la fillette avait un sacré caractère ! Pas vraiment du genre malléable...

— Et tu te comportais de la même façon avec ta maman ?

— Avec maman, c'était différent. Elle ne m'a jamais énervée.

— C'est une chance. Je me souviens que j'en ai beaucoup voulu à la mienne quand elle est morte, risqua Suzanne, consciente d'aborder là un sujet délicat.

— Pas moi, répliqua immédiatement Sophia en esquivant son regard.

Pas de doute, elle venait de toucher un point sensible. Si cette petite paraissait un bloc inébranlable au premier abord, il était évident qu'elle ne puisait sa force que dans l'énorme souffrance que représentait pour elle la disparition de sa mère. Et que sous sa cuirasse d'ado rebelle, elle était à vif. Mieux valait s'arrêter là.

— Avez-vous d'autres questions à me poser ? reprit Suzanne en souriant de nouveau.

Après un instant d'hésitation, Jack se pencha vers sa sœur et lui glissa quelques mots à l'oreille.

— On pourrait voir votre maison ? traduisit l'aînée.

De toute évidence, ces enfants s'intéressaient davantage

à l'endroit où ils étaient susceptibles de vivre qu'à sa propre personne. La gorge nouée, Suzanne ravala sa salive… et sa déception.

— Ce sera pour une prochaine fois, les enfants, intervint Melissa. En attendant, Suzanne et moi devons nous en aller, maintenant. Jack, peux-tu aller prévenir Mme Burton que nous partons ?

Le garçon se leva et disparut dans le couloir.

— Nous resterons dans la même école ? s'enquit Sophia.

— J'habite Edmond. Je sais bien qu'il est difficile de devoir changer en cours d'année mais…

— Au contraire, c'est génial ! Je déteste cette école, coupa la fillette.

— Et Jack ?

— Les autres se moquent de lui tout le temps. Il aimerait bien changer, lui aussi.

Mon Dieu ! Dans quelle galère venait-elle de se fourrer ? Car elle était bel et bien embarquée, à présent. Il ne lui avait fallu qu'un instant pour prendre sa décision. Bien sûr, Jack et Sophia ne correspondaient en rien à ce qu'elle avait imaginé. L'enfant de ses rêves ne faisait pas pipi au lit, pas plus qu'il ne frappait ses camarades… Mais à les voir, là, devant elle, bien réels, totalement perdus mais tellement vivants, pleins de promesses, elle n'avait pas hésité une seconde. Restait à espérer qu'ils l'aiment autant qu'ils aimaient déjà sa maison…

— Alors, qu'en pensez-vous ? demanda Melissa lorsqu'elles furent sur le chemin du retour.

— Pour être honnête, je suis encore plus stressée qu'en arrivant, avoua Suzanne.

— Sophia est assez… particulière, n'est-ce pas ?

— En effet, elle a un caractère plutôt bien trempé ! Je me souviens qu'à son âge, j'étais timide ; je m'efforçais de ne pas attirer l'attention sur moi. Alors que cette petite a l'air tellement solide, tellement volontaire aussi…

— Par la force des choses, sans doute, acquiesça Melissa. La pauvre a dû faire face à bien des difficultés malgré son jeune âge. Il est certain qu'il y a des enfants plus faciles à élever. Vous avez vu comme elle vous défiait ?

— Je l'ai remarqué, oui. Mais en même temps, dans la mesure où j'ai choisi de ne pas adopter un bébé, je m'attendais un peu à ce type de résistance. Si je dois devenir leur mère, il est normal qu'ils me testent.

— C'est vrai, mais disons que là où la plupart des enfants attendraient de voir à quelle sauce ils vont être mangés avant de se rebiffer, Sophia, elle, va droit au but et ne prend pas de gants. Souvent, les orphelins de son âge commencent par jouer les petits saints pendant quelques mois et puis, quand ils sentent que leur place est acquise, ils se mettent à exprimer leurs doutes. Auraient-ils été adoptés s'ils avaient été moins parfaits, les aime-t-on vraiment ? Voilà le genre de question qu'ils se posent, et, pour les parents adoptifs, c'est en général le début des ennuis. Avec Sophia, au moins…

— On est tout de suite dans le bain.

— En quelque sorte, admit Melissa en riant.

— Je l'aime beaucoup. Vous avez vu sa réaction quand

je lui ai suggéré qu'elle en voulait peut-être à sa mère de l'avoir abandonnée ?

— Oui, vous avez vu juste, je crois. Votre propre expérience y est sans doute pour quelque chose. A mon avis, c'est de là que vient toute sa rage. Si elle saisit le moindre prétexte pour s'en prendre au monde entier, ce n'est pas par hasard.

Suzanne hocha la tête et resta un instant songeuse. Bien sûr, ce par quoi passait cette petite en ce moment lui rappelait des souvenirs.

— Quand pourrai-je les revoir ? demanda-t-elle après un temps.

— Vous êtes sûre que vous ne voulez pas attendre un peu, histoire de digérer votre première impression ?

— C'est que… cette entrevue a été si courte… Il me semble que j'ai besoin de passer plus de temps avec eux, et sans attendre.

— Excusez-moi d'avoir écourté notre visite, j'ai un autre rendez-vous, je ne pouvais pas rester plus longtemps. Je vais demander à Mme Burton de les conduire chez vous samedi, qu'en dites-vous ?

— Ce serait génial !

— Très bien, mais promettez-moi de ne rien précipiter. Vous aviez raison quand vous disiez que l'adoption est un engagement important. Bien sûr, il faudra plusieurs mois pour que l'acte soit officiellement émis, ce qui vous laisse légalement le temps de revoir vos positions. Mais vous imaginez combien ce serait difficile pour les enfants si…

— J'en ai parfaitement conscience, coupa Suzanne.

C'est pourquoi je veux apprendre à les connaître avant d'arrêter ma décision. Et comme le temps, pour eux, d'une certaine façon, est compté, j'aime autant que les choses ne traînent pas inutilement.

— C'est tout ce que je voulais savoir, dit Melissa en lui adressant un sourire de satisfaction.

Elle gara la voiture sur le parking de l'agence et libéra Suzanne après lui avoir promis d'appeler Mme Burton dès qu'elle en aurait fini avec sa visite.

La jeune femme se dirigea vers la boutique, l'esprit en feu. C'était comme si, tout à coup, le temps s'était accéléré. Elle avait mille choses à faire, il fallait qu'elle fonce chez elle pour préparer… Quoi, au juste ? Elle pouvait difficilement se mettre à la peinture ce soir ! D'autant qu'elle avait promis aux enfants qu'ils pourraient décorer leur chambre comme ils le souhaitaient. Nettoyer la maison ? Elle avait prévu de le faire le lendemain, de toute façon. Mais peut-être pourrait-elle ranger un peu la salle de bains dès ce soir, sortir ses plus jolies serviettes… Elle leva les yeux au ciel et soupira. Elle était vraiment à côté de la plaque ! Comme si des enfants se souciaient de ce genre de détail ! Encore que… Elle se rappelait qu'une fois, petite, elle s'était extasiée sur des draps de bain. Elle passait la nuit chez une copine de classe et, en entrant dans la salle d'eau, elle avait cru défaillir. Tout y respirait un luxe outrancier, depuis les robinetteries en or, les faïences anciennes, jusqu'au sol de marbre rose. Quant aux serviettes, aussi moelleuses et épaisses qu'un tapis, elle n'en avait jamais vu de semblables. En tout cas, il n'y en avait pas chez tante Jeanne et oncle Miles. Ce jour-là, elle avait compris ce que c'était qu'être riche. Mais bon, elle n'avait aucune envie de laisser croire à Sophia et à Jack que leur future mère adoptive roulait sur l'or. De toute manière, ils n'auraient aucun mal à trouver sa maison plus accueillante et confortable que les hôtels miteux dans lesquels, malheureusement, ils avaient été contraints de passer les derniers mois.

Tout de même, elle voulait que ce samedi soit une fête. Des gâteaux ! Voilà ce qu'elle allait faire ! Rien de plus chaleureux que l'odeur suave du chocolat chaud ou du miel. Rien de tel pour évoquer l'image d'un foyer protecteur. Et puis elle nettoierait les vitres des chambres pour que le soleil les baigne d'une belle lumière. Si toutefois le temps finissait par se découvrir.

Arrivée à la boutique, elle libéra Rose et se résigna, malgré son impatience, à attendre l'heure de la fermeture. L'année prochaine, il lui faudrait augmenter son stock. Elle avait tricoté plusieurs pulls et des vêtements pour bébé en prévision de Noël mais décembre n'était pas même entamé et tout était déjà parti. Entre les cours qu'elle donnait, les heures d'ouverture et la création de nouveaux patrons, elle était certaine de ne pas chômer !

A 17 h 45, comme convenu, Melissa appela pour lui dire que Mme Burton lui déposerait les enfants une heure ou deux samedi, pendant qu'elle ferait ses courses. Rendez-vous fut pris pour 13 heures et Suzanne raccrocha, excitée comme une puce.

Elle eut toutes les peines du monde à se concentrer sur les questions de sa cliente, qui avait besoin de conseils pour une nappe au crochet. Rentrer chez elle, appeler Carrie pour lui annoncer la bonne nouvelle… Zut ! Sa sœur et

Mark sortaient ce soir, elle avait complètement oublié. Ils s'étaient concocté une petite soirée en amoureux, confiant le petit Michael aux soins de leur baby-sitter. Ils dîneraient dans un restaurant gastronomique, et puis ils iraient au théâtre. Les petits veinards ! Quant à Gary et Rebecca, ils s'étaient envolés pour Chicago. Gary y avait un rendez-vous d'affaires le lundi, c'était pour eux l'occasion d'y passer le week-end. A Santa Fe, Rebecca n'avait pas trouvé la robe de mariée dont elle rêvait et espérait que la capitale de l'Illinois lui offrirait davantage de choix.

Restaient les amis, songea-t-elle en raccompagnant sa cliente jusqu'à la porte avant de fermer le magasin. Mais à cette heure de la journée, elle dérangerait forcément tous ceux qui avaient une famille. Le temps qu'elle rentre chez elle, elle les trouverait soit en train de préparer le repas, soit en train de dîner. Non, il faudrait qu'elle attende pour annoncer la nouvelle. C'était vraiment trop cruel ! Elle se sentait comme une enfant à qui on vient de dévoiler un secret extraordinaire et qui est condamnée à le garder pour elle. Elle regagna sa maison à vive allure, partagée entre la joie d'avoir peut-être trouvé les enfants dont elle rêvait depuis toujours et la frustration de n'avoir personne avec qui partager ce bonheur. La soirée s'annonçait pénible. Bien sûr, dans deux heures ou trois, elle pourrait décrocher son téléphone et appeler ses meilleures amies, mais entre-temps ? A part tourner en rond comme un lion en cage, elle ne voyait pas bien ce qu'elle allait pouvoir entreprendre. Bien sûr, c'était l'occasion de passer l'aspirateur et de faire un peu de rangement, mais…

A peine eut-elle garé sa voiture qu'elle remarqua de

la lumière chez son voisin ; une lueur bleutée indiquait que la télévision était allumée. Sans doute Stefanec était-il devant le journal. Pas le genre de type à être un inconditionnel de *Friends !*

Peut-être serait-il content d'apprendre la prochaine visite des enfants ? Après tout, il était son voisin immédiat, et il lui avait demandé des nouvelles de l'adoption trois jours avant encore. Elle serra les mâchoires et se ravisa immédiatement. Comment avait-elle pu avoir une idée aussi saugrenue ? Tom Stefanec n'était pas un ami, loin de là. C'était à peine s'ils avaient échangé trois phrases depuis qu'ils se connaissaient. Et pour cause, d'ailleurs, puisqu'elle évitait soigneusement de le croiser.

Lorsqu'il avait emménagé à côté, son mariage avec Josh prenait déjà l'eau, ils se disputaient même sans cesse. D'après ce qu'elle avait compris, c'était le voisinage, un voisin plus exactement, avait appelé la police à deux reprises pour se plaindre du tapage. Tom, sans aucun doute. Depuis, elle était morte de honte, et n'osait même pas le regarder dans les yeux.

Pourtant, jamais ce dernier n'avait fait la moindre allusion ni à Josh ni aux querelles auxquelles il avait assisté. Et en apprenant qu'elle voulait adopter un enfant, il s'était montré prévenant, allant jusqu'à tondre sa pelouse quand sa tondeuse était tombée en panne. Elle lui devait d'ailleurs une fière chandelle. Son gazon, avant qu'il n'intervienne, était une véritable brousse ! Le genre de tableau qui n'aurait sûrement pas été du meilleur effet sur Rebecca quand elle était venue la voir pour une première visite d'inspection. Mieux encore, après quelques semaines seulement, l'herbe était devenue si dense, si verte, qu'elle soupçonnait Tom d'y avoir ajouté un fertilisant.

Régulièrement, il lui demandait si elle avait des nouvelles de l'organisme. C'était sans doute par pure politesse. Cet homme était un roc, elle avait du mal à deviner ses intentions. En fait, la seule chose dont Suzanne était certaine, c'est que Tom ne cherchait pas à lui faire du charme. Pas une fois il n'était sorti de sa réserve, et elle ne se souvenait même pas l'avoir vu lui sourire.

Elle n'avait encore jamais sonné à sa porte, mais après tout, c'était peut-être l'occasion ? Puisqu'il semblait se soucier de la démarche qu'elle avait entreprise, quoi de plus naturel que de le tenir au courant ? C'était toujours mieux que de le croiser le surlendemain avec les enfants. Que lui dirait-elle alors ? « Ah ! Tiens, au fait, j'avais oublié un détail… »

De toute façon, il fallait qu'elle en parle à quelqu'un. Elle passa d'abord chez elle pour y déposer son sac, prit une profonde inspiration et traversa d'un pas déterminé les quelques mètres qui la séparaient de la maison voisine. Mais à peine eut-elle pressé la sonnette qu'elle regretta son geste. Que faisait-elle chez un inconnu à la nuit tombée ? Tout à coup, sa démarche lui paraissait horriblement équivoque. Elle ferma les yeux et tenta de se rassurer. Tom allait ouvrir, elle lui annoncerait rapidement la nouvelle, il se réjouirait avec elle et deux minutes plus tard, elle serait de retour chez elle. Ils se croisaient depuis plusieurs années en tout bien tout honneur, elle n'avait aucune raison de redouter quoi que ce soit. Et puis, difficile de faire machine arrière à présent. Si ça se trouvait, il l'avait vue arriver.

Le porche s'éclaira tout à coup et la porte s'ouvrit. L'impressionnante carrure de Tom se dessina dans l'encadrement et il la considéra sans cacher sa surprise.

— Suzanne ? Que se passe-t-il ?

De toute évidence, il s'imaginait que seule une urgence pouvait l'avoir poussée jusque sous son porche ! Sans doute se figurait-il qu'elle avait besoin d'aide.

— Tout va bien, assura-t-elle en souriant. Je voulais juste vous dire que l'organisme m'a finalement appelée.

— Entrez, invita-t-il en s'écartant. Nous serons plus à l'aise pour parler.

— Vous alliez peut-être dîner ou bien…

Ou bien quoi ? Recevoir du monde ? Elle n'avait jamais vu personne lui rendre visite. Inutile de tergiverser, il n'attendait personne, pas moyen de se défiler. Résignée, elle le suivit d'un pas hésitant jusque dans le salon.

— Je n'ai encore pas préparé à dîner. En fait, j'arrive tout juste, je m'apprêtais à boire une bière en regardant les informations. Elles sont mauvaises, comme d'habitude, ajouta-t-il en éteignant l'immense écran plat qui trônait sur un mur de la pièce.

De l'extérieur, la maison était imposante et un peu austère mais contre toute attente, l'intérieur, chaleureux et simple, avait tout d'accueillant. Une table basse, des fauteuils dépareillés mais confortables, un canapé installé devant la cheminée, des rayonnages de livres, tout invitait à des moments paisibles au coin du feu.

— Asseyez-vous, dit-il en glissant les mains dans les poches de son jean. Puis-je vous offrir à boire ? Un café, une bière, du vin…

— Rien, merci, répondit-elle en s'installant sur le bord du canapé. Je ne vais pas vous déranger longtemps. Je voulais juste vous tenir au courant de mes démarches.

Elle avait du mal à quitter des yeux les pieds nus de son hôte. Jamais elle n'aurait imaginé que cet homme d'apparence si rigide, une fois rentré chez lui, se déchausse comme tout le monde, passe un vieux jean et un T-shirt, et s'ouvre une bière ! Avec sa coupe en brosse, ses vêtements toujours impeccables, cette discipline militaire qui émanait du moindre de ses gestes, elle s'était fait de lui l'image d'un type coincé et pas franchement convivial. Son exact opposé, pour tout dire.

— Vous êtes dans l'Armée ? demanda-t-elle avant de réaliser combien sa question était abrupte. Excusez-moi, ça ne me regarde pas…

— Ça se voit tant que ça ? dit-il avec un sourire amusé.

Suzanne resta un instant sans voix. Le visage de son interlocuteur, illuminé par ce simple sourire, n'avait tout à coup plus rien de banal. Encore moins de rébarbatif. Ce Tom, qui s'animait miraculeusement sous ses yeux, avait même un charme indéniable !

— C'est que…, commença-t-elle en cherchant ses mots. Vous avez les cheveux très courts et… de toute évidence vous vous maintenez en forme…

Elle s'interrompit et baissa les paupières, embarrassée. Voilà qu'elle venait d'avouer que la musculature avantageuse de son voisin n'était pas passée inaperçue. De là à ce qu'il pense qu'elle fantasmait sur lui, pire, qu'elle était en train de lui faire des avances, il n'y avait pas loin !

— J'ai effectivement fait partie des Rangers, informa-t-il. Mais j'ai été blessé au Koweit et j'ai dû quitter l'Armée.

— Oh, j'ignorais, pardonnez-moi.

— Ce n'est rien, assura-t-il en haussant les épaules. Alors, et ces nouvelles de l'organisme ?

L'organisme ? Mon Dieu, elle en avait complètement oublié la raison de sa visite !

— Ils m'ont proposé deux enfants, un frère et une sœur. J'ai fait leur connaissance aujourd'hui.

— Vraiment ?

— Jack a sept ans, Sophia dix. Leur mère est décédée récemment, d'une sclérose en plaques. Quant à leur père, son seul souci jusqu'à présent a été d'échapper à la pension alimentaire. Apparemment, il a accueilli comme une bénédiction d'être déchu de ses droits parentaux.

— Un type exemplaire, en somme, ironisa Tom.

— N'est-ce pas ? Le sort de ses enfants lui est absolument égal.

— Comment s'est passée votre première prise de contact ?

Il s'était penché en avant et, les coudes sur les genoux, semblait lui témoigner un réel intérêt.

— Un vrai coup de foudre. Enfin, de mon côté. L'assistante sociale a bien tenté de réfréner un peu mon enthousiasme en me demandant de prendre mon temps, de réfléchir, mais… Je ne sais pas comment exprimer ce que j'ai ressenti. En fait, j'ai immédiatement eu la certitude d'être à ma place auprès d'eux, d'être utile. Ces petits ont besoin de moi.

Tom l'observa un moment sans prononcer un mot.

Elle baissa les paupières, ne pouvant soutenir ce regard qui semblait la sonder jusqu'au plus profond de son être. Elle se fit la réflexion que, depuis des années, elle n'avait jamais osé soutenir ce regard, si bien qu'elle ignorait jusqu'à la couleur de ses yeux. C'est dire combien elle avait mis d'application à éviter cet homme !

— C'est la raison pour laquelle vous voulez adopter ? Pour vous sentir utile ? demanda-t-il enfin.

— En partie, oui. Mais c'est aussi parce que j'adore les enfants, parce que je veux fonder une famille.

Il parut sur le point de répliquer mais se ravisa. Trop poli, trop convenable pour poser des questions personnelles, déduisit-elle. Sa curiosité, pourtant, était légitime, et la question devait lui brûler les lèvres : pourquoi ne commençait-elle pas par trouver un partenaire avec qui elle pourrait avoir des enfants naturellement ? Mais peut-être Tom évitait-il de la renvoyer à cette évidence justement parce qu'il s'était trouvé le témoin indirect de ses déboires conjugaux passés et qu'il ne voulait pas remuer le couteau dans la plaie. Bien des fois, l'été en particulier, lorsque les fenêtres restaient ouvertes, Suzanne avait blêmi de honte à l'idée du spectacle déplorable qu'elle et son ex-mari donnaient à tout le quartier. Les insultes de Josh, les humiliations incessantes qu'il lui faisait subir, la soumission avec laquelle elle essayait en vain de se défendre… Pitoyable.

— Ils viennent me rendre visite après-demain, dit-elle en se levant, chassant les souvenirs douloureux que leur conversation avait ravivés. J'ai hâte de pouvoir faire davantage connaissance avec eux. Et en attendant, j'ai un sacré ménage à faire ! Je suis juste passée vous annoncer la nouvelle, parce que vous m'aviez demandé si… Enfin, je suis tellement heureuse et impatiente que j'avais besoin de le dire à quelqu'un.

— Et vous avez pensé à moi parce que je vous ai quelquefois rendu service…

Se trompait-elle ou une pointe de déception avait teinté ses paroles ?

— Non, pas seulement. Je sais que vous avez toujours porté un intérêt sincère à ma démarche.

— C'est que moi aussi, j'aime les enfants.

— Vraiment ?

— On dirait que ça vous étonne.

— Non, pas du tout, balbutia-t-elle, consciente qu'elle donnait mal le change. En fait, je ne sais rien de vous et comme vous vivez seul, je…

Elle s'interrompit, sentant le sang monter à ses joues. Après l'allusion à peine critique à son allure militaire, voilà qu'elle commettait une nouvelle gaffe ! Il vivait seul, et alors ? Ça ne signifiait pas qu'il n'ait jamais été marié, ni qu'il ne soit père d'une ribambelle d'enfants.

— Je n'en ai pas, c'est vrai, mais j'espère bien avoir un jour ce bonheur.

Cette fois, elle parvint à cacher sa surprise, aussi grande fût-elle. Que ce loup solitaire puisse avoir envie de fonder un foyer était pour le moins étonnant.

— Si vous êtes chez vous samedi, quand les enfants seront là, n'hésitez pas à passer, s'entendit-elle dire en sortant.

— Avec plaisir.

Elle se tenait suffisamment près de lui pour sentir les fragrances musquées de son after-shave. Il aurait suffi qu'elle lève un peu la tête pour plonger son regard dans le sien mais cet homme l'impressionnait vraiment trop.

— Au revoir, se contenta-t-elle de lancer avant de s'éclipser.

Dès qu'elle fut dans l'obscurité, elle se passa une main sur le front et poussa un soupir de soulagement. Pourquoi Tom Stefanec la mettait-il dans un tel état ? Face à lui, elle perdait tous ses moyens, au point de redevenir l'enfant timide de jadis ! Elle était maladroite, presque impolie.

Mais le plus étonnant, c'est qu'elle se félicitait malgré tout de lui avoir rendu visite. D'abord, elle aurait risqué de le vexer en le tenant à l'écart d'une nouvelle que, d'une certaine manière, il attendait. Et puis, elle avait fini par apprendre quelque chose de cet énigmatique voisin. Presque rien, à vrai dire, mais c'était un début.

Un début de quoi, au juste ? Elle n'en avait pas la moindre idée. Pour l'heure, elle avait autre chose à quoi penser.

Chapitre 3

Tom referma la porte derrière sa pétillante voisine, un sourire aux lèvres. Jamais il n'aurait imaginé vivre assez vieux pour voir cette jeune femme lui rendre visite ! De toute évidence, il la terrifiait. Depuis des mois, il s'était appliqué à jouer l'indifférence, espérant qu'un jour elle finirait par se détendre, qu'elle s'habituerait à lui à force de le croiser, mais rien n'y avait fait.

Se refermait-elle ainsi comme une huître chaque fois que sa route croisait celle d'un homme, ou était-ce propre à lui ? Evidemment, si elle considérait que toute la gent masculine était à l'image de son ex-mari, elle avait de bonnes raisons de rester sur ses gardes.

Ce n'étaient pas tant les disputes incessantes du couple qui le révoltaient alors, mais plutôt la façon dont le goujat qu'elle avait épousé la rabaissait systématiquement. Les soirs d'été, quand toutes les fenêtres étaient ouvertes, il était impossible de ne pas les entendre. « Il est hors de question que tu sortes dans cette tenue ! » hurlait Josh Easton d'une voix menaçante. Ou encore : « Pourquoi le dîner n'est-il pas sur la table quand je rentre ? Tu n'es pas fichue de faire le ménage, ni la cuisine, alors que tu ne fais rien de tes journées ! Tu as fait quoi aujourd'hui ? Tu es restée assise à tricoter ? »

Un véritable enfer ! Il se souvenait encore du jour où Suzanne, sur le pas de sa porte, attendait fébrilement son mari pour lui annoncer qu'elle avait vendu son premier patron à un magazine de couture. Il était en train de repiquer ses pieds de tomates, il avait eu tout loisir d'observer les allées et venues de la jeune femme, de saisir son impatience. Sans parler du sourire radieux qu'elle avait sur les lèvres. C'était sans nul doute un grand jour pour elle. « On mange quoi ? » fut la seule réaction dont son ex la gratifia. Quelle brute ! Suzanne, ce jour-là, avait sûrement vécu l'humiliation de trop.

En tous les cas, Tom aurait volontiers donné une bonne correction à son voisin s'il avait été de nature violente. Mais malgré son expérience du combat, il avait toujours dédaigné faire le coup de poing. Aussi, lorsqu'il avait jugé que les choses allaient trop loin, il avait appelé la police et signalé des violences conjugales. Les disputes et les menaces s'intensifiaient au point qu'il avait fini par craindre pour la sécurité de la jeune femme. Intervenir lui-même dans les affaires de gens qu'il ne connaissait pas aurait été plus que maladroit et aurait risqué d'envenimer encore la situation. Josh Easton n'était pas du genre à supporter qu'un étranger vienne lui dire comment traiter sa femme. Et il était suffisamment lâche pour se venger sur Suzanne de ce qu'il aurait considéré comme une atteinte à sa supériorité masculine.

La battait-il ? Tom n'en avait pas la preuve mais il avait entendu des bris de vaisselle, des meubles bousculés.

Une fois même, il avait constaté que Suzanne portait des contusions au visage. Bien sûr, il n'était pas impossible qu'elle se soit cognée toute seule ou qu'elle ait fait une chute, mais il avait toujours eu des doutes.

Aussi, lorsqu'en rentrant un soir il avait découvert sur le trottoir tout un fatras de vêtements d'homme et de papiers jetés en vrac, n'avait-il pu s'empêcher de se réjouir. Suzanne n'avait pas fait dans le détail : la télévision, la chaîne hi-fi, un fauteuil, une partie du mobilier y était passée ! Au fond, tout en mettant son tyran de mari à la porte, elle s'était montrée plutôt généreuse, plus qu'il ne le méritait en tout cas. A sa place, Tom se serait contenté de changer les serrures. Quoi qu'il en soit, heureusement que les choses s'étaient passées dans ce sens. S'il avait dû voisiner avec un type comme Easton, il n'aurait pas tenu trois mois. Il habiterait loin, aujourd'hui !

Six mois après ce soir mémorable, il avait vu Suzanne sortir de chez elle un samedi après-midi, un pot de peinture à la main. Méticuleusement, elle avait repeint la boîte aux lettres en noir, effacé le nom d'« Easton » pour y substituer celui de « Chaumont », en lettres blanches. « J'ai divorcé », lui avait-elle dit en l'apercevant. Sans un mot de plus, elle était rentrée, la tête haute, la démarche légère. C'était la première fois, depuis qu'il avait acheté la maison, qu'elle ne courbait pas l'échine. Depuis, il n'avait jamais trouvé l'occasion de lui dire combien il était heureux de la décision qu'elle avait prise. En effet, comment le faire sans lui avouer du même coup que, bien involontairement, il avait été témoin des déconvenues de sa vie privée ?

Il avait d'abord pensé qu'un jour peut-être, lorsqu'ils

se connaîtraient mieux, ils pourraient en parler. Rien ne les empêchait de devenir amis à présent que son cinglé de mari n'était plus là pour lui interdire toute relation sociale. Mais il n'avait pas tardé à se rendre compte que Suzanne s'arrangeait pour l'éviter chaque fois qu'elle le pouvait. Il suffisait qu'il apparaisse pour qu'elle montre des signes de nervosité, comme l'autre soir, quand elle avait failli s'assommer contre son coffre de voiture.

Dernièrement toutefois, il l'avait trouvée plus épanouie, heureuse de vivre, détendue. Les retrouvailles avec son frère et sa sœur n'étaient sans doute pas étrangères à ce changement. Il avait fait la connaissance de Mark Kincaid, le futur beau-frère de Suzanne s'il avait bien compris, un jour que ce dernier rendait visite aux deux sœurs. Apparemment, sa voisine était mieux entourée que jamais, et il ne pouvait que s'en féliciter même si lui-même ne faisait pas partie du cercle. Et puis, il la voyait sortir de temps en temps en compagnie d'un homme et, même si la relation semblait tout à fait épisodique, elle prouvait au moins que Suzanne ne vivait pas en recluse, à ruminer les erreurs du passé.

Une seule chose en fait le chagrinait, c'était que la jeune femme semble à ce point le craindre. Il n'avait pourtant rien de comparable avec son ex, un beau blond aux allures de play-boy. Avec ses cheveux noirs, son air sombre, il n'avait rien du bel homme qui fait craquer toutes les midinettes. Même sa mère ne l'avait jamais qualifié de *beau*.

Ce soir, pourtant, Suzanne avait frappé à sa porte, s'était assise sur son canapé et, même si elle n'avait qu'à peine croisé son regard, elle lui avait parlé. Peut-être même avait-il été le premier à qui elle ait annoncé la venue des enfants qu'elle s'apprêtait à adopter. Et elle l'avait invité à passer.

Il avait prévu d'aller faire des courses dans l'après-midi de samedi mais tant pis. Il resterait là, trouverait quelque chose à faire dans le jardin au moment où les petits arriveraient pour que la rencontre ait l'air naturelle. Il se ferait une joie d'aller les saluer. Et après leur départ, il se débrouillerait aussi pour être dans le coin, au cas où Suzanne ait envie d'échanger quelques impressions.

Mais qu'espérait-il au juste ? La jeune femme était bien trop sauvage pour sauter dans son lit, comme ça, du jour au lendemain ! Sans compter que Suzanne Chaumont n'était certainement pas du genre à se satisfaire de relations aussi passionnelles qu'éphémères. Lui non plus, d'ailleurs. Non, il avait peu de perspectives, en somme, sinon s'en tenir à ce qu'il avait toujours fait : l'admirer de loin.

Il serait là samedi, parce qu'il avait envie de rencontrer les enfants, et parce qu'il avait décidé que cette femme lui plaisait le jour où il l'avait vue mettre son ex dehors.

Si sa voiture était quelque peu délabrée, celle de Mme Burton avait atteint le stade terminal ! se dit Suzanne en se penchant à la fenêtre. Impossible de ne pas l'entendre arriver de loin. Le moteur toussait bruyamment et la carrosserie, après avoir accusé divers chocs de nature variée, ne rappelait plus aucun modèle précis. A peine pouvait-on supposer que le véhicule devait être rouge à sa sortie d'usine. Elle se passa nerveusement une main dans les cheveux et fut dans la rue avant même que Mme Burton ait coupé le contact. La pauvre femme s'escrimait sur la manivelle du lève-vitre, sans grand succès d'ailleurs : après quelques secondes d'un effort acharné, elle baissa les bras, jugeant qu'elle ne pourrait rien obtenir de mieux que les deux centimètres dont était descendue la glace.

— Merci mille fois de me laisser les enfants, s'empressa de déclarer Suzanne. Prenez tout votre temps pour faire vos courses.

— Je vous remercie, répondit la conductrice avant de jeter un regard sévère vers Sophia et Jack qui avaient sauté de voiture et venaient de rejoindre Suzanne.

— Soyez sages, vous deux. Et obéissez à Mme Chaumont, c'est entendu ?

— Oui, madame Burton ! lancèrent-ils de concert, les yeux tournés vers la maison.

Après avoir promis d'être de retour vers 14 h 30, elle fit demi-tour et disparut dans un vrombissement pathétique.

— Par quoi voulez-vous commencer la visite ? Par le jardin ?

— D'accord, acquiesça Sophia tandis que son frère, blotti contre elle, restait muet.

Ils n'avaient fait que quelques pas lorsque la porte du garage de Tom s'ouvrit. Il en sortit et tourna vers eux un regard étonné. Excellent comédien, songea Suzanne avec amusement.

— Vos visiteurs sont arrivés, je vois.

— Sophia, Jack, je vous présente mon voisin, Tom Stefanec.

Les enfants hochèrent poliment la tête.

— Ravi de faire votre connaissance, assura Tom. Suzanne était impatiente de vous revoir.

— Ça fait une heure que je trépigne devant ma fenêtre, admit cette dernière.

— On aurait pu arriver plus tôt mais Mme Burton n'arrêtait pas de répéter que si on avait dit 13 heures, c'était 13 heures.

— C'est ce que nous étions convenues, en effet. Elle a pu penser que je ne serais pas prête si vous arriviez avant. M. Stefanec a eu la gentillesse de tondre le gazon. Je crois que ma tondeuse a rendu l'âme.

— Vous jardinez ? demanda Tom en glissant les mains dans ses poches arrières.

— Je sais pas, on n'a jamais eu de jardin, répondit Sophia en haussant les épaules.

— Si vous vivez ici, il faudra vous y mettre.

— Jack ne fait jamais rien, précisa Sophia. C'est moi qui m'occupe toujours des corvées.

— C'est pas vrai ! protesta Jack.

— Mon œil !

Suzanne éclata de rire et posa une main sur chaque épaule.

— Peu importe, assura-t-elle. Ici, vous devrez m'aider tous les deux. Non seulement il faut s'occuper du jardin, mais aussi de la maison.

— Eh bien, je suis content de vous avoir rencontrés, les enfants, dit Tom. Suzanne, si par hasard vous aviez besoin de mon pick-up, pour transporter des meubles par exemple, n'hésitez pas à faire appel à moi. J'imagine qu'il vous faudra aménager les chambres.

— Vraiment? répondit-elle tandis que Sophia et Jack partaient en courant vers le jardin. Vous avez déjà été assez sympa avec moi, je ne voudrais pas abuser.

— Vous ne me demandez rien, c'est moi qui vous le propose.

Elle lui sourit. Plus elle le regardait, plus elle trouvait son visage… intéressant.

— Je compte faire livrer des matelas neufs mais pour ce qui est du mobilier, je vais essayer de trouver mon bonheur dans des dépôts-ventes. Si jamais mon coffre est trop petit, j'accepterai volontiers votre proposition.

— Parfait! Vous feriez mieux d'y aller, ajouta-t-il tandis que des voix surexcitées leur parvenaient depuis l'arrière de la maison.

— Oui… Merci, Tom.

Le sourire dont il la gratifia avant de s'éloigner d'un pas souple la médusa. Rêvait-elle ou l'espace d'une minute, elle s'était sentie comme avec un vieil ami? Tout à coup, le militaire rigide, l'athlète au visage de baroudeur s'était métamorphosé en… prince charmant! Gentil, attentionné, et plutôt bel homme. Elle secoua la tête, s'efforçant de chasser les idées voluptueuses qui s'y formaient. C'était bien le moment de fantasmer sur le voisin alors qu'elle avait si peu de temps avec les enfants! Elle courut les rejoindre et les trouva devant le pommier. Jack levait les yeux vers les branches les plus hautes, nues à cette saison.

— Je peux y grimper si je veux, disait-il à sa sœur.

— Tu aimes monter aux arbres? lui demanda-t-elle.

— Je ne sais pas.

— Quand il était petit, il a grimpé sur l'armoire, maman a cru devenir folle, se souvint Sophia en riant. Et aussi, il s'échappait de son lit à barreaux.

Prometteur, en effet, songea Suzanne en souriant.

— L'été, j'aime bien manger dehors, dit-elle en montrant la terrasse. Les meubles de jardin sont dans le garage. On peut entrer par là, si vous voulez.

Elle fit glisser la porte-fenêtre qui menait à l'intérieur et fit signe aux enfants de la suivre.

— Je vous préviens, ce n'est pas un château, s'excusa-t-elle d'avance.

Mais les petits jetaient déjà des regards émerveillés sur la salle à manger et la cuisine. Sophia fit glisser sa main sur le bois laqué du comptoir et s'arrêta devant le bouquet de fleurs blanches que Suzanne avait achetées la veille, en rentrant du magasin.

— Le salon est par là, dit cette dernière en les précédant dans la petite pièce.

Sophia s'assit tout de suite sur le canapé, comme pour en tester le confort, puis se releva.

— La télé n'est pas très grande, fit-elle remarquer.

— C'est que je ne la regarde pas souvent.

Ils tournèrent en même temps des yeux écarquillés.

— Ah bon ? Maman l'allumait tout le temps.

— Peut-être parce qu'elle ne pouvait pas se déplacer. Si elle ne pouvait pas quitter son lit, ou son fauteuil, la télé devait la distraire un peu.

— Sûrement, convint Sophia en haussant les épaules. On peut voir les chambres ?

Suzanne, compte tenu de leur première entrevue, s'était attendue à les voir se précipiter dans l'escalier mais ils prirent leur temps, comme s'ils n'avaient accordé qu'une importance toute relative à ces pièces. A moins qu'ils aient seulement du mal à réaliser ce qui leur arrivait. D'une main hésitante, la fillette ouvrit la première porte à sa droite, après le palier. Donnant sur l'avant de la maison, c'était la plus grande des deux chambres.

— C'est là que je stockais mon matériel de tricot avant d'ouvrir le magasin, expliqua Suzanne.

— Je peux l'avoir ? demanda Sophia en se plantant au milieu de la pièce vide.

— Tu n'as pas encore vu l'autre. Elle est légèrement plus petite, mais les deux se valent.

— Celle-ci me plaît.

— Dans ce cas, si tout se passe bien, ce sera la tienne. On va voir l'autre, Jack ?

Le garçon hésitait visiblement à quitter sa sœur mais il suivit néanmoins Suzanne jusqu'à la seconde pièce, qui faisait face à la première.

— Elle me sert de chambre d'amis, dit Suzanne en ouvrant la porte. Peut-être préférerais-tu qu'on installe un lit une place, de façon à avoir plus d'espace pour jouer ? Et puis pour ton bureau…

Jack ne l'écoutait pas. Il avait couru à la fenêtre et regardait le jardin.

— Je suis juste au-dessus du pommier ! Les branches touchent presque la vitre ! J'aime mieux cette chambre.

— Alors c'est parfait ! Si tu devais choisir une couleur pour les murs, ce serait laquelle ?

— Le vert ! C'est la couleur du monde que je préfère, répondit-il avec un sérieux soudain.

— Vert, ouais, pas mal, intervint Sophia en passant devant Suzanne. Pas mal, la chambre non plus. C'est vrai qu'on pourra les décorer comme on veut ?

Les choses allaient peut-être un peu vite. Pour les enfants, l'essentiel était de trouver un toit, c'était évident, mais pour Suzanne, leur installation dans la maison avait un tout autre enjeu.

— Une chose après l'autre. J'aimerais qu'on parle un peu d'abord.

— Si vous nous adoptez, corrigea la fillette, on pourra choisir les couleurs qu'on aime ?

— Dans la limite du raisonnable, bien sûr. Quelle est ta couleur préférée ?

— Certains jours c'est le mauve, d'autres le rose, ça dépend.

Il y avait pire ! En fait, Suzanne s'était attendue à ce que Sophia lui réponde noir et rouge vif. Sur ce point au moins, cette petite ressemblait à toutes les filles de son âge.

— Vous vous partagerez cette salle de bains, expliqua Suzanne en ouvrant une nouvelle porte. Ma chambre se trouve dans la pièce suivante.

— On peut la voir ? demanda Sophia.

Elle acquiesça en souriant. Les enfants regardèrent partout, testèrent le rocking-chair posé devant la fenêtre, inspectèrent les photos et jetèrent même un œil dans la salle d'eau attenante.

— A part le garage, vous avez tout vu. Dès que j'y aurai mis un peu d'ordre, on pourra y ranger des vélos. J'ai l'intention de faire un vide-grenier pour me débarrasser de tout le fatras que j'y ai entassé depuis des années.

— On pourrait vous aider, proposa Sophia. Maman disait toujours que j'avais la bosse du commerce. Je pourrais mettre des étiquettes avec les prix, rendre la monnaie, tout ça.

— C'est vrai ? Mais c'est génial, ça ! s'exclama Suzanne en jetant un regard vers le réveil. Votre aide me serait bien utile.

Le temps passait à une vitesse folle. Les enfants seraient partis avant qu'elle s'en rende compte, et ils n'avaient encore parlé de rien.

— Vous avez déjeuné ? demanda-t-elle.

— Mme Burton nous a fait manger avant de venir, répondit Jack, qui commençait à prendre de l'assurance.

— Alors que diriez-vous d'une part de gâteau au chocolat ? Je l'ai fait ce matin.

Ils sourirent et lui emboîtèrent le pas jusque dans la cuisine, non sans avoir jeté un dernier regard vers leurs chambres respectives.

— Elle est bien, votre maison, confia Jack en se hissant sur un des tabourets. Et Sophia aussi, tu l'aimes bien, hein ?

— Bien sûr, idiot !

— Vous voyez ? reprit-il, visiblement habitué à ce que sa sœur le rabroue. On l'aime tous les deux.

— Tant mieux. Vous voulez un verre de lait ?

— Vous n'auriez pas plutôt un Coca ? demanda Sophia.

— J'ai bien peur que non.

Le frère et la sœur se regardèrent, incrédules.

— Vous ne buvez pas de soda ? Jamais ? s'étonna la fillette.

— Si, bien sûr, ça m'arrive. Mais je n'en achète pas très souvent. Et de toute façon, le lait est bien meilleur pour la santé.

A en croire leur mine soulagée, ces petits n'auraient pas envisagé une seconde de vivre dans une maison où les boissons gazeuses seraient proscrites ! Plutôt inquiétant. Qu'avaient-ils eu l'habitude de manger ? Sophia disait se souvenir avoir fait la cuisine avec sa mère, mais ça remontait sans doute à des années-lumière ! S'ils avaient erré de chambres d'hôtels en meublés, sans doute s'étaient-ils habitués aux fast-food ou à la purée toute faite. Pas vraiment dans les mœurs de Suzanne…

Elle disposa des parts de gâteau dans des assiettes, versa le lait et s'installa en face d'eux.

— Moi, je trouve important de manger de manière équilibrée, expliqua-t-elle. Des légumes, des fruits, pas trop de graisse. Si, jusqu'à présent, vous vous êtes nourris de Coca et de chips, vous risquez d'avoir un choc en vivant avec moi.

Ils échangèrent un regard. S'ils avaient un code, impossible de le déchiffrer mais de toute évidence, ils communiquaient.

— Qu'est-ce qui va se passer, maintenant ? interrogea Sophia en prenant sa fourchette. Combien de temps doit-on encore rester chez Mme Burton ?

— En fait, je ne peux pas vous le dire, répondit Suzanne à regret. J'imagine que Mme Stuart souhaite que nous prenions le temps de réfléchir, et aussi de faire plus ample connaissance. Cela peut prendre plusieurs semaines, plusieurs mois peut-être.

— Mais Mme Burton dit qu'elle ne pourra pas nous garder ! Elle est d'accord jusqu'aux vacances de Noël mais pas plus tard.

— Oui, c'est ce que j'ai cru comprendre. C'est bien pourquoi j'espère que vous pourrez vous installer ici plutôt que dans une nouvelle famille d'accueil.

— C'est vrai ? s'exclama Sophia, la bouche pleine.

— Si vous êtes d'accord, je ne m'y opposerai pas, loin de là, assura Suzanne. Mais je ne veux pas vous presser. On ne doit pas précipiter ce genre de décision, vous le comprenez bien. Une fois que vous serez sous mon toit, vous devrez me supporter tous les jours, vous plier à certaines règles aussi.

— Des règles strictes ? s'inquiéta Sophia.

— Je ne dirais pas ça. J'attends de vous un minimum d'aide à la maison, et je veux toujours savoir où vous êtes. Nous fixerons une heure de coucher, vos devoirs devront être faits avant de jouer ou de regarder la télé… Enfin, rien d'extraordinaire.

— C'est tout ? insista la fillette, l'œil soupçonneux.

— Non, bien sûr. Par exemple, je déteste qu'on me mente. Je vous demanderai d'être honnêtes, c'est très important pour moi.

— M. Sanchez, mon instituteur, dit que je suis trop franche, et que parfois je ferais mieux de ne pas dire ce que je pense, déclara Sophia.

— Et il a raison. Ne pas dire à quelqu'un que tu trouves

ses vêtements affreux, ce n'est pas la même chose que mentir en prétendant que tu as fait tes devoirs alors que ce n'est pas le cas.

— Mais si je trouve ses vêtements affreux et que je ne le dis pas, je mens.

— Non, tu gardes ton opinion pour toi pour ne pas blesser cette personne, c'est très différent. On appelle ça un pieux mensonge. Si on peut éviter de faire inutilement de la peine aux autres, c'est mieux, non ? Et si tu veux absolument t'exprimer sur le sujet, tu peux trouver une formule plus diplomate. Par exemple, tu peux te contenter de dire : « C'est chouette, ta mère t'a emmenée faire du shopping ! » De cette façon, tu ne portes pas de jugement.

— C'est un peu tordu comme idée, mais ça me plaît ! s'exclama l'enfant avec une admiration visible.

— Dans les premiers temps, j'aimerais autant que vous passiez à la boutique après l'école plutôt que de rentrer seuls. Vous pourrez faire vos devoirs là-bas et je vous ramènerai après la fermeture, à 17 heures.

Suzanne leur expliqua en quoi consistait son métier, et Sophia décréta qu'elle aimerait bien apprendre à tricoter, et puis aussi à customiser ses affaires de classe. Tout ce qui pouvait lui permettre de se distinguer de ses camarades de classe l'intéressait, en fait.

— Il est bientôt l'heure. Si vous avez des questions à me poser, n'hésitez pas.

— Comment on devra vous appeler ? demanda Jack après s'être longuement gratté la tête, l'air soucieux.

— Comment appeliez-vous votre mère ?

— Maman, répondirent-ils de concert.

— Alors ce mot lui est réservé puisque votre vraie maman le restera pour toujours.

— Vous pensez souvent à votre maman, vous ? s'enquit Sophia, avec une timidité soudaine.

— Bien sûr. Par exemple, j'aurais vraiment aimé qu'elle vous rencontre. Qu'elle soit votre grand-mère. Bon, pour le moment, vous n'avez qu'à m'appeler tout simplement par mon nom et puis nous verrons bien ce qui vous deviendra le plus familier.

— Mme Chaumont, alors ? demanda Jack.

— Mais non : Suzanne ! s'exclama la jeune femme en riant.

— Comment ça s'écrit ?

Suzanne leur épela son prénom et son nom.

— Nous nous appellerons comme vous ?

— Une fois l'adoption prononcée, oui. Enfin, si ça vous convient.

— Sophia Chaumont…, murmura la fillette.

— Je trouve que ça sonne très bien, assura Suzanne. Et Jack Chaumont, ce n'est pas mal non plus.

Jack, fou de joie, se mit à répéter son futur nom sur tous les tons, ce qui déclencha l'hilarité générale. Tout à son enthousiasme, il oublia le verre posé à côté de lui et le renversa d'un coup de coude. Une grosse flaque de lait se répandit sur le comptoir.

— Oh, pardon ! gémit-il en se mettant à trembler. Je ne voulais pas…

— Il ne l'a pas fait exprès, enchérit sa sœur, se levant d'un bond. Je vais nettoyer, vous n'aurez rien à faire.

Saisie par leur réaction, Suzanne se leva à son tour.

— Je me doute bien que Jack ne l'a pas fait exprès, dit-elle. C'est un accident sans importance, ça arrive à tout le monde. Un peu d'essuie-tout et il n'y paraîtra plus, ajouta-t-elle en s'exécutant.

Prostré, Jack jetait vers sa sœur des regards désemparés.

— Ne t'inquiète pas, Jack, reprit Suzanne. Regarde, il n'y a déjà plus rien.

Visiblement, ces enfants étaient plus accoutumés aux brimades qu'aux paroles réconfortantes. Comment les convaincre qu'il n'y avait pas mort d'homme ? Jack, surtout, avait l'air effrayé. Certaine que, de toute façon, elle ne pouvait pas le terroriser davantage, Suzanne se pencha vers lui et le serra contre elle. Il ne bougea pas mais parut se détendre.

— Je suis désolé, murmura-t-il de nouveau. Est-ce que je peux aller dans la salle de bains ?

— Bien sûr.

Dès qu'il fut sorti, elle se tourna vers Sophia.

— Pourquoi ton frère est-il si effrayé ? Est-ce que Mme Burton…

— Oh ! non. Quand on renverse quelque chose, elle râle, mais c'est tout. Mais dans notre première famille d'accueil, la femme hurlait tout le temps et elle lui donnait des fessées pour tout et n'importe quoi.

— Ah bon ? Tu en as parlé avec l'assistante sociale ?

— Oui, et elle nous a envoyés chez Mme Burton.

— C'est une bonne chose pour vous.

— Le napperon est tout mouillé, fit remarquer Sophia.

— Aucune importance, je le mettrai à la machine. Ah, j'entends une voiture ! Je parie que c'est Mme Burton.

Jack revint de la salle de bains au moment où cette dernière klaxonnait. Le pauvre enfant paraissait encore sous le choc. C'était comme s'il ne savait plus où se mettre. Il avait l'air si heureux à peine cinq minutes auparavant, se dit Suzanne, le cœur serré.

— Que diriez-vous d'aller faire du shopping le week-end prochain ? suggéra-t-elle en souriant. Nous pourrions choisir des meubles pour vos chambres.

— Génial ! s'exclama Sophia.

— Si Mme Burton et Mlle Stuart sont d'accord, je vous prendrai samedi.

Rose serait ravie de la remplacer toute la journée, ce qui lui laisserait deux jours complets pour s'occuper de l'aménagement de la maison.

Suzanne raccompagna les enfants et s'ouvrit immédiatement de son projet à Mme Burton, qui n'y vit aucune objection, bien au contraire. Puis la voiture partit dans un halo de fumée grise, et disparut bientôt au coin de la rue.

Debout dans l'allée, la jeune femme ne pouvait détacher son regard du carrefour, vide maintenant, un pincement au cœur. Une fois encore, l'entrevue avait été trop brève, et elle se sentait frustrée. Pourtant, elle avait aussi besoin de se retrouver seule. De faire le point, de digérer toutes ces émotions. Ses mains tremblaient légèrement, sans doute le contrecoup d'un excès de tension. Elle avait attendu la visite des enfants dans l'angoisse que les choses se passent mal et maintenant, même si tout s'était déroulé au mieux, elle accusait le coup. Au fond, le pas qu'ils avaient accompli aujourd'hui était infime au regard de ce qui les attendait. Sophia et Jack s'étaient montrés enthousiastes, certes, mais que pensaient-ils d'elle ? L'affection qu'elle ressentait déjà à leur endroit était-elle réciproque ? Il était sans doute trop tôt pour en juger.

— Alors ? entendit-elle prononcer de l'autre côté du grillage.

Elle sursauta. Tom, évidemment. Il avait le don de surgir de nulle part, celui-là ! Comme s'il s'appliquait à approcher le plus silencieusement possible. Sans doute un travers de sa formation militaire : prendre l'ennemi par surprise. Jamais elle ne s'y ferait.

— Vous m'avez fait peur, dit-elle en posant une main sur sa poitrine.

— Désolé. Je pensais que vous m'aviez vu arriver.

— Eh bien, non. J'étais bien trop préoccupée... Je me demandais si les enfants étaient contents, si ça s'était bien passé en somme.

— Vous n'en êtes pas sûre ?

— Ce qui est certain, c'est qu'ils aiment la maison. Ils se sont immédiatement projetés dans leur futur lieu de vie. Enfin, tout allait bien jusqu'à ce que Jack renverse son verre de lait. D'une seconde à l'autre, il est passé de la joie à la terreur complète. Apparemment, dans leur première famille d'accueil, il a reçu des fessées plus que son compte, et pour ce genre de vétilles. J'ai peur qu'il soit un peu traumatisé.

— Pauvre gamin.

— J'avoue que je suis inquiète. Ces petits ont vécu

des choses lourdes, qui les ont nécessairement marqués. Vous ai-je dit que leur mère souffrait d'une sclérose en plaques ? Sa santé s'est peu à peu détériorée, ils ont été de foyers d'accueils en hôtels miteux, vous imaginez... Sophia s'occupait des courses et, de toute évidence, de son petit frère.

— Ils ont dû la voir mourir à petit feu, c'est atroce.

Suzanne acquiesça. Elle ne savait pas pourquoi elle avait choisi Tom pour confident mais avec lui, les mots sortaient tout seuls, et la libéraient du même coup de son stress.

— D'après ce que j'ai compris, quand la pauvre femme a été mourante, Jack s'est mis à faire pipi au lit. Quant à Sophia, on croirait à l'entendre que la mort de sa mère ne l'a pas affectée. Elle dit détester son école et ne pas y avoir d'amis. Jack, lui aussi, semble rejeté, voire harcelé par ses camarades. Quant à moi, je n'ai aucune expérience des enfants. Et si je ne m'en sortais pas, Tom ? Leur traumatisme a rendu leurs rapports aux autres tellement difficiles...

— Vous vous en sortirez, répondit son interlocuteur avec une assurance surprenante. Si quelqu'un est fait pour la maternité, c'est bien vous.

Elle le considéra un instant, incrédule. Comment cet homme avec qui elle avait à peine échangé trois mots pouvait-il penser ça d'elle ?

— Vous croyez ? La seule chose dont je sois sûre, confia-t-elle après un temps, c'est de mon désir d'être mère. Mais je commence à comprendre qu'on ne le devient pas comme ça, du jour au lendemain, surtout pour des enfants déjà grands et dont on ne connaît rien. A voir

Jack si malheureux, si effrayé, j'ai totalement paniqué. J'en tremble encore, ajouta-t-elle en soupirant.

Tom lui sourit pour toute réponse, de ce sourire qui illuminait si bien son visage qu'il le métamorphosait en bourreau des cœurs.

— Je pense que, pendant des mois, vous avez rêvé des enfants, vous vous en êtes fait une certaine image, et que, maintenant, vous êtes confrontée à la réalité. C'est-à-dire à une série de problèmes concrets. Il est tout à fait normal que vous vous posiez des tas de questions. Qui, à votre place, resterait zen ?

— Vous avez sans doute raison... Il faut juste que je m'adapte à la situation. Comment faites-vous pour être de si bon conseil, vous qui n'avez pas d'enfants ?

— Simple question de bon sens. Et de confiance en soi. Quand les revoyez-vous ?

— Samedi prochain. Nous irons faire quelques courses. Priorité à la literie, et ensuite la peinture. La chambre de Sophia n'est pas meublée, alors je comptais également aller faire un tour du côté des dépôts-ventes.

— Je vous le répète, si je peux vous être utile, ce sera avec plaisir.

— Merci, Tom. Vraiment, merci.

L'incroyable sollicitude de son voisin la touchait profondément, au point qu'elle en avait les larmes aux yeux. Elle le connaissait depuis cinq ans mais ne savait rien de lui, sinon que sa maniaquerie en matière de jardinage frôlait l'obsession. Aujourd'hui pourtant, elle avait découvert quelque chose : la couleur de ses yeux. Sans même s'en rendre compte, avant de le quitter, elle avait planté son regard dans ses prunelles grises aux éclats de jade. Elle l'avait regardé, vraiment, sans crainte, brisant ainsi avec des années de gêne et de vague terreur. Pourquoi ? Sans doute parce qu'elle constatait que cet homme, quoi qu'il ait pu savoir de sa vie autrefois, ne la jugeait pas négativement, bien au contraire.

Pour la première fois, elle envisageait même qu'ils puissent devenir amis.

Chapitre 4

Le mercredi suivant, Melissa Stuart appela au magasin.

— Suzanne, déclara-t-elle sans préambule et d'une voix sèche, je crains que nous n'ayons un problème.

— Quel problème ? demanda-t-elle, le cœur battant à tout rompre.

— En parcourant votre dossier, je me suis rendu compte qu'il était incomplet. Votre casier judiciaire n'y figurait pas, aussi en ai-je fait la demande. S'il est vierge de toute infraction sérieuse, il révèle néanmoins que, par deux fois, un signalement à votre encontre a été fait auprès de la police pour violences domestiques et tapage.

Suzanne se sentit prise de nausées et se retourna ; les paroles de l'assistante sociale lui avaient fait l'effet d'un coup de massue et elle n'avait aucune envie que sa cliente du moment, occupée à choisir des pelotes, ne s'en rende compte.

— Aucune charge n'a été retenue contre moi, émit-elle d'une voix blanche. Mon mari et moi étions sur le point de divorcer et…

— Madame Chaumont, y avait-il oui ou non des violences au sein de votre foyer ?

— Non ! Pas au sens où vous semblez l'entendre, en tout cas. Josh... il cassait des objets... tapait contre les murs mais... Ce sont ses crises de colère qui sont à l'origine de notre séparation.

— Je me suis permis de contacter votre ex-mari, M. Easton. Il prétend, je cite, que « vous aviez l'un comme l'autre des difficultés à vous contrôler ».

— Quoi ? s'exclama Suzanne, le souffle coupé. Mais comment... ? L'avez-vous informé de ce qui motivait votre appel ?

— Bien sûr. Je lui ai dit que je menais une enquête dans le cadre d'une demande d'adoption.

Mon Dieu, c'était un véritable cauchemar ! Dire qu'elle croyait s'être définitivement débarrassée de Josh ! Il fallait qu'elle soit bien naïve ! Ce type avait juré de lui gâcher la vie et il ne l'épargnerait pas, elle le savait. Elle avait envisagé tous les obstacles, sauf le plus redoutable.

— Ecoutez, Melissa, Josh est un homme plutôt... dominateur. Il a très mal supporté que je le mette à la porte. Aujourd'hui, il essaie de m'atteindre par votre biais, mais ce qu'il vous a déclaré est faux.

— Suzanne, j'ai vraiment envie de vous accorder le bénéfice du doute, d'autant que vous avez d'excellentes références. Mais je ne ferais pas mon travail si je laissais passer l'info sans prendre de plus amples renseignements.

— Que voulez-vous dire ? balbutia-t-elle d'une voix tremblante. Vous allez me refuser l'adoption ? Qu'adviendra-t-il de Sophia et de son frère ?

— Y a-t-il eu des témoins de vos disputes ?

— Je suppose qu'il existe un rapport de police.

— Il est assez elliptique. Il semblerait que les deux fois, les agents de police se soient contentés de prononcer quelques avertissements.

— Je n'en sais rien. Posez-leur la question.

— L'un a été muté et l'autre n'a aucun souvenir de son intervention.

Suzanne ferma les yeux et tenta de se souvenir du visage de ces deux agents. Mais les seuls uniformes qu'elle revoyait, dans la lumière tournoyante des gyrophares, c'étaient ceux des gendarmes venus lui annoncer la mort de ses parents.

— Les voisins, dit-elle. Vous n'avez qu'à interroger les voisins.

La perspective était loin de l'enchanter mais elle ne pouvait pas se résoudre à voir ses rêves s'effondrer, si près du but, et surtout aussi injustement.

— Personne n'a déménagé, reprit-elle. D'ailleurs, je sais que c'est l'un d'entre eux qui a alerté la police. Peut-être cette personne en aura-t-elle assez entendu pour soutenir ma version.

Tom. Sans pouvoir être absolument affirmative, elle sentait qu'il était à l'origine des plaintes. De l'une d'elles au moins. La première fois, bien après le départ de la police, elle avait entendu ses voisins de droite, les Johnson, rentrer chez eux. Ils n'avaient donc pas assisté à la dispute.

— Avec votre permission, c'est ce que je compte faire, répondit l'assistante sociale sur un ton radouci.

— Vous avez plus que ma permission, je vous le demande, assura Suzanne. Je ne suis pas de nature agressive, encore moins violente. Si je n'ai jamais évoqué ces années de mon passé, c'est parce qu'elles ont été très humiliantes pour moi.

— Je comprends. Je vous tiens au courant rapidement.

Elle raccrocha et, malgré son envie d'aller se réfugier dans l'arrière-boutique pour pleurer, elle prit sur elle pour faire bonne figure. D'abord, conseiller sa cliente, faire son boulot avec sérieux. Ensuite seulement, elle songerait à encaisser le coup.

Quand elle fut seule de nouveau, elle s'assit dans un coin et pria pour que personne n'entre avant qu'elle ait recouvré tout son calme. Jamais elle n'avait envisagé que son passé avec Josh puisse nuire à sa demande d'adoption. La honte qu'elle avait ressentie en réalisant que ses voisins n'ignoraient rien de ce qu'elle subissait l'avait encouragée à demander le divorce. Supporter des humiliations quotidiennes, dans l'intimité de son foyer, passe encore. Mais que les insultes de Josh à son encontre soient de notoriété publique, ça non ! elle n'avait pu le tolérer. C'est quand elle avait eu la certitude que son voisinage savait qu'elle s'était résolue à mettre son mari dehors. Mais comment osait-il aujourd'hui lui imputer tous les torts ? Comment osait-il contrevenir à son rêve le plus cher alors qu'il n'avait plus aucun droit sur sa vie ? La pilule était difficile à avaler.

Elle était trop énervée, trop en colère pour garder ça pour elle. Il suffisait qu'une cliente entre pour qu'elle s'effondre en sanglots. Qui appeler ? Tom Stefanec ? C'est la première personne qui lui vint à l'esprit. Mais cette fois, son beau voisin n'était sans doute pas le confident idéal. Comment aborder le sujet ? « *Ah, au fait ! Je ne sais pas à combien de disputes avec mon ex vous avez assisté mais j'espère que vous en avez entendu assez pour dire à Melissa Stuart… »*

Si ça se trouvait, Tom n'avait perçu que des bruits de vaisselle brisée, mêlés à des éclats de voix. Et il avait beau être particulièrement sympa avec elle, cet homme était trop honnête pour faire un témoignage en sa faveur s'il n'avait aucun élément probant. Quoi qu'il en soit, et puisque l'assistante sociale ne tarderait pas à interroger son voisinage, il était assez malvenu qu'elle donne l'impression de prendre les devants, comme si elle avait quelque chose à se reprocher.

Bien sûr, elle pouvait toujours appeler un ami, quelqu'un en qui elle ait confiance ; seulement voilà, elle n'avait jamais avoué, à aucun de ses proches, la cruauté avec laquelle Josh la traitait. Elle avait même soigneusement caché chacune de ses brutalités. Et même lorsqu'elle avait pris la décision de le quitter, elle n'avait jamais admis ouvertement qu'elle s'était laissé maltraiter pendant des années.

Carrie ? Sa sœur savait que son mariage avait pris l'eau, mais Suzanne ne s'était pas étendue sur le sujet avec elle ; comme avec le reste de son entourage, elle avait soigneusement éludé la question. En fait, aujourd'hui encore, elle ne se sentait pas prête à se remémorer ces sombres années.

La panique s'empara littéralement d'elle quand elle réalisa combien Sophia et Jack seraient déçus s'ils devaient s'entendre dire qu'une fois encore, il leur faudrait trouver une nouvelle famille d'accueil. Ils lui avaient fait confiance, s'enthousiasmaient déjà de pouvoir décorer leurs chambres, et voilà qu'elle risquait de ruiner tous leurs espoirs. Une pensée la fit réagir : elle se sentait coupable, inutile, et c'est exactement ce que Josh voulait.

Assez tôt dans la matinée, Tom reçut un appel d'une femme qui se présenta comme employée de l'organisme d'adoption auprès duquel Suzanne s'était inscrite. Elle faisait, disait-elle, une enquête de voisinage et souhaitait le rencontrer. Sa première surprise passée, il lui assura qu'il était prêt à répondre à ses questions. L'assistante sociale était visiblement pressée de prendre rendez-vous, la procédure d'adoption semblant rencontrer un obstacle majeur. Etonnant, se dit-il. Suzanne n'avait-elle pas prétendu que la procédure était en cours, que le reste n'était qu'une question de temps et de délais administratifs ? Il n'était pas disponible le jour même mais offrit de rencontrer Mlle Stuart le lendemain.

Plus tard, dans la soirée, lorsqu'il entendit Suzanne rentrer, il fut un instant tenté d'aller lui demander la raison de cette soudaine investigation. Mais si elle-même ignorait qu'une telle démarche était engagée ? Mieux valait éviter de l'inquiéter et attendre d'en savoir un peu plus. Et puis, il n'avait encore jamais sonné à la porte de la jeune femme et craignait qu'elle ne le trouve insistant. Peut-être ne s'agissait-il au fond que d'une dernière formalité visant à recueillir l'opinion globale que ses voisins avaient d'elle.

Mais en voyant arriver l'assistante sociale le lendemain, il comprit que le problème était grave. Mlle Stuart prit place sur le canapé, sortit un carnet et refusa le café qu'il lui proposait. La mine sévère, elle avait tout de l'agent de police venant interroger un suspect.

— Monsieur Stefanec, commença-t-elle avec gravité, peut-être n'ignorez-vous pas que des policiers sont intervenus chez votre voisine, Mlle Chaumont. A deux reprises ces dernières années.

Il y avait trois ans et demi, précisément, se rappela-t-il. Mais il ne prit pas la peine de le préciser à son interlocutrice.

— Je le sais, en effet, c'est moi qui les ai appelés.

— Ah! dit-elle, visiblement heureuse de tenir son témoin. Mlle Chaumont m'a donné l'autorisation d'interroger ses plus proches voisins. Vous comprendrez sans mal que nous hésitions à placer deux enfants dans une maison qui fut le théâtre de violences conjugales.

— Pardonnez mon langage mais son mari était un authentique salaud, doublé d'une brute, répondit-il. J'ai appelé la police lorsque je l'ai entendu menacer Suzanne plus violemment qu'à l'habitude. Je craignais pour sa sécurité.

— Mlle Chaumont et vous êtes amis?

— Non, nous avons des relations de bon voisinage. Je la connais mal et ne lui ai même jamais rendu visite.

— D'après son ex-mari, elle aurait des difficultés à se contrôler.

— Je ne suis pas étonné qu'il ait dit cela, dit Tom avec une moue de dégoût. Ce type n'est pas à un mensonge près. Ecoutez, je ne sais pas s'il la battait, mais il passait son temps à l'humilier, verbalement du moins. Je ne compte plus les fois où je l'ai entendu élever la voix parce que des amis venaient lui rendre visite, parce qu'elle n'était pas à la maison lorsqu'il en avait besoin ou même parce qu'elle avait souri à un autre homme. Il la harcelait constamment. Je pense qu'il est devenu fou le jour où il a compris que Suzanne commençait à lui échapper, qu'elle voulait divorcer. C'est à cette époque que j'ai appelé la police, je craignais un drame.

— Vous dites qu'elle lui échappait, qu'entendez-vous par là ?

— Josh Easton ne supportait pas qu'une femme lui tienne tête, qu'elle ait une vie, des idées propres. Suzanne n'a jamais été violente, elle a simplement refusé d'abandonner certains de ses amis qu'il ne supportait pas qu'elle voie. Un jour, elle lui a tout simplement dit non.

— Vous en savez décidément long sur des gens que pourtant vous ne connaissez pas.

— Nos maisons sont très proches. Les deux fois où j'ai appelé la police, je les avais entendus se disputer depuis mon bureau. Il faisait beau, toutes les fenêtres étaient ouvertes, expliqua Tom, s'efforçant de ne pas perdre patience. Ecoutez, mademoiselle Stuart, j'ai accepté de répondre à vos questions par égard pour Suzanne, mais là, j'ai la désagréable impression d'avoir violé sa vie privée. Si j'ai un sentiment profond, c'est que c'est une femme remarquable, et dont la capacité à élever des enfants ne peut être mise en doute. La seule erreur qu'elle ait commise, c'est d'avoir été trop patiente avec son mari.

L'assistante sociale referma son carnet sans y avoir rien écrit.

— C'est exactement ce que j'étais venue entendre,

déclara-t-elle en souriant. Vous voyez, mon métier consiste avant tout à protéger les enfants. En l'occurrence, j'avoue que j'avais du mal à imaginer que Mlle Chaumont puisse seulement élever la voix.

— Si elle l'a fait, c'était parce qu'elle avait peur, jamais sous l'effet d'une pulsion violente. Je pense que c'est un être d'une grande douceur, qui a fait l'impossible pour sauver son mariage.

— Je suis d'accord, acquiesça Mlle Stuart en se levant. Merci de votre accueil, notre entretien a confirmé l'opinion que j'avais d'elle.

Soulagé, Tom la raccompagna et la vit s'éloigner vers sa voiture puis hésiter quelques secondes avant d'aller sonner chez Suzanne. Il referma la porte en espérant avoir suffisamment pesé dans la balance pour que la jeune femme obtienne son accréditation. Il n'osait pas imaginer dans quel désespoir la plongerait un refus, si près du but et alors qu'elle était visiblement déjà très attachée aux enfants.

Inquiet, il s'absorba dans la préparation du dîner. Au moins trois fois par semaine, il s'accordait un peu de temps pour faire la cuisine. Vivre seul était une chose, mais ça ne voulait pas dire vivre n'importe comment. En tout cas, il n'était pas du genre à se contenter d'un plat préparé, avalé en deux bouchées devant la télé.

Il avait tout juste terminé de manger lorsqu'on sonna à la porte. Il s'y était presque attendu, guettant inconsciemment les pas dans l'allée. Et il avait laissé la lumière allumée sous le porche, au cas où… Suzanne, vêtue d'un jean et d'un sweat-shirt bleus, grelottait sur le paillasson.

— Entrez vite, invita-t-il, vous êtes gelée. Vous n'avez même pas passé un manteau.

— Je ne pensais pas risquer la pneumonie en parcourant les dix mètres qui nous séparent, avoua-t-elle tandis qu'il refermait derrière elle. Le temps est complètement détraqué.

— Un café ?

A en juger à la pâleur de son teint, il aurait sans doute été plus approprié de lui proposer un whisky. Il avait jugé que son entrevue avec l'assistante sociale s'était bien passée, mais il s'était peut-être trompé.

— Merci, mais je passais juste pour vous remercier, dit-elle en évitant de croiser son regard.

— Me remercier de quoi ?

— J'ignore ce que vous avez dit à Mlle Stuart, mais il semblerait que vous ayez été convaincant. Vous savez… elle n'était plus très chaude pour me confier les enfants, murmura-t-elle, visiblement bouleversée.

— Venez vous asseoir, insista-t-il. Le café est prêt, de toute façon, je viens de finir de dîner.

— Je ne veux pas vous déranger.

— Ne dites pas de bêtises et installez-vous dans le salon, j'arrive tout de suite.

Il revint bientôt avec un plateau et la trouva assise sur le canapé, au même endroit que la fois précédente, et l'air aussi mal à l'aise. Il lui servit une tasse de café brûlant et la lui tendit avant de se servir à son tour. Elle le remercia et resta un moment silencieuse, réchauffant ses doigts fins au contact de la porcelaine. Les cheveux noirs coupés aux épaules, de grands yeux noisette, une silhouette élancée, elle aurait crevé l'écran si elle avait choisi de faire carrière dans le cinéma.

— J'avais cru comprendre que vous aviez l'aval de l'organisme, dit-il, impatient de rompre le silence.

— C'était le cas. Mais Melissa Stuart s'est aperçue qu'aucun élément relatif à mon passé ne figurait dans mon dossier. Je ne sais pas comment c'est possible étant donné l'extrême rigueur dont l'agence fait preuve. Quoi qu'il en soit, elle a mené sa petite enquête et découvert que par deux fois on avait signalé du tapage à mon domicile.

— Je suppose qu'elle a appelé votre ex.

— Oui. Et au lieu de désamorcer la situation, Josh en a profité pour me charger. Je ne comprends pas. Bien sûr, nous ne nous sommes pas spécialement séparés en bons termes mais j'aurais cru…

Elle s'interrompit, les larmes aux yeux.

— Qu'il vous aimait encore suffisamment pour vous venir en aide, continua Tom.

— Quelque chose comme ça, oui.

— J'étais là lorsqu'il a trouvé ses affaires sur le trottoir, confia-t-il. Je l'ai vu lancer une pierre dans la vitre de la cuisine. Un geste pas spécialement amical…

Le visage de la jeune femme s'assombrit.

— Josh est mon premier amour, nous nous sommes rencontrés au lycée. Vous avez assisté à la fin de notre relation, mais nous avons eu de bons moments, tous les deux.

Il n'arrivait pas à l'imaginer mais concevait sans peine que leur mariage ait pu fonctionner. Aussi longtemps que Suzanne s'était pliée aux quatre volontés de ce tyran.

— Certains hommes ont du mal à supporter qu'on les quitte. Fierté masculine mal placée…

— Je me sens atrocement gênée de vous avoir imposé nos disputes, prononça-t-elle en levant enfin la tête pour le regarder.

Etait-ce la raison pour laquelle elle l'évitait depuis des années ? Il s'était figuré qu'elle avait peur de lui, ou des hommes en général, mais peut-être était-elle tout simplement embarrassée en sa présence. Et pour cause…

— Si vous saviez comme j'ai honte de m'être fait remarquer de tout le voisinage.

— Si vous voulez mon avis, je ne vois pas comment vous auriez pu empêcher ces disputes à moins d'être entièrement soumise à la volonté de votre ex.

— Vous… Vous entendiez tout, n'est-ce pas ?

— J'en ai assez entendu pour n'avoir aucune sympathie pour votre mari. Et je parie que je ne suis pas le seul dans le quartier à m'être réjoui quand vous l'avez mis dehors.

— Vraiment ?

— Aucun doute.

— Mon Dieu ! Excusez ma question mais… Melissa n'a rien voulu me dire. Etes-vous à l'origine de ces deux signalements à la police ?

Tom poussa un profond soupir. Il le sentait bien, de sa réponse dépendait la suite de leurs relations. Et il était incapable de prévoir sa réaction. La seule chose dont il était sûr, c'est qu'il ne lui mentirait pas. Ensuite, ce serait quitte ou double.

— Je craignais pour votre sécurité, prononça-t-il en soutenant son regard.

Elle ferma un instant les yeux et secoua légèrement la tête.

— Je m'étais toujours figuré que la personne qui avait appelé la police voulait seulement avoir la paix.

— Non, j'étais inquiet pour vous, assura-t-il en venant s'asseoir près d'elle. Je suis désolé, j'aurais dû vous en parler à l'époque.

Elle se mit à trembler et passa une main dans ses cheveux avant de continuer, dans un murmure.

— La seconde fois, il… il m'a frappée.

Tom ferma les poings et ravala le juron qui lui était monté aux lèvres.

— J'ai menti au policier qui s'est présenté à la porte, reprit-elle. Je me suis contentée d'admettre que nous nous étions violemment disputés. Mais ce jour-là, j'ai compris que je ne pouvais plus vivre de cette façon.

— Si je ne suis pas intervenu, c'est que je craignais qu'il ne s'en prenne à vous. Je vois que je ne me trompais pas.

— Oh, ne vous reprochez rien, vous avez bien fait. La seule fois où je vous ai souri, j'ai eu droit à une scène affreuse. J'ai eu beau lui expliquer que nous ne nous connaissions pas, que je n'avais fait que saluer un voisin, rien n'y a fait. Si vous vous étiez porté à mon secours, il aurait été persuadé que nous étions…

— C'est absurde, coupa Tom.

Il s'efforçait de masquer sa colère mais se serait volontiers libéré en expliquant à Suzanne tout le bien qu'il pensait de Josh Easton ! Un goujat, une brute, un idiot trop aveuglé par sa possessivité maladive pour se rendre compte de la chance qu'il avait de vivre avec une femme comme la sienne !

— En tout cas, déclara Suzanne en lui souriant, je crois que je suis contente, finalement, que vous ayez été témoin de nos disputes. Et je vous suis reconnaissante de m'avoir soutenue contre les soupçons de Melissa. Vous m'avez sauvé la vie.

— Si cette agence vous avait refusé l'adoption, une autre vous l'aurait forcément accordée.

— Peut-être, mais je serais passée à côté de Sophia et Jack. Or, je sais à présent que je ne veux pas d'autres enfants. Ce sera eux, grâce à vous.

Il ouvrit la bouche pour protester mais se ravisa. Après tout, si elle voulait faire de lui un héros, il n'allait pas s'en plaindre.

— Vous vous sentez vraiment prête à faire le grand saut ?

— Vous pensez qu'il est trop tôt ?

— Je n'en sais rien. Mais ces choses-là échappent parfois à la raison. On sent que c'est le bon moment tout en ignorant pourquoi.

— C'est exactement ça ! Oh ! J'ai tellement hâte d'être à samedi !

Tout à la perspective de revoir les enfants, elle rayonnait maintenant littéralement. La douleur des souvenirs qu'ils venaient d'évoquer s'était dissipée comme par miracle, laissant place à l'espoir d'un bonheur tout simple. Il la trouvait plus séduisante que jamais, et si proche qu'il n'aurait eu qu'à se pencher pour l'embrasser. Il reprit ses esprits à temps et resta à distance. Suzanne et lui étaient voisins, rien de plus. Il n'était pas assez fou pour risquer de gâcher une amitié si durement acquise. Si la jeune femme commençait à lui faire confiance, elle était cependant loin de le considérer comme un amant potentiel.

Non, il en était certain, un de ces jours, Suzanne Chaumont se trouverait un nouveau mari, qui veille sur elle et ses enfants. Elle continuerait à lui sourire, de loin en loin, lorsque le hasard les ferait se croiser. Il ne fallait pas qu'il se plaigne, ce serait toujours mieux que les années glaciales qu'ils venaient de passer, l'un à côté de l'autre.

— Merci pour le café, Tom, dit-elle en se levant. Merci pour tout.

Elle tendit le bras et lui serra la main, pour la première fois. Sa peau était si douce, ses doigts si fins que c'est à peine s'il osa presser cette main.

— De rien, vraiment. Et n'oubliez pas : dès que vous aurez trouvé les meubles que vous cherchez, dites-le-moi et j'irai les récupérer.

— D'accord, promit-elle.

— Au fait, risqua-t-il alors qu'elle se dirigeait vers l'entrée, si nous laissions tomber le vouvoiement ? Ça se fait, entre voisins, non ?

Elle acquiesça d'un hochement de tête et disparut dans la nuit.

Alors comme ça, cette femme qu'il admirait tant, et depuis si longtemps, le considérait tel un héros ? Tom s'affala sur son canapé et resta un instant immobile. Pourquoi diable, dans ce cas, se sentait-il aussi abattu ?

*
* *

La journée du samedi fila comme dans un rêve. A moins que Mme Burton ne les ait sermonnés pour qu'ils se comportent comme des anges, Suzanne trouva les enfants particulièrement sages, bien élevés, vivants et drôles. Ils commencèrent par se choisir chacun une couette. Jack, après avoir trouvé la sienne, parut s'ennuyer mais suivit de bonne grâce sa sœur qui hésitait, apparemment désireuse de donner à sa future chambre l'aspect exact qu'elle avait en tête. Ils déjeunèrent ensuite dans une pizzeria, puis dégotèrent dans un dépôt-vente un bureau ainsi qu'une armoire. Le meuble était certes en piteux état mais une fois poncé et verni, il serait parfait. Du moins convenait-il à Sophia, ce qui n'était pas rien. Il ne restait plus qu'à demander à Tom de venir récupérer les achats.

— Je continuerai à fouiner dans la semaine, dès que j'aurai un peu de temps, promit Suzanne tandis qu'ils rentraient. Je crois avoir saisi vos goûts, et ne pas me tromper dans le choix des meubles qui manquent.

— D'accord, assura Jack, qui était déjà ravi d'avoir un vrai bureau pour faire ses devoirs.

— On aura le droit de peindre nous-mêmes notre chambre ? demanda Sophia.

— Je crains qu'il ne faille le faire avant que vous n'emménagiez.

— C'est vrai, concéda la fillette. Et puis, Jack est trop petit, de toute façon.

— C'est pas vrai ! s'indigna celui-ci. Mais j'ai pas envie de peindre.

— Dans ce cas, je commencerai par ta chambre, Jack.

Dans le rétroviseur, elle le vit sourire à sa sœur d'un air triomphant.

— Je pourrais quand même choisir la couleur des murs ? demanda Sophia, un peu dépitée.

La veille, Suzanne s'était arrêtée dans une quincaillerie pour prendre un catalogue des coloris de peintures murales. La palette était vaste, depuis les pastels jusqu'aux couleurs vives.

— J'ai des échantillons à la maison. Si vous êtes d'accord, on pourrait les regarder en mangeant des cookies.

Jack se révéla beaucoup plus intéressé par les gâteaux que par les questions de déco.

— Moi, je sais pas quoi choisir, gémit-il.

— Pas de problème, déclara Suzanne en riant. Je choisirai pour toi, ce sera une surprise.

Ils s'attelèrent au goûter dès leur retour et Sophia, cette fois encore, se montra très exigeante. Elle aimait le rose, d'accord, mais ses goûts de petite fille s'arrêtaient là. Les coussins brodés, les rideaux en dentelle, ça n'était pas son truc. Elle avait opté pour une couette aux couleurs chatoyantes qui rappelaient les tissus indiens. Aussi, après de minutieuses comparaisons, décida-t-elle que des murs ocre rappelleraient un des motifs de la literie.

— Ça va être magnifique ! assura Suzanne. Tu as du goût, Sophia, tu devrais te lancer dans l'architecture d'intérieur, plus tard. J'ai tellement hâte que vous soyez installés !

— Mme Burton est pressée de se débarrasser de nous. Elle est de mauvaise humeur en ce moment.

— J'appellerai Mlle Stuart pour convenir avec elle d'une date pour votre emménagement.

Un coup de Klaxon leur signifia l'heure du départ. Jack, occupé à faire un dessin, à plat ventre par terre, sursauta.

— Oh, non ! Mon bonhomme est tout raté, maintenant ! gémit-il, les larmes aux yeux. Je voudrais qu'elle reparte, qu'elle nous laisse tranquilles ici.

— Allons, nous avons passé une excellente journée et il y en aura d'autres, promit Suzanne, affectant l'enthousiasme. Et puis, nous n'avons pas chômé, vos chambres seront bientôt prêtes.

— On y va, intima Sophia en aidant son frère à se relever. Dépêche-toi ou elle va s'énerver.

— Je la déteste ! s'exclama Jack en jetant un coup de pied rageur dans les crayons restés au sol.

S'il ne s'aperçut pas qu'il en avait cassé plusieurs, Suzanne, elle, le nota. Elle allait réagir mais se reprit. Lorsqu'ils vivraient ensemble, elle aurait tout le temps d'apprendre au garçon à prendre soin de ses jouets. La transition devait être difficile pour eux, bien qu'ils n'en disent rien, alors inutile de les déstabiliser davantage en faisant une scène pour quelques crayons.

Elle les raccompagna jusqu'à la voiture où, en effet, Mme Burton affichait une mine des plus sombres. Suzanne la remercia mille fois.

— J'ai si peu de temps libre que j'apprécie vraiment que vous me permettiez de voir les enfants à des moments qui ne vous conviennent pas forcément.

La vieille femme parut se détendre et ébaucha même un sourire.

— Pas de souci, répondit-elle. Je vous les emmène le week-end prochain ?

N'ayant eu ni l'une ni l'autre de nouvelles de Melissa, elles se mirent d'accord pour cette échéance.

— Merci encore, dit Suzanne en embrassant Sophia et Jack. A très vite !

Elle attendit que la voiture ait disparu au coin de la rue et prit une profonde inspiration. Avec le départ des enfants, l'excitation retombait, laissant comme un vide en elle. Les voir un jour par semaine était loin de lui suffire, elle n'attendait rien tant que de les avoir près d'elle chaque minute. « Prenez votre temps avant de vous engager », avait insisté Melissa. Le conseil n'était plus de mise, elle était certaine d'avoir fait le bon choix.

La maison de Tom était silencieuse, plongée dans l'obscurité. Elle aurait aimé lui parler, retrouver la chaleur de son salon, la bienveillance de son regard. Elle se contenta de laisser un mot sur sa porte pour l'avertir qu'elle avait trouvé un bureau et une armoire. Elle lui laissa l'adresse du magasin et le remercia encore, hésita quelques secondes et griffonna son numéro de téléphone.

Elle rentra chez elle totalement déprimée. Pourtant, elle avait mille choses à faire. Le ménage s'imposait ce soir si elle voulait avoir du temps le lendemain pour aller chercher des matelas et acheter de la peinture. Et puis il faudrait qu'elle commence les travaux.

Carrie et Mark lui proposeraient peut-être de lui donner un coup de main. Un peu rassérénée, elle décida de les appeler.

Chapitre 5

Suzanne revint du magasin de bricolage les bras chargés de pots de peinture, de rouleaux, de pinceaux et de bassines. Elle venait juste de déposer son fardeau dans l'entrée lorsqu'elle entendit le pick-up de Tom. Une minute plus tard, ce dernier sonnait à sa porte. Malgré le froid ambiant, il portait un simple sweat-shirt, les manches remontées jusqu'au coude, et un pantalon de toile. Visiblement, il n'était pas frileux. Une vraie force de la nature, se dit-elle en frémissant. Elle avait beau savoir à présent que son voisin était la douceur même, sa carrure, la puissance qui se dégageait de tout son être continuaient à l'impressionner.

— J'ai tes meubles, annonça-t-il. Je te les apporte ?

La gêne qu'elle ressentait habituellement en sa présence, et qui, ces derniers temps, s'était un peu estompée, pointait de nouveau le bout de son nez. Sans doute leur dernière conversation y était-elle pour quelque chose. Elle s'était pour ainsi dire mise à nu, confirmant ce que son voisin, au fond, savait déjà d'elle et de son intimité chaotique. Il y avait là comme un déséquilibre. Si Tom connaissait une bonne part de sa vie privée, elle ignorait tout de lui. Et ce tout récent tutoiement achevait de la troubler.

— Merci, c'est vraiment très gentil de votre… de ta part. Donne-moi deux secondes pour ouvrir la porte du garage, on va les entreposer là le temps que j'aie repeint les chambres. Et puis, l'armoire a besoin d'un bon coup de ponçage. Zut ! Ça me fait penser que j'ai complètement oublié d'acheter du papier de verre.

Ils ressortirent ensemble et, tandis qu'elle manœuvrait laborieusement la porte du garage, elle le vit sauter à l'arrière de son véhicule avec une souplesse de félin. En un instant et apparemment sans efforts, il venait de descendre le bureau de Jack, un meuble en chêne massif.

— Laisse-moi t'aider, dit-elle en accourant.

— Ça va très bien, ne t'en fais pas, assura-t-il en portant l'objet jusqu'à l'espace exigu qu'elle avait tant bien que mal ménagé dans le bazar ambiant. Tu comptes te reconvertir dans la brocante ? ajouta-t-il, amusé.

— Oh, ça va, ne te moque pas ! J'ai l'intention de me débarrasser de tout ça à la première occasion, répondit-elle en soupirant. Mais j'avoue que, parfois, l'ampleur de la tâche me fait reculer.

— Je peux jeter un œil ?

Sans attendre sa réponse, il souleva un drap qui recouvrait une commode. Le moins qu'on pouvait dire, c'est que Tom était à l'aise ! Fouillerait-il aussi dans ses placards si elle l'invitait à boire un café ?

— Ce meuble est plutôt en bon état, dit-il en scrutant chaque panneau d'un œil expert.

— Je l'avais acheté dans l'idée de le rénover mais les tiroirs sont coincés.

— Ce n'est pas grand-chose. Je peux réparer ça, si tu veux.

— Oh, si cette commode t'intéresse, n'hésite pas, prends-la. Je suis bien assez encombrée comme ça avec des tonnes de…

— Ce n'est pas à moi que je pensais, coupa-t-il, visiblement surpris, mais aux enfants. J'adore bricoler, et j'ai pas mal de temps.

— Tu es sûr ?

— Et tant que j'y suis, je poncerai l'armoire que tu viens d'acheter.

— Ce serait génial !

Ce que Tom lui proposait là était une véritable bénédiction. Sur le coup, elle avait surtout été sensible au prix, plutôt avantageux, et au style de ce meuble. Mais maintenant, la perspective de devoir enlever l'épais badigeon, poncer le bois et passer au moins deux couches de vernis la décourageait un peu. Par expérience, elle savait que c'était un travail pénible et de longue haleine. Et contrairement à son voisin, elle n'avait pas tant de temps libre que ça.

— J'aime travailler le bois, continua ce dernier. Et puis, si tu dois t'atteler à la peinture des chambres, tu ne peux pas être sur tous les fronts.

— Vraiment, tu es sûr que ça ne t'embête pas ?

— Si c'était le cas, sois tranquille, je ne te le proposerais pas.

— Eh bien… merci, une fois encore, tu me sauves la vie ! Mais j'y pense, peut-être serait-il plus judicieux qu'on transporte tout de suite les deux meubles dans ton garage, à moins que ça te soit égal de travailler ici.

— Tous mes outils sont dans le mien, dit-il en retirant complètement le drap de dessus la commode. On dirait du chêne massif, sous la peinture, ajouta-t-il en caressant le plateau de la main.

— Je n'en sais rien du tout. J'ai acheté ce meuble dans un dépôt-vente il y a des années mais je n'ai jamais pris le temps d'y regarder de plus près.

C'était une habitude chez elle que de craquer pour un objet, d'échafauder des plans géniaux de restauration originale et puis, devant la difficulté pratique ou tout simplement par manque de temps, de finir par le remiser dans un coin du garage et à l'oublier tout à fait. D'où le capharnaüm.

Ils se postèrent chacun à un bout du meuble et le soulevèrent d'un même mouvement.

— Ça va ? Pas trop lourd ? s'enquit Tom.

— Non, allons-y.

En fait, ce meuble pesait une tonne, mais Suzanne n'avait aucune envie de passer pour une faible femme. De manière générale, depuis sa séparation d'avec Josh, elle avait à cœur, en toutes circonstances, de donner l'image d'une personne solide et indépendante, qui savait mener sa barque seule et sans rendre de comptes à quiconque.

Ils traversèrent leurs jardins respectifs et déposèrent la commode devant le garage dont Tom actionna immédiatement la porte automatique. Suzanne avait déjà aperçu les outils parfaitement rangés, le sol immaculé, mais de près, le tableau était encore plus saisissant. La dalle de béton était protégée par une couche de peinture épaisse, qui avait presque l'aspect du plastique. Sans doute le nettoyage en était-il facilité. En tout cas, on ne distinguait pas la moindre trace de poussière ni de salissure par terre. Chaque outil, accroché au-dessus de l'établi vierge de tout copeau, semblait avoir sa place en fonction d'une logique parfaitement réglée : taille, fréquence d'utilisation, ce genre de critères. Quant aux vitres qui donnaient sur le jardin, elles étaient resplendissantes. Sidérée, Suzanne se félicita une fois encore de ne jamais avoir laissé son maniaque de voisin entrer chez elle. A coup sûr, il ne s'en serait pas remis !

— Tout est vraiment… impeccable ! ne put-elle s'empêcher d'observer.

— Jusqu'à l'obsession, c'est ça ? suggéra-t-il avec ironie.

Pourquoi n'arrivait-elle jamais à tenir sa langue ? De toute façon, cet homme avait le don de lire dans ses pensées. En tout cas, et même s'ils se connaissaient bien peu encore, ce n'était pas la première fois qu'il décryptait ses allusions.

— Non, ce n'est pas ce que je voulais dire. Honnêtement, je crois que je suis jalouse. J'ai toujours été incapable de ranger, de classer, de traquer la poussière, enfin, tu vois, tout ce qu'on attend d'une fée du logis. A croire que j'aime vivre dans le désordre ! Et pourtant, bien souvent, j'enrage de perdre des heures à passer la maison au crible pour mettre la main sur un foulard que je cherche ou bien ma dernière quittance d'électricité. Mais c'est une fatalité, j'ai l'impression que les objets qui m'entourent ont leur vie propre et que je n'ai pas le pouvoir d'agir sur eux, quelque chose comme ça. A mon avis, si tu venais chez moi, ça te ferait froid dans le dos.

— J'aime que les choses soient à leur place. Déformation professionnelle, sûrement. Tu t'en doutes, l'ordre et la discipline sont les premières choses qu'on t'apprend à l'Armée.

Tom évoquait souvent son passé militaire, mais il ne lui parlait jamais de ses activités présentes. Apparemment, il était souvent chez lui, il venait même de lui dire qu'il avait du temps libre. Elle allait lui poser la question quand elle réalisa qu'il avait déjà calé ses mains sur la commode et l'attendait pour la déplacer. Ils installèrent le meuble près de la fenêtre, puis allèrent chercher le second.

— Cette armoire est en merisier, déclara-t-il après avoir gratté la fine couche de peinture.

— Ah oui ? Je me suis dit qu'il serait du meilleur effet une fois peint. Un vert pastel, peut-être…

— Peindre du merisier ? s'indigna Tom.

Il n'aurait pas eu l'air plus ahuri si elle lui avait proposé de cambrioler une banque.

— Et alors ? balbutia-t-elle. C'est une hérésie ?

— Plutôt, oui, répondit-il avec gravité. Le merisier est un très beau bois, avec des veines très fines et une couleur brune remarquable.

— J'ignorais… En fait, je projetais de le poncer, et d'aviser en fonction de ce que je découvrirais.

— Une fois poncée et patinée, cette armoire sera splendide. Et surtout pas de peinture ! déclara Tom en souriant de nouveau. Regarde, le miroir est en parfait état. Tu as fait une très bonne affaire.

Flattée, Suzanne lui rendit son sourire.

— C'est pour Jack ou pour Sophia ?

— Sophia. Surtout maintenant que tu m'as décrit la couleur du bois, je pense que ça se mariera bien avec la déco qu'elle a choisie. Et puis, c'est bien connu, les garçons ne se regardent jamais dans la glace. Enfin, pas avant quinze ou seize ans !

— Ah oui ? s'exclama-t-il en riant. Tu es spécialiste de la question, peut-être ? D'où tires-tu cette théorie imparable ?

— J'ai grandi avec mes deux cousins, expliqua-t-elle. Et toi ? Tu as des frères et sœurs ?

— J'avais une sœur. Elle est morte d'une leucémie à l'âge de huit ans.

— Mon Dieu ! Je suis désolée.

— C'était il y a bien longtemps, répondit-il en haussant les épaules. J'avais dix ans à l'époque. Mes parents, eux, ne s'en sont jamais vraiment remis.

— Ils n'ont pas eu d'autres enfants ?

— Non.

Quelle tragédie ! Tom avait donc grandi seul, et dans une maison touchée par un deuil affreux. Une maison sans doute figée dans le souvenir de l'enfant mort, pétrie de cette absence. Sans l'avoir elle-même vécu, elle imaginait qu'il n'y avait pas pire souffrance pour des parents que de perdre un enfant. Et que cette perte laissait un vide que rien, jamais, ne pouvait combler. Tom avait beau feindre l'indifférence aujourd'hui, cet événement avait forcément bouleversé son enfance.

— Une fois que j'aurai décapé les deux meubles, nous déciderons des finitions, avança-t-il, désireux à l'évidence d'esquiver le sujet.

— D'accord, mais je crains de ne pas être très calée dans ce domaine. J'aurais tendance à m'en remettre à ton avis.

— C'est peut-être plus sage, en effet, répondit-il, un sourire aux lèvres.

— En tout cas, je ne sais pas comment te remercier.

— Les enfants seront contents, non ? La voilà, ma récompense !

— Si tu savais comme ils sont heureux à l'idée d'avoir chacun leur chambre ! Après les hôtels cafardeux et les foyers d'accueil, ils vont enfin pouvoir se fabriquer un espace bien à eux, trouver un peu de confort...

— Et surtout une mère, fit-il remarquer.

— Peut-être... Mais ils sont loin de penser à moi de cette façon. Pour le moment, ils ont juste besoin de stabilité. C'est une chose que je peux leur apporter.

Tom acquiesça d'un signe de tête tandis qu'ils sortaient du garage.

— Merci encore, Tom. Je ne sais pas pourquoi j'avais si peur...

Elle s'interrompit et se mordit la lèvre. Bingo ! Une nouvelle bourde ! Décidément, elle devait avoir un don spécial ! En tous les cas, elle les accumulait...

— Peur ? répéta-t-il en se tournant vers elle, visiblement surpris.

— J'étais un peu inquiète, avoua-t-elle. Ton jardin est si… beau, si parfaitement entretenu, que j'ai pensé que tu verrais d'un mauvais œil l'arrivée de deux enfants dans le secteur.

— Tu t'es dit que j'étais un parfait rabat-joie, que si par malheur ils envoyaient leur balle de base-ball sur mon gazon, je me ferais un plaisir de la mettre à la poubelle, ce genre d'amabilités, c'est bien ça ?

— Non, pas à ce point ! se récria-t-elle, feignant d'être choquée. Mais j'en serais malade s'ils abîmaient ta pelouse ou tes massifs de fleurs. Les enfants ne font pas attention à ces choses-là.

— Eh bien, dis-moi, je constate que tu t'es fait de moi une belle image de maniaque ! Ne t'inquiète pas, je n'alerterai pas les autorités pour une fleur piétinée. Par nature, la végétation repousse. Et puis si mon jardin est si soigné, c'est simplement parce que j'ai du temps à tuer. Le soir, les week-ends aussi. Comme j'ai horreur de l'inactivité, alors, je m'occupe…

— En jardinant.

— Exactement. Je tonds souvent la pelouse, je taille les haies bien avant qu'elles n'en aient besoin, bref, j'ai toujours une longueur d'avance, simplement parce que c'est ma manière de lutter contre l'ennui.

Il ne semblait pas particulièrement malheureux du constat qu'il faisait et pourtant une telle existence, pour Suzanne, avait tout du cauchemar. De quoi devenir complètement neurasthénique ! Elle avait bien remarqué qu'il ne recevait que rarement des visites, qu'il n'avait pas l'air d'avoir de famille ni d'amis, mais jamais elle n'avait pensé qu'il fût seul à ce point. Solitaire, peut-être, un peu ours, mais pas seul.

Tout à coup, elle s'en voulut d'avoir, pendant toutes ces années, ignoré cet homme qui vivait à deux pas de chez elle, sous prétexte qu'elle ne voulait pas d'ennui. Elle avait eu peur qu'il la juge mal, elle s'était fait de lui l'image d'un être rigide, obsessionnel de l'ordre et de la propreté, sans aller au-delà des apparences, sans chercher le moins du monde à le comprendre. Les rares fois où elle lui avait adressé la parole, c'était pour lui demander de l'aide, ou le remercier pour un service qu'il lui rendait. Combien de gens, dans les villes d'aujourd'hui, mouraient de solitude dans l'indifférence générale ? Comment avait-elle pu se montrer aussi égoïste, aussi aveugle ? Bien sûr, la jalousie maladive de Josh l'avait conditionnée à se replier sur elle-même, par crainte des représailles. Mais depuis leur séparation, rien ne lui aurait interdit de sortir de sa réserve, de se montrer accueillante. Dire qu'elle venait à peine de découvrir la couleur des yeux de Tom ! Et aussi que son visage était loin d'être aussi austère qu'elle voulait bien se le dire.

En fait, sur ce point, elle réalisait aujourd'hui combien elle avait oblitéré la réalité, et ce, depuis le départ. Elle se souvenait parfaitement avoir trouvé cet homme plus que séduisant la première fois où elle l'avait croisé, mais Josh, pour un sourire poli, avait failli la tuer ; alors elle s'était arrangée, par la suite, pour éviter toute rencontre. Au point de se désintéresser totalement de Tom Stefanec.

Pour la première fois peut-être, elle se demandait de quoi la vie de cet homme était faite, quel était son entourage, s'il en avait un d'ailleurs, et qui il était réellement. Elle avait l'impression de lui être redevable au point d'en éprouver une forme de culpabilité.

— Pardonne-moi, murmura-t-elle. Je te connais si peu, au fond.

— Détrompe-toi, dit-il en détournant les yeux. Tu n'es pas totalement dans l'erreur, l'ennui n'est pas ma seule motivation. J'aime sincèrement que les choses soient en ordre.

Bel euphémisme ! A l'automne, Suzanne s'était un instant demandé s'il n'avait pas aspiré les feuilles mortes avant qu'elles ne tombent des arbres !

— En un sens, et même si on ne se ressemble pas toi et moi, je comprends tout à fait l'intérêt que ça présente, observa-t-elle. Au moins sur un plan pratique. Je ne voudrais pas que tu croies que ma remarque était une critique. Le truc, c'est qu'au contraire de toi, je manque cruellement de temps. En découvrant mon jardin quand tu es arrivé dans le quartier, tu as dû halluciner et te dire que tu étais tombé sur un bien piètre voisinage.

— Pas du tout.

— Arrête ! Ne me dis pas que tu ne t'es jamais dit qu'il y avait trop de mauvaises herbes chez moi !

— Ça, oui.

— Je te soupçonne d'ailleurs, en plus d'avoir tondu ma pelouse, d'y avoir ajouté du désherbant, et peut-être même un fertilisant.

— Perspicace ! répondit-il en souriant.

Elle éclata de rire.

— Bon, faisons un pacte, veux-tu ? La prochaine fois,

j'achète les produits adéquats pour nos deux jardins. C'est le moins que je puisse faire.

— Marché conclu, dit-il en tendant le bras.

Leur poignée de main se prolongea un peu plus que nécessaire, et Suzanne se sentit rougir.

— Il faut que je me mette à la peinture si je veux que les chambres soient prêtes à temps, allégua-t-elle en s'éloignant. Encore merci pour le coup de main, Tom.

Comment avait-elle pu se tromper à ce point sur cet homme ? C'était un miracle qu'il accepte seulement de lui adresser la parole, après qu'elle l'eut ignoré pendant toutes ces années ! La dernière fois que son frère était venu lui rendre visite, elle n'avait évoqué son voisin que pour faire de lui un portrait minable. Elle se souvenait encore des mots qu'elle avait employés : un type d'une maniaquerie suspecte, un psychorigide aux allures de brute épaisse. Elle ne s'était épargné aucune mesquinerie. Il faudrait impérativement qu'elle rectifie le tir la prochaine fois qu'elle verrait Gary.

Et surtout, il fallait qu'elle trouve un moyen de remercier Tom Stefanec. Noël approchait, l'occasion rêvée de lui faire un petit cadeau. Peut-être avait-elle le temps de lui tricoter un pull ? Non, bien trop… familier. En plus, elle n'avait pas ses mensurations et il était hors de question qu'elle les lui demande. Ni qu'elle le scrute avec une insistance suspecte. Sans compter qu'à mesure que les rangs avanceraient, elle ne pourrait s'empêcher de fantasmer sur les épaules de cet athlète, sur son torse avantageux, ses abdominaux puissants… Non, très mauvaise idée, le pull, vraiment. Il y avait bien ce couvre-lit en crochet qu'elle avait commencé il y a six mois. Elle avait utilisé des cotons de différentes couleurs en les entrelaçant à la manière des tissus indiens, un mélange de tradition et de modernité. A bien y réfléchir, ça n'irait pas mal dans le salon de Tom, sur son canapé par exemple. Et puis avec ce genre de présent, elle évitait toute ambiguïté. En s'y mettant une heure de-ci de-là quand elle avait un moment à la boutique, elle devrait réussir à le terminer avant Noël.

Ravie de sa décision, elle faillit courir immédiatement au magasin pour s'attaquer aux finitions. Une chose après l'autre, se répéta-t-elle en avisant les pots de peinture.

Tom s'étonnait de prendre autant de plaisir à restaurer ces vieux meubles. Il fallait se rendre à l'évidence, sa vie était bien vide. Comment traduire autrement l'empressement avec lequel il rentrait chez lui depuis qu'il s'était mis en tête de décaper ces vieilleries ? A moins que ce ne soit indirectement lié à leur charmante propriétaire… Lui rendre service, c'était le meilleur moyen qu'il avait trouvé pour entrer en contact avec elle, et passer quelques moments, même courts, en sa compagnie.

Quoi qu'il en soit, il avait toujours aimé le travail manuel. Au collège déjà, à l'âge où l'on commence à se fabriquer des coffrets de bois ou des planeurs en balsa, il s'était passionné pour l'ébénisterie, au point qu'il avait même songé en faire son métier. Mais son père étant dans l'Armée, il n'avait pas persévéré dans son projet et s'était contenté de suivre un chemin tout tracé. Aujourd'hui, son boulot chez Boeing lui plaisait, non seulement parce que superviser les gammes de production était parfaitement dans ses cordes, mais aussi parce que, grâce à l'informatique, il pouvait en partie travailler chez lui sur ses dossiers, ce qui lui permettait d'avoir des horaires corrects et assez souples ; d'autant que d'Edmond à Seattle où était implantée l'usine, il y avait tout juste une demi-heure de route.

En quittant l'Armée, il avait tenu à préserver sa vie personnelle. Il estimait avoir assez donné de lui-même pour ne plus sacrifier son temps et son énergie aux intérêts de quelque entreprise que ce soit. En outre, il espérait qu'une vie plus rangée lui permettrait de rencontrer quelqu'un, de fonder une famille, toutes choses qui requéraient, à son avis, une grande disponibilité. Aussi avait-il tout mis en place dans cette perspective, à un détail près : il n'avait pour l'instant pas rencontré l'âme sœur, d'où sans doute cette impression de vide qu'il ressentait si souvent. D'où ce temps libre qu'il avait à revendre. En s'investissant comme il le faisait auprès de Suzanne Chaumont, et de ses futurs enfants adoptifs, il se donnait un peu l'illusion d'avoir réalisé son rêve, de veiller sur une petite famille. Mais il n'était pas dupe non plus : il savait parfaitement que cette femme ne partageait pas sa vie, et ne la partagerait sans doute jamais.

Quoi qu'il en soit, il avait presque terminé la restauration et était assez content du résultat. Il s'était d'abord attaqué à l'armoire en merisier et avait fini, après des heures d'un ponçage progressif, à retrouver la teinte initiale du bois, d'un brun tirant un peu sur le rouge que la patine achèverait de mettre en valeur. Dire que Suzanne avait projeté de repeindre ce meuble ! Heureusement qu'il était intervenu !

Il ne lui restait que le miroir à nettoyer. Il l'avait démonté et entreposé dans une couverture au début des travaux. Il défit prudemment son emballage et déposa la grande glace sur son établi, avant de s'appliquer à enlever les résidus de peinture et de vernis qui s'y étaient déposés. Les anciens propriétaires de cette armoire n'étaient ni des connaisseurs, ni des gens soigneux, c'était le moins qu'on puisse dire ! Quand il eut terminé, il projeta un produit pour vitres puis remit le miroir en place avant de donner un dernier coup de peau de chamois. Il fit un pas en arrière et contempla son œuvre : l'armoire était méconnaissable !

Un bref regard à sa montre lui indiqua qu'il était tout juste 20 heures. Etait-il trop tard pour demander à Suzanne de passer ? Il avait acheté une patine à l'ancienne dans l'après-midi mais préférait tout de même consulter la jeune femme avant de l'appliquer. Il hésita un moment puis se décida à décrocher son téléphone. Il avait gardé précieusement le petit mot qu'elle avait collé sur sa porte l'autre jour, tout en ayant pris soin parallèlement de noter le numéro dans son répertoire. Il aurait été dommage de prendre autant de précautions et de ne rien en faire !

— Allô ?

— Bonsoir, Suzanne. C'est Tom. Je viens de terminer l'armoire et j'aimerais avoir ton opinion avant de la cirer.

— Comment, déjà ? C'est incroyable ! s'exclama-t-elle. Quelle efficacité ! Je peux passer tout de suite, si tu veux.

— Je t'attends.

Il ouvrit la porte du garage et sentit son cœur s'emballer quand il la vit sortir de chez elle. Décidément, cette femme était irrésistible ! Surtout, il lui suffisait de l'apercevoir pour être instantanément de bonne humeur. Elle était si spontanée, si… nature ! En l'occurrence, elle portait un vieux jean et un T-shirt blanc, les deux entièrement maculés de peinture ocre ! Et sur ses joues, une myriade de petits points du même ton donnaient l'impression d'une soudaine éruption de taches de rousseur. Quant à ses cheveux, même si elle les avait attachés sur sa nuque, ils n'avaient pas été épargnés non plus.

— J'ai l'air complètement pitoyable, c'est ça ? demanda-t-elle d'emblée.

— Pas du tout. Je trouve que l'ocre te va très bien, au contraire.

— Je ne te dis pas le nombre de shampoings il va falloir pour que ça parte, c'est de la glycéro, soupira-t-elle. J'aurais dû mettre un foulard.

— Et sur les murs, ça donne quoi ?

— C'est très… lumineux, dit-elle d'un air dubitatif. J'avoue que je ne m'attendais pas à une couleur aussi soutenue, mais peut-être est-ce parce que la pièce est vide. Avec les meubles, l'effet sera sûrement moins… agressif. Reste à prier pour que ça plaise à Sophia.

— Si tu veux mon avis, ce qui lui importe avant tout, c'est d'avoir sa chambre à elle.

— C'est vrai, concéda Suzanne tandis que son regard se posait sur l'armoire. Oh ! Tom ! ajouta-t-elle en écarquillant les yeux. Mais… elle est magnifique ! Ne me dis pas que c'est le meuble qu'on a rentré l'autre jour ? Tu en as racheté un chez un antiquaire et tu me fais marcher, là !

Elle fit le tour de l'armoire, laissant glisser sa main sur le bois poli sans rien cacher de son émerveillement.

— Pas du tout, c'est le même meuble, je t'assure, dit-il en riant. Tu as dégoté une vraie perle. A croire que tu as du flair, que veux-tu.

— Tu parles, je ne savais même pas qu'elle était en merisier.

— C'est encore plus fort. Intuition pure ! En tous les cas, c'est une chance qu'un brocanteur ne l'ait pas vue avant toi.

— Elle serait très tendance peinte en blanc, non ? suggéra-t-elle soudain, l'air songeur.

Tom resta bouche bée.

— Je plaisantais, s'empressa-t-elle d'ajouter en éclatant de rire. C'était juste pour voir ta tête.

Il poussa un soupir de soulagement. Pendant une seconde, l'idée qu'elle puisse à ce point manquer de goût lui avait noué l'estomac.

— Très drôle, concéda-t-il avec une moue compassée tout en saisissant un pot sur l'établi. A défaut de blanc ou de rose bonbon, j'ai acheté une patine légèrement teintée. Qu'en penses-tu ? Je peux l'échanger, si tu veux que ce soit plus clair, ou bien au contraire plus soutenu.

— Ça me semble parfait, assura-t-elle. Je n'ai guère d'expérience dans ce domaine, mais j'imagine assez bien que cette cire puisse mettre en valeur les veines du bois. Ce sera très naturel, et en harmonie avec l'ocre des murs.

— Dans ce cas, dit-il, si je passe la patine ce soir, en

comptant le temps d'absorption et les couches différentes, l'armoire devrait être prête ce week-end. Tu vois les enfants ?

— Oui, ils vont passer la nuit de samedi à la maison. Je voudrais bien avoir terminé la peinture des deux chambres d'ici là. Je n'ai pas encore eu le temps d'acheter des matelas, mais ce n'est pas très grave. Je remettrai le grand lit dans une des deux pièces et ils dormiront tous les deux. Pour une nuit, ça ne devrait pas poser de problème.

— Tu m'as bien dit que Jack faisait pipi au lit ? Je te conseille de mettre une alèse, au cas où, fit remarquer Tom.

— Tu as raison, acquiesça-t-elle, tout à coup soucieuse. Je ne pensais plus à ça. Tu as connu des enfants qui avaient ce problème à l'âge de Jack ?

— Non, mais ce garçon n'a pas un parcours ordinaire. Si l'on considère le drame qu'il a vécu dernièrement, il n'y a rien d'étonnant à ce qu'il soit un peu perturbé. Je ne pense pas qu'il faille s'inquiéter outre mesure.

— Tout m'inquiète, c'est dans ma nature.

— Vraiment ?

— C'est peut-être le fait d'avoir perdu mes parents très jeune et d'avoir été séparée de mes frère et sœur. Lorsque mon oncle et ma tante m'ont recueillie, j'ai bien senti que j'étais plutôt une gêne dans leur vie. Du coup, j'ai grandi en me faisant la plus discrète possible, en ayant toujours l'impression de déranger. Je suppose que ça n'aide pas à prendre confiance en soi.

— Et tu as persisté dans cette voie en épousant un homme qui te rabaissait sans cesse, n'est-ce pas ?

La réflexion était sortie toute seule et il s'en voulut immédiatement de ne pas l'avoir gardée pour lui. La jeune femme, en effet, s'était littéralement décomposée.

— Ce n'est peut-être pas aussi simple, articula-t-elle laborieusement. Josh avait tout du prince charmant quand on s'est rencontrés. Grand, beau, protecteur, et très amoureux... J'étais jeune et naïve, je n'ai compris que bien plus tard et à mes dépens qu'entre le désir de protéger l'autre et la possessivité maladive, la marge était parfois mince.

— Je comprends, excuse-moi...

— Il est temps que je retourne à ma peinture, déclara-t-elle en tressaillant, comme si elle sortait d'un mauvais rêve.

— Et moi à la patine, marmonna-t-il, dépité de la voir repartir si vite. Nous devrions pouvoir mettre l'armoire en place samedi matin, avant l'arrivée des enfants. Je t'aiderai à transporter le bureau de Jack.

— C'est gentil, il pèse des tonnes.

Elle le gratifia d'un sourire à damner un saint et le laissa seul avec ses tourments.

Combien de temps encore allait-il se mentir à lui-même en se persuadant que Suzanne ne serait jamais qu'une amie ? Clairement, il était séduit par sa voisine, et ça ne datait pas d'hier. A partir de là, quelles options lui restait-il ? Souffrir chaque jour d'avoir sous les yeux l'objet de son désir et se résigner à ne jamais rien entreprendre pour l'atteindre ou bien... Cette femme, il en était convaincu, n'était pas totalement indifférente à sa personne et ces derniers jours, ils s'étaient même considérablement rapprochés. Au moins lui faisait-elle suffisamment confiance pour lui livrer, de temps à autre, ses sujets d'inquiétude. Mais de là à ce qu'elle se lance dans une relation de couple, il ne fallait pas rêver !

D'abord parce qu'elle avait vécu une expérience suffisamment traumatisante pour ne pas avoir envie de remettre le couvert. Ensuite parce que l'adoption des enfants, pour l'instant, était la seule chose qui lui importait. Enfin, même si Tom rêvait d'une famille, d'enfants, d'une femme avec qui partager chaque moment de son existence, même s'il ressentait un vide terrible quand il rentrait le soir et allumait la télévision à défaut de pouvoir parler à quelqu'un, il se savait aussi effrayé à l'idée de s'engager affectivement. Le modèle que lui avaient donné ses parents l'avait pour le moins échaudé. Deux êtres qui se frôlent dans un silence de mort, qui échangent à peine trois civilités à table, une atmosphère glaciale et morbide, non vraiment, la vie à deux, à leur contact, ne lui avait jamais paru quelque chose de tentant. Le décès de sa petite sœur n'était sans doute pas pour rien dans tout ça, il ne pouvait pas le dire. Son père fuyait chaque soir son foyer pour rejoindre le club des officiers tandis que sa mère, assise dans le grand fauteuil du salon, s'absorbait dans la lecture d'un roman, le tic-tac angoissant de la pendule pour seul bruit de fond. Quant à lui, il passait ses soirées dans sa chambre, désespérément seul. Bien sûr, les photos sur la cheminée et dans la salle à manger sauvaient les apparences ! C'était en famille idéale qu'ils y apparaissaient, souriant devant l'objectif. Les quelques invités qui pénétraient parfois dans la maison ne pouvaient se douter qu'en réalité, une fois les portes closes, ils vivaient tous les trois dans une chambre froide.

Dans le fond, il avait tout fait pour occulter son enfance, à ceci près qu'il avait gardé le sentiment prégnant que vivre à deux exacerbait la solitude de chacun. Pas systématiquement, pas pour tout le monde, mais sa propre expérience l'avait suffisamment vacciné pour qu'il ne se risque pas à reproduire le seul schéma qu'il connaissait. Les quelques fois où il avait rencontré une femme qu'il aurait pu aimer, avec qui il aurait pu envisager d'avoir des enfants, il avait fui, certain que tôt ou tard ce serait l'enfer. Pourquoi ses parents avaient-ils vécu toutes ces années sans s'adresser la parole, sans rien partager? Il l'ignorait. Mais il savait que s'il s'engageait auprès d'une femme, s'il fondait une famille, il ne ferait pas machine arrière. Si la situation venait à se dégrader, il resterait par devoir. D'où cette chape de plomb, hostile et mortifère, qui ne manquerait pas de tomber.

Jamais il n'avait laissé aucune femme se faire des idées, espérer de lui plus qu'il ne pouvait donner. Mais avec Suzanne, c'était différent. D'abord, elle occupait la plupart de ses pensées... A toute heure du jour ou de la nuit, il aimait se remémorer sa chevelure sombre, son regard rieur, le parfum enivrant de sa peau lorsqu'elle passait près de lui, un mot qu'elle lui avait lancé en s'éloignant... De toute évidence, phénomène nouveau, inédit même, il était en train de tomber amoureux! Ce qui signifiait que dans tous les cas, il souffrirait. Disons qu'il supporterait mal qu'elle ne partage pas ses sentiments. Mais si au contraire le courant passait, s'ils se lançaient tous les deux dans une vie commune, qu'en serait-il après quelques mois, quelques années ?

Globalement, l'alternative était simple : ou bien vivre l'enfer aujourd'hui, en continuant à se voiler la face et à nier son attachement, ou bien le connaître plus tard, lorsque leur couple battrait de l'aile mais qu'il ne pourrait plus se détacher de cette femme.

En rentrant chez elle, Suzanne réalisa que puisque Tom s'était proposé de l'aider à mettre les meubles en place dans les chambres des enfants, il allait devoir entrer chez elle. Après tout, ce n'était pas si dramatique. Il avait déjà dû comprendre, en voyant son garage, qu'elle n'avait rien de la parfaite femme d'intérieur et il devait déjà s'être préparé psychologiquement au pire ! L'infarctus n'était donc pas à craindre !

Le lendemain matin, Carrie arriva en renfort. Suzanne avait déjà passé deux couches dans la chambre de Sophia et elle commençait à avoir la main mais la venue de sa sœur la réconforta. Mark s'était bien proposé pour les aider mais elles avaient repoussé son offre, profitant de l'occasion de se retrouver seule à seule et de pouvoir bavarder à leur aise. Elles n'avaient pas eu tant de moments comme ça dans leur existence, et le moins qu'on pouvait dire, c'est qu'elles n'en étaient pas du tout sevrées !

— Quelle galère ! soupira Suzanne en s'appliquant à finir le haut du mur sans toucher le plafond. Je m'en sors mieux avec les grandes surfaces, mais ce travail de précision me porte carrément sur les nerfs. Sans compter que je ne sais pas trop comment je vais fixer les moulures.

Elle avait acheté des baguettes de bois moulurées, qu'elle comptait poser à mi-hauteur le long des murs. Pour le moment, elle s'était contentée de les peindre en vert, mais il faudrait bien qu'elle se décide à les fixer. Et là, il y avait un hic : elle se doutait bien qu'elle aurait besoin d'un niveau, ou d'un fil à plomb, enfin d'un outil adéquat, mais, dans le doute, elle n'avait rien acheté. Et à présent qu'elle considérait la chose de plus près, elle se rendait compte que les angles allaient poser problème.

— Il me faudrait une boîte à onglets, reprit-elle. Tu sais, pour couper des angles.

— Ouais, tu as intérêt de prendre des mesures hyper-précises, fit remarquer Carrie en essuyant les traces de peinture jaune qu'elle avait sur la joue.

— Tu doutes de mes compétences ?

— C'est-à-dire… tu travailles souvent le bois ?

— Jamais. Enfin, je n'ai jamais utilisé de boîte à onglets, si c'est ce que tu veux dire.

— Et poser des baguettes, tu l'as déjà fait ?

— Non plus…

— Dans ce cas, dit Carrie en éclatant de rire, je te conseille de demander de l'aide à ton voisin. Tu sais, le super héros dont tu m'as parlé !

Suzanne y avait évidemment pensé mais jusqu'ici, elle avait résisté à l'envie d'aller sonner à sa porte. Peut-être parce qu'elle ne voulait pas se montrer trop insistante, et puis aussi parce qu'elle avait à cœur de se débrouiller par elle-même.

— Il en a déjà fait tellement…

— De son plein gré, apparemment.

— N'empêche, je ne veux pas abuser de sa gentillesse.

En réalité, non seulement Tom lui rendait service, mais elle adorait passer du temps en sa compagnie, au point qu'elle attendait samedi matin avec impatience. En même temps, son instinct l'avertissait de rester à distance. Cet homme exerçait sur elle un charme… dangereux.

— Tu m'as dit qu'il avait l'air de s'ennuyer.

— Peut-être, mais…

— Je parie qu'il a tous les outils voulus, coupa Carrie avec enthousiasme.

— Bon, d'accord, admit enfin Suzanne, trop heureuse de se laisser convaincre, tu as raison. Je vais faire appel à ses talents, une fois de plus.

— Tu sais, Michael a drôlement insisté pour m'accompagner, et il a fallu que son père lui promette une soirée pizza pour le convaincre de rester à la maison. Quant à moi, je lui ai dit que je l'emmènerai au théâtre demain soir.

— Au théâtre ? répéta Suzanne, ne voyant pas bien un enfant de six ans tenir assis pendant deux heures dans une salle obscure.

— Ils jouent une pièce pour jeune public, précisa sa sœur. Michael est fou de joie.

— Je me demande si Jack est déjà entré dans un théâtre, murmura Suzanne.

— Il y a peu de chances, à moins qu'il n'y ait été avec sa classe. Tu pourrais peut-être réserver des places pour samedi ? La pièce est vraiment géniale, et le spectacle est aussi amusant dans la salle. Toutes ces bouilles d'enfants absorbés par l'action, c'est vraiment fascinant.

— Jack et Sophia ont dû passer à côté de tellement de choses… Je parie qu'ils n'ont même jamais été au zoo.

— Et l'aquarium ? Je suis sûre qu'ils adoreraient.

— Le Musée de la Préhistoire…

— La piscine !

— Oui ! Avec les toboggans et les bains à remous ! Ça coûte une fortune mais il faudra que je les y amène cet été.

— J'ai un copain qui travaille pour une station de radio, il a des places à tarif réduit.

— Génial !

— Jack et Michael n'ont qu'un an d'écart, ils devraient s'entendre à merveille, tu ne crois pas ? Tu sais, Suzanne, je suis vraiment contente pour toi. C'est une nouvelle vie qui commence !

Il était 9 heures lorsqu'elles mirent la touche finale à leur ouvrage. Après avoir rebouché les pots et mis les pinceaux à tremper, elles se plantèrent au milieu de la chambre et contemplèrent leur œuvre.

— C'est vraiment réussi ! s'étonna Carrie.

— Oui, beau travail. J'espère que Jack aimera les couleurs.

— Je croyais que c'était lui qui les avait choisies ?

— A force d'en voir, le pauvre n'arrivait plus à se décider. Finalement, il m'a laissé carte blanche. Il m'a dit qu'il aimait le vert, alors j'ai suivi son idée. J'ai pensé qu'une touche de jaune rehausserait le tout.

— Bien vu, assura Carrie.

Suzanne aurait aimé remplacer les vieux stores mais financièrement, elle ne pouvait pas se le permettre. Et puis, elle était à peu près certaine que Jack n'y accorderait pas d'importance.

— Reste à poser des étagères au-dessus du bureau, et peut-être quelques posters.

— Si je n'avais pas cette conférence demain soir, je serais venue t'aider pour la deuxième couche.

— Ne t'inquiète pas, j'en ai pour deux heures au maximum. J'ai pris du muscle et gagné en technique, tu n'imagines pas !

Après le départ de sa sœur, Suzanne s'empressa d'allumer son ordinateur et acheta en ligne des places pour le spectacle du samedi, qui se donnait en matinée. La perspective d'avoir les enfants deux jours entiers la remplissait d'une joie immense, au rebours de ce à quoi elle s'était d'abord attendue. En fait, plus elle passait de temps avec eux et plus ses angoisses s'atténuaient. De toute évidence, c'était pour l'organisme d'adoption un premier test significatif, à partir duquel ils pourraient sans doute prendre une décision quant à la suite à donner à son dossier. Mais elle se sentait confiante, et puis elle avait bien trop de choses à faire pour avoir le temps de gamberger !

Le jeudi, en rentrant de la boutique, elle passa la seconde couche de peinture et fit le ménage. Le vendredi, elle remit en place les portes des chambres, puis se décida à appeler Tom.

— Je me demandais si je pourrais t'emprunter un niveau. Il faut que j'installe des baguettes dans la chambre de Jack et…

— Tu veux un coup de main ? interrompit-il.

— Je me suis procuré une boîte à onglets, ça n'a pas l'air si sorcier à utiliser.

— Ça demande une certaine habitude, assura son voisin après un silence. Tu sais, je serais vraiment heureux de t'aider.

Elle sentit fondre sa détermination. Oui, elle s'estimait capable de poser des baguettes, mais avec Tom, ça irait beaucoup plus vite. Et puis, la perspective de le voir était loin d'être désagréable… Malgré son ménage de la veille, la maison n'était toujours pas rutilante, mais qu'importe. Avec un peu de chance, Tom n'y ferait même pas attention. Après tout, elle était en pleins travaux.

Lorsqu'elle le fit entrer, son raisonnement se confirma, puisque le jeune homme ne manifesta aucun mouvement de surprise, non plus qu'il n'observa les lieux avec méfiance. Il la suivit sans faire de commentaires jusqu'à la chambre de Jack. Là, il posa sa boîte à outils, prit des mesures, donna quelques coups de scie et, en moins d'une heure, les baguettes étaient en place. Tout en l'observant, Suzanne réalisa que si elle avait dû s'en occuper seule, la nuit n'aurait sûrement pas suffi !

— Quelques touches de peinture pour masquer les clous et ce sera parfait, dit-il lorsqu'il eut terminé.

— C'est incroyable comme la pièce a gagné en luminosité. Un de ces jours, il faudra que je m'occupe du parquet. Il a l'air encore plus abîmé à présent que tout le reste est refait.

— Effectivement, il a besoin d'être poncé et vitrifié, mais c'est un gros travail. Sans compter qu'il faudrait vider les lieux et condamner la pièce pendant plusieurs jours, le temps que ça sèche.

— Je ferai venir un artisan lorsque nous partirons en vacances, déclara-t-elle en étouffant un bâillement.

Encore faudrait-il, bien sûr, qu'elle ait suffisamment d'argent pour se permettre de prendre des congés. Le parquet n'était pas une priorité, aussi y avait-il de fortes probabilités pour qu'il reste un bon moment en l'état.

— Melissa Stuart a sous-entendu que si le week-end se passait bien, les enfants pourraient emménager la semaine prochaine, reprit-elle. Les vacances de Noël démarrant mercredi, ça me laisse juste le temps de les inscrire à l'école du quartier. Je n'arrive pas à y croire. Tu te rends compte, nous allons peut-être passer Noël ensemble !

— C'est une date qu'ils ne seront pas près d'oublier, assura Tom en récupérant sa boîte à outils. Bon, je t'apporte l'armoire demain matin, comme prévu ? La troisième couche de patine sera sèche.

— Merci, Tom, vraiment.

— Pas de quoi. 10 heures, ça ira ?

Elle acquiesça, le raccompagna à la porte et verrouilla derrière lui. Cette première visite ne s'était pas si mal passée, finalement. En tout cas, son voisin n'avait absolument pas tiqué devant les piles de magazines et les vêtements jetés au revers des fauteuils. C'est d'ailleurs à peine s'il avait regardé autour de lui. En fait, maintenant qu'elle y repensait, il lui semblait qu'il s'était éclipsé bien vite, au beau milieu de la conversation même. Etait-ce possible qu'elle l'ait contrarié sans faire exprès ?

La période de Noël était peut-être douloureuse pour

lui, soit parce qu'il la passait seul, soit parce qu'elle lui rappelait son enfance, la mort de sa sœur… Suzanne ne se souvenait pas avoir jamais vu de sapin devant la fenêtre de son voisin. Peut-être partait-il pour les vacances, à moins qu'il ne s'enterre chez lui, sans rien changer à ses habitudes. Des tonnes de gens passaient les fêtes seuls, sans que personne n'en sache rien. Elle-même, après son divorce, avait décliné les invitations de sa tante. Si ça se trouvait, ces dernières années, son voisin et elle s'étaient morfondus, chacun de son côté, pendant que le reste de l'humanité festoyait en famille. Quelle ironie !

Elle poussa un soupir et, résolue à terminer la peinture avant d'aller se coucher, elle posa une dernière touche sur les baguettes. C'était décidé, elle demanderait à Tom s'il avait des projets pour Noël. Autant faire simple plutôt que se lancer dans des spéculations sans fin. Elle pouvait bien l'inviter à passer le réveillon avec elle et les enfants ; si ça ne le tentait pas ou qu'il avait d'autres plans, il serait libre de décliner mais au moins serait-elle certaine qu'il ne déprimait pas tout seul dans son coin. Après tout, il pourrait même l'accompagner le lendemain à Seattle chez Carrie, pour le repas de famille. N'était-ce pas le sens même de cette fête, le partage, le souci de son prochain ? C'est bien le moins qu'elle pouvait faire après tout le mal qu'il s'était donné pour lui rendre service.

Elle s'étonna soudain que l'idée de faire entrer Tom Stefanec au sein de son foyer, de sa famille, lui paraisse aussi naturelle. Après tout, il y avait encore quelques jours, il n'était à ses yeux qu'un être inquiétant, dont elle ne savait rien. Ce soir, il avait mis les pieds dans sa maison pour la première fois. Qui aurait cru qu'ils deviendraient amis ? Elle éteignit les lumières et rejoignit sa chambre en chantonnant.

Chapitre 6

Suzanne préparait le chili con carne qu'elle comptait faire mijoter une bonne partie de l'après-midi quand le téléphone sonna, un peu avant 13 heures. Elle marmonna un juron et s'essuya les mains sur un torchon avant de décrocher. « Espérons que ce ne soit pas une agence de télémarketing ». Cette journée de samedi s'annonçait particulièrement dense et elle n'avait vraiment pas de temps à perdre à répondre à un sondage. Ouf, c'était Gary, son frère ; il voulait la prévenir que Rebecca et lui débarqueraient le 24 à Seattle et qu'ils devaient loger chez sa belle-mère.

— Souhaite-moi bonne chance, ajouta-t-il avec ironie.

— Comment ça, elle te fait peur ?

— Un peu, j'avoue. Après tout, je lui ai volé sa fille.

— Laquelle vit avec toi dans le péché, qui plus est !

— Exactement ! D'un autre côté, l'organisation de notre mariage occupe la brave dame nuit et jour, et semble la mettre aux anges.

— Comment ça se présente ?

Gary jura qu'il n'en avait aucune idée, que visiblement,

les femmes avaient pris les choses en main et que, de toute façon, elles le tenaient à l'écart des préparatifs ; puis il l'embrassa et lui passa Rebecca.

— Alors, et les enfants ? s'enquit immédiatement cette dernière.

Suzanne lui raconta tout par le menu, y compris le week-end qui s'annonçait et l'éventualité que Sophia et Jack s'installent chez elle la semaine suivante.

— Evidemment, c'est un peu rapide mais tu m'as l'air prête à les accueillir, fit remarquer Rebecca.

— Pour tout te dire, ils n'ont pas encore de lits, je n'ai pas pris rendez-vous avec la directrice de l'école pour leur inscription, je n'ai aucune idée des horaires du ramassage scolaire… enfin, je te passe le détail des formalités dont j'ai encore à m'acquitter, mais sinon, tout est sous contrôle !

— Je voulais dire… émotionnellement.

— Tu as remarqué ? Oui, je suis un peu nerveuse, mais pas plus que si je devais organiser une réception pour cent personnes. Je suis tellement heureuse à la perspective qu'ils soient là pour Noël ! Et pour votre mariage.

La cérémonie aurait lieu le six janvier à l'église luthérienne de Seattle. Pour la réception qui suivrait, la mère de Rebecca avait loué un manoir à Everett, à quelques kilomètres au Nord. A l'en croire, la demeure, perchée sur la falaise, offrait une vue imprenable sur la baie de Port Gardner.

— La plupart de nos amis habitent Seattle mais nous n'avons pas trouvé en ville de lieu qui nous convienne. Il faut dire que nous avons un peu précipité les choses, tu vois. Mais bon, finalement, je suis ravie que ma mère ait dégoté cet endroit. La maison est gigantesque, meublée XIXe, la classe !

— Et ta robe, au fait ? Tu as trouvé ?

— J'ai choisi un modèle tout simple en satin blanc. Pour le voile, maman avait gardé précieusement celui de ma grand-mère. Tradition oblige !

— Et Gary ?

— Il comptait se présenter en jean et veste de cuir, déclara Rebecca en riant. J'ai eu un peu de mal à lui faire accepter l'idée du smoking mais ça y est, il est prêt. Il va être beau comme un Dieu !

Suzanne entendit son frère qui râlait dans le fond de la pièce.

— Beau mais malheureux comme la pierre, précisa Rebecca, hilare. Il prétend qu'il ne tiendra jamais la journée dans les mocassins italiens qu'on a achetés.

Suzanne éclata de rire. Gary dirigeait une entreprise de torréfaction, il avait donc l'habitude d'être sur son trente et un, mais d'après ce qu'elle avait compris, ce n'était qu'une paire de santiags aux pieds qu'il se sentait vraiment lui-même.

Rebecca et elle convinrent ensemble qu'il leur serait difficile de se voir avant le jour de Noël. Entre les préparatifs du mariage, l'accueil de Sophia et de Jack, et les vacances, chacun allait être passablement occupé.

Suzanne raccrocha d'excellente humeur et termina l'assaisonnement du chili tandis qu'un coup de Klaxon familier retentissait au-dehors. Les enfants ! se dit-elle en fonçant vers la porte d'entrée.

— C'est nous ! s'exclama Sophia en s'engouffrant dans le vestibule, suivie de près par son frère.

Suzanne salua Mme Burton d'un geste de la main avant de refermer. Cette femme ne descendait jamais de voiture de toute façon, sans doute parce que le moindre mouvement lui coûtait. Jack prit son élan et sauta sur le canapé tandis que sa sœur dansait autour de la table en chantant un air à la mode. Tous deux avaient jeté leurs sacs au milieu du salon.

— On va acheter un sapin ? demanda Jack.

— J'ai d'autres projets pour aujourd'hui, répondit-elle, heureuse de constater qu'ils prenaient leurs aises dans la maison, comme s'ils commençaient à s'y sentir chez eux. Le sapin pourrait attendre à mercredi ?

— Mais… ce sera presque Noël ! protesta Sophia.

— C'est vrai, mais ça n'est pas très grave. Nous aurons tout le temps de le décorer avant le jour J. De toute façon, vous ne serez pas là pour en profiter d'ici là.

Ils l'écoutèrent d'une oreille visiblement distraite tandis qu'elle leur parlait du théâtre et, dès qu'elle eut terminé, Sophia se remit à danser sous les applaudissements enthousiastes de Jack.

— Et si vous veniez voir vos chambres ? Prenez vos sacs avec vous.

Cette fois, l'idée leur convint. Chacun s'empara de son petit bagage et fila en courant dans l'escalier. Suzanne sourit, un peu déstabilisée tout de même par leur énergie débordante. Jack entra immédiatement dans sa chambre tandis que sa sœur, les yeux écarquillés, restait figée sur le seuil de la sienne.

— Qu'en penses-tu ? lui demanda Suzanne avec une soudaine appréhension.

— C'est génial..., murmura la fillette. Exactement ce dont je rêvais.

— J'avais peur que tu ne trouves les couleurs trop vives, émit-elle avec un soupir de soulagement.

— Au contraire, j'adore ! Et ça ? C'est l'armoire qu'on a achetée ? demanda Sophia en entrant.

— Oui. C'est Tom Stefanec, mon voisin, tu te rappelles ? Il a fait des merveilles, n'est-ce pas ? Spécialement pour toi.

Tom... Pourquoi ne lui avait-elle pas proposé ce matin, quand il était passé pour les meubles, de revenir à l'arrivée des enfants ? Il se serait fait une joie de lire le bonheur qui se peignait maintenant sur le visage de Sophia, d'autant qu'il y était pour quelque chose. La petite s'était postée devant le miroir et fixait son reflet, les bras le long du corps.

— Je n'aurais jamais cru avoir un jour quelque chose d'aussi beau pour moi toute seule.

Suzanne sentit les larmes affluer à ses paupières. Elle passa une main dans les cheveux de la petite et lui sourit tendrement.

— Dès que nous aurons installé ton lit et ton bureau, tu pourras décorer la pièce à ton idée.

— Mettre des posters, par exemple ?

— Bien sûr !

De l'autre côté du couloir, Jack sautait sur le lit deux places qu'elle avait réinstallé la veille et recouvert de la couette qu'il avait choisie.

— C'est mon lit ? demanda-t-il lorsqu'elle entra.

Ce gamin était une véritable pile électrique ! Etait-ce sa nature ou simplement l'excitation liée à toutes ces nouveautés ?

— Pour ce soir, seulement. Tu as vu, il prend presque toute la pièce ! Tu n'aurais plus d'espace pour jouer si nous le gardions. Vos lits seront livrés dans la semaine. Que penses-tu de la peinture des murs ?

— Elle est très bien, assura Jack. Dites, on va aller dans un vrai théâtre, voir une vraie pièce ?

— Vraie de vrai, répondit Suzanne en consultant sa montre. D'ailleurs, il est temps de nous mettre en route.

D'Edmond à Seattle, il y avait facilement une demi-heure de route. Suzanne dut expliquer longuement à Jack qu'il n'avait pas le droit de monter à l'avant, contrairement à sa sœur. Dépité, l'enfant finit tout de même par s'asseoir et boucla sa ceinture. Jusqu'à l'autoroute, Sophia, fière de sa position sur le siège passager, joua avec la radio, changeant sans cesse de station, s'étonnant qu'il n'y ait pas de lecteur CD.

— Plus personne n'écoute de cassettes, fit-elle remarquer.

— J'ai un lecteur à la maison, mais pas dans la voiture, c'est comme ça, décréta Suzanne. Tant que je n'aurai pas changé de voiture, je ne vois pas l'intérêt d'investir dans ce genre d'appareil. Et puisqu'on parle de musique, je n'aime pas tellement ce style, ajouta-t-elle tandis que sa jeune passagère semblait avoir jeté son dévolu sur une station de rap.

— Ah ? Pourtant, c'est génial !

— Peut-être, concéda-t-elle.

Pour l'instant, elle préférait éviter les sujets de discorde. Elle aurait tout le temps d'expliquer à Sophia que les textes de la plupart des rappeurs étaient non seulement très violents, trop du moins à son goût, mais faisaient également peu de cas des femmes.

— En fait, j'aimerais autant qu'on profite du trajet pour discuter un peu, proposa-t-elle en éteignant la radio.

— De quoi ? répliqua la fillette en haussant les épaules. Moi, je n'ai pas grand-chose à dire.

— Je ne suis pas d'accord. Si nous devons vivre ensemble, il va falloir apprendre à nous connaître.

— Ça veut dire que si nous ne vous parlons pas, vous ne nous garderez pas ?

— Non, bien sûr que non ! Je veux simplement dire que je m'intéresse à vous, à votre personnalité. Et j'espère que c'est un peu réciproque.

— Moi, je n'ai pas beaucoup de copains, intervint Jack. Alors, je ne dois pas être intéressant.

— Quelle idée ! Je pense que tu as changé d'école trop souvent pour avoir l'occasion de te faire de vrais amis, c'est tout. Et c'est pareil pour toi, Sophia. J'espère que votre nouvelle école vous plaira.

— On pourra passer devant avant la rentrée, juste pour la voir ? demanda le garçonnet d'une voix timide.

— C'est une bonne idée. Le week-end prochain, peut-être.

— Nous irons dans la même école ? interrogea Sophia.

— Je pense que oui.

Suzanne réalisa que l'année suivante, la fillette entrerait au collège, une idée qui ne l'enchanta pas vraiment. Aujourd'hui encore, Sophia portait un jean un peu trop serré, un peu trop taille basse. Ses vêtements, ajoutés à la maturité de ses traits, lui donnaient l'air beaucoup plus âgée. Et plutôt délurée. A en croire l'état de ses baskets, elle n'avait pas dû renouveler sa garde-robe depuis plusieurs mois. Après tout, ses jeans étaient peut-être tout simplement trop petits..., songea Suzanne sans grande conviction. Voilà un autre sujet épineux qu'elles devraient aborder tôt ou tard, de toute façon.

— Vous avez pris de quoi vous couvrir ? demanda-t-elle tout à coup.

— Oui, j'ai mon blouson, répondit Jack.

— Moi, je n'en porte jamais, décréta sa sœur.

— Sa fermeture Eclair est cassée, expliqua Jack.

Sophia tourna la tête et lui jeta un regard noir.

— Bien. On sait quoi mettre en tête sur la liste de Noël : une veste chaude pour Sophia !

— Moi, j'ai déjà fait ma liste ! s'exclama Jack. Vous voulez savoir ce que j'ai demandé au Père Noël ?

— Tu me raconteras ça ce soir, proposa Suzanne. Pour l'instant, il faut que je me concentre sur la route, nous arrivons.

Le trafic s'était intensifié aux abords de Seattle et Mercer Street, son artère principale, était bondée. En passant devant le Palais des Sciences, Suzanne se promit d'y emmener les enfants prochainement. L'endroit était non seulement instructif, mais ludique et interactif, il plairait forcément à Jack. Quant à Sophia, le lieu était tellement magique qu'elle laisserait bien vite tomber ses postures d'adolescente en crise pour retrouver sa spontanéité d'enfant, c'était certain. Les deux enfants se tordirent le cou pour apercevoir le haut du *Space Needle*, probablement le bâtiment le plus emblématique de la ville. Construit à l'occasion de l'Exposition universelle de 1962, la tour futuriste surmontée d'une plateforme à l'allure de soucoupe volante culminait à plus de cent quatre-vingts mètres et offrait une vue panoramique exceptionnelle.

— On pourra y monter ? demanda Sophia en descendant de voiture.

— C'est drôlement haut, fit remarquer Jack d'une voix tremblante.

— Pourquoi pas ? répondit Suzanne. Pour aujourd'hui, c'est le théâtre qui est au programme, mais nous aurons bien d'autres occasions de revenir, ne vous inquiétez pas.

Elle réalisait peu à peu et avec angoisse qu'elle n'avait aucune idée de ce que des enfants de cet âge pouvaient apprécier ou non. Et de Jack et de Sophia, elle ne connaissait rien, ou presque. Si, en théorie, l'idée de découvrir petit à petit qui ils étaient avait quelque chose de palpitant, dans les faits elle risquait d'être déçue par leurs goûts. N'allaient-ils pas faire la moue chaque fois qu'elle leur servirait un plat qu'ils n'aimaient pas ? Sophia accepterait-elle de porter des vêtements plus en rapport avec son âge ? Elle se voyait mal vivre dans un conflit permanent avec ces enfants dont l'éducation, jusqu'à présent, avait peut-être été conduite au rebours de ses propres principes.

Plus elle passait de temps avec eux, plus les soucis se profilaient à l'horizon. Un à un, il lui faudrait les résoudre à mesure qu'ils se présenteraient. C'était ça aussi, être mère.

Dès qu'ils furent dans l'atmosphère feutrée du théâtre, le frère et la sœur changèrent immédiatement de comportement. Ils adoptèrent même une attitude fermée, comme s'ils étaient soudain sur la défensive. Jack, blotti contre sa sœur, recommença à fixer ses pieds. Quant à Sophia, elle parut tout à coup irritée, comme si elle était là contre son gré. Les épaules rentrées, elle serrait les bras autour de son corps comme si elle avait voulu se forger une carapace. A moins qu'elle n'ait tout simplement froid, songea Suzanne en se promettant de lui acheter une veste à la première occasion. Le soir, dès qu'ils seraient en pyjamas, il faudrait qu'elle pense à vérifier leurs tailles. Jack était plus petit que la moyenne et Sophia nettement plus grande ; difficile donc de se baser sur leurs âges respectifs.

Dès que la salle fut dans l'obscurité, Suzanne nota avec soulagement que la pièce, instantanément, capta leur attention. Un texte, absurde et drôle à la fois, des comédiens déjantés, toutes les conditions étaient réunies pour surprendre et par là même mobiliser les émotions des grands comme des petits. Il émanait du spectacle une atmosphère de douce folie qui ne manquait pas de poésie et de sens. Lorsque le rideau rouge retomba devant la scène, Jack et Sophia se regardèrent longuement dans une sorte d'hébétude, comme au sortir d'un rêve.

— C'était super ! déclara Jack.

— Super génial, enchérit le petit garçon assis à côté de lui.

La mère de l'enfant échangea avec Suzanne un sourire

complice et cette dernière, pour la première fois, se sentit mère. Dieu que ça faisait du bien…

Sur le trajet de retour, Sophia se mit à faire l'éloge des comédiens qu'elle avait tous trouvés « extra ».

— J'aimerais bien être actrice, mais plutôt au cinéma. Pour pouvoir gagner un Oscar.

— Au théâtre, ce n'est pas mal non plus. On voit son public, on est en lien avec lui.

Sophia parut un instant considérer cet aspect des choses auquel elle n'avait visiblement pas songé, puis hocha la tête.

— A mon avis, c'est moins bien payé.

— C'est sûr, les cachets des comédiens que nous venons de voir sont loin de ceux de Julia Roberts ! confirma Suzanne en riant.

Elle autorisa la fillette à remettre la radio et c'est sur des airs de pop qu'ils rejoignirent Edmond. Jack s'était endormi à l'arrière et Suzanne préféra le laisser dormir, réalisant que, pour le pauvre petit, l'après-midi avait été riche en émotions et qu'il méritait bien une petite pause.

Le chili eut un franc succès, puis Sophia demanda s'ils pouvaient regarder la télévision. Fatiguée par une longue journée, Suzanne accepta volontiers et, s'installant elle aussi dans le salon, elle sortit son crochet et ses bobines de coton d'un geste machinal. Lorsqu'elle était seule, il était rare qu'elle allume la télé mais quand c'était le cas, elle était incapable de rester inactive devant ces images criardes qui défilaient sans discontinuer. Le dessus de canapé qu'elle destinait à Tom était déjà bien avancé, elle ne désespérait pas qu'il soit terminé pour Noël.

Tout en progressant, elle nota que Sophia lançait régulièrement vers elle des regards intrigués.

— Tu voudrais que je t'apprenne ? demanda-t-elle en s'interrompant.

— Je ne sais pas si je pourrais faire ça, répondit la fillette, l'œil brillant d'envie.

— Peut-être pas tout de suite, c'est vrai, mais tu pourrais commencer par le tricot. Le point mousse, c'est le plus facile.

Elle alla chercher des aiguilles et de la laine violette, puis prépara le premier rang. La fillette écouta attentivement les consignes qu'elle lui donnait, observa le mouvement et bientôt, s'attela à l'exercice avec une étonnante concentration. Tenace, elle n'hésitait pas à défaire les mailles ratées pour recommencer. Lorsque Jack changea de chaîne pour mettre un dessin animé, elle ne s'en rendit pas même compte tellement elle était absorbée. Ce serait génial qu'elle se prenne au jeu, songea Suzanne en l'observant du coin de l'œil.

L'heure du coucher arriva et ils ne firent aucune difficulté à se mettre au lit, tous les deux dans la chambre de Jack. Pendant une heure, elle les entendit parler à voix basse, rire, se lever pour aller dans la salle de bains, puis ce fut le calme plat. Ils dormaient, tout s'était passé pour le mieux. La journée, une fois encore, avait filé à une vitesse incroyable… Suzanne gagna elle aussi sa chambre, rompue de fatigue. A croire qu'elle n'avait plus l'habitude des émotions fortes ! Son quotidien était si calme depuis trois ans…

*
* *

Le lendemain, elle était en train de préparer des pancakes lorsque Sophia apparut sur le seuil de la cuisine en chemise de nuit, les yeux encore embués de sommeil.

— Jack a fait pipi au lit, annonça-t-elle. Il pleure parce qu'il pense que vous allez le gronder. C'est vrai ?

— Bien sûr que non ! répondit immédiatement Suzanne en s'essuyant les mains. Je vais l'emmener prendre une douche.

— Il a peur des douches, il ne prend que des bains.

— Eh bien, qu'à cela ne tienne : un bain !

Elle trouva le garçon prostré sur son lit, les yeux rougis.

— Bonjour, Jack ! lança-t-elle gaiement. Ne t'inquiète pas, ce n'est pas ta faute. Choisis des vêtements propres et saute dans la baignoire. Je laverai ton pyjama tout à l'heure, avec les draps.

— C'est vrai ? dit-il en levant vers elle un regard incrédule. Vous n'êtes pas fâchée ?

— Bien sûr que non ! Allez, file ! Je t'ai mis du bain moussant à la pomme.

Jack parut hésiter un moment, puis il se leva, prit des vêtements dans son sac et courut vers la salle de bains.

— Je suis trempée moi aussi, du coup, fit remarquer Sophia avec une moue de dégoût.

— Tu pourras prendre une douche juste après ton frère, et je laverai ta chemise de nuit, assura Suzanne en défaisant les draps.

Dieu merci, elle avait suivi le conseil de Tom et mis une alèse…

— C'est ma faute, au fond, continua-t-elle. Je n'aurais jamais dû laisser Jack boire un jus de fruits avant d'aller se coucher.

— J'en ai bu un moi aussi et je n'ai pas fait pipi au lit.

— Tu oublies que ton frère est plus petit que toi, et que, par conséquent, il a une plus petite vessie.

— S'il recommence, vous vous mettrez en colère ?

— Pourquoi me demandes-tu ça sans cesse ? Je te l'ai dit déjà, je ne vois pas à quoi ça servirait. Et puis, ça n'est pas dans ma nature. Je ne me souviens même pas de la dernière fois où je me suis énervée.

— Ah bon ? s'étonna Sophia. Moi, je m'énerve tout le temps.

— C'est ce que tu dis, mais je ne t'ai encore jamais vue en colère.

Evidemment, Suzanne passait sous silence les multiples regards noirs que la jeune fille jetait régulièrement à son frère. C'est sans doute ainsi qu'elle testait son autorité d'aînée, mais parallèlement, elle se montrait aussi très protectrice à l'égard de son cadet.

— Ça viendra, promit Sophia. Je ne sais jamais à l'avance quand ça va m'arriver.

— Tu as déjà essayé de prendre sur toi et d'attendre que ta colère passe, je ne sais pas moi, en t'isolant ou bien en allant faire un petit tour ? suggéra Suzanne.

— Au contraire. Quand je suis énervée, je veux que tout le monde le sache. Pourquoi je le cacherais ?

— Parce que, en étant désagréable, tu obtiendras moins facilement des autres ce que tu veux. La violence, la grossièreté, en général, mettent les gens dans de mauvaises dispositions. Il y a plein d'autres raisons de rester calme. Ne serait-ce que pour ne pas donner à l'autre la satisfaction de voir qu'il t'a blessée si c'est ce qu'il cherche. Ou bien encore parce que être une grande fille, c'est d'abord être capable de gérer ses émotions.

— Si on est en colère et qu'on le cache, on ment.

— Le mensonge, c'est quand tu dis quelque chose que tu sais pertinemment être faux, rappela Suzanne. Et puis, c'est un autre problème. Quand tu te mets en colère, ça a des conséquences, non ?

— En général, je suis punie de récréation et j'ai un mot sur mon carnet.

— Et tu es contente de ça ?

— Pas vraiment.

— Eh bien, réfléchis à ce que je viens de te dire et la prochaine fois, si ça arrive, tu réagiras peut-être différemment. Et en attendant, tu peux aller prendre une douche dans ma salle de bains, si tu veux. Je récupérerai ta chemise de nuit tout à l'heure.

Suzanne porta les draps dans la buanderie et termina les préparatifs du petit déjeuner pendant que les enfants se lavaient.

Jack fut d'un calme saisissant jusqu'à ce qu'il comprenne que l'épisode de la nuit était largement oublié et qu'il ne risquait plus de réprimande. Il se mit alors à s'agiter tout en mangeant, à tel point qu'il finit par renverser son verre de jus d'orange. Comme la fois précédente, il se mit immédiatement à trembler en jurant qu'il ne l'avait pas fait exprès.

— Je le sais, assura Suzanne en se levant pour aller

chercher une éponge. Mais même si ce n'est pas ta faute, il faut quand même que tu apprennes à manger plus calmement. Tu t'agites dans tous les sens alors ce n'est pas étonnant si ce genre de choses arrivent.

— Je n'ai pas fait exprès, répéta l'enfant.

— Ne t'inquiète pas, Jack, je le sais très bien, dit-elle en posant une main sur son épaule. Finis de déjeuner tranquillement, sans gigoter dans tous les sens, et nous éviterons un nouveau raz de marée, d'accord ?

Le petit acquiesça d'un signe de tête et s'exécuta sans prononcer un mot. Après le déjeuner, comme le temps ne se prêtait pas trop à ce qu'il aille jouer dehors, il s'installa pour dessiner tout en regardant la télé. Sophia, quant à elle, retrouva son tricot avec plaisir, certaine que les quelques rangs commencés feraient bientôt une écharpe magnifique. Elle avait décidé de ne pas emporter son ouvrage chez Mme Burton, expliquant que si elle se trompait Suzanne ne serait pas là pour l'aider. La jeune femme reçut avec plaisir cette preuve de confiance. Les enfants étaient encore loin de lui témoigner de l'affection, mais ils lui accordaient néanmoins un certain crédit. C'était un début.

Le déjeuner à peine fini, on entendit la pétarade assourdissante suivie du coup de frein et du fameux Klaxon. Mme Burton. Suzanne soupira et aida les enfants à porter leurs sacs jusqu'à la voiture. Rien ne disait qu'ils auraient tellement plus de bagages le jour où ils emménageraient pour de bon. De toute évidence, ces petits manquaient de tout : leurs vêtements étaient usés, ils n'avaient ni livres ni jouets. Il faudrait qu'elle remédie à cela au plus vite, d'autant qu'ils étaient tous deux demandeurs d'activités multiples, curieux aussi, et qu'il était hors de question qu'ils passent leurs journées devant la télé.

Avant qu'ils ne se séparent, ils lui confièrent la liste qu'ils avaient dressée pour Noël et notée chacun à la suite, avec application, sur une feuille blanche pliée en quatre. Le moins qu'on pouvait dire, c'est qu'ils regorgeaient d'idées ! Voilà qui aiderait sans doute Gary et Carrie, si jamais ils étaient en panne d'inspiration. Encore, sa sœur vivant maintenant au quotidien avec un garçon de six ans, elle n'aurait sans doute aucun mal à trouver une idée de cadeau pour Jack, mais pour Gary, la chose serait sans doute moins évidente. Il avait lui-même été, entre quatre et sept ans du moins, privé des joies de l'enfance, des paquets qu'on déballe le matin de Noël, des jouets qu'on étale sur le sol de sa chambre et avec lesquels on s'invente des tonnes d'histoires merveilleuses. Heureusement, songea Suzanne, il avait trouvé en Rebecca une femme qui connaissait ce genre de parcours et qui l'aidait sans doute d'ailleurs à mieux vivre avec ce passé douloureux. Quant à elle, même si chez son oncle et sa tante, on avait toujours veillé à la gâter au même titre que ses cousins, elle n'était guère au courant des nouvelles modes en matière de figurines ou de jeux de société. Cette liste, en somme, et même si elle reflétait cruellement le désir de Sophia et de Jack d'accéder à une vie plus confortable sur un plan matériel, tombait à point nommé !

Elle les embrassa, le cœur serré, et une fois encore, regarda la voiture s'éloigner en faisant le vœu que ce soit pour la dernière fois. Elle allait rentrer chez elle quand elle entendit la porte du garage de Tom s'ouvrir. Apparemment, cette apparition était fortuite cette fois, car elle vit bientôt le pick-up sortir en marche arrière. Le conducteur tourna la tête et, en l'apercevant, coupa immédiatement le moteur et vint à sa rencontre.

— Bonjour! lança-t-il, un large sourire aux lèvres. Je m'apprêtais justement à aller acheter un apprêt pour la commode. A mon avis, il vaut mieux la peindre.

— La peindre? s'insurgea Suzanne, une main sur le cœur, en feignant l'effroi.

— Bon, d'accord, moque-toi de moi, c'est de bonne guerre. Mais ce meuble-ci est en chêne, et non en merisier. Ça fait une différence. Et puis il n'a pas le même vécu non plus, si je puis dire. Viens voir.

La commode était parfaitement poncée, mais des taches noires ressortaient, comme si le bois avait été brûlé.

— Impossible de ramener le bois, expliqua Tom. J'ai tout essayé et il ne sert à rien de raboter davantage. Cela dit, c'est un meuble solide et bien fait.

— Tu as réussi à régler le problème des tiroirs?

— Oh, ça n'était pas grand-chose. Le bois avait juste un peu gonflé. Un léger ponçage a suffi.

Il prit l'un des tiroirs posés au sol et le fit glisser dans son emplacement avec une étonnante facilité.

— Incroyable!

— Je te jure, c'était un jeu d'enfant, assura-t-il, modeste. Et puis je te l'ai dit, j'adore travailler le bois. Enfant déjà je passais des heures dans le garage de mon père à assembler des planches, à restaurer ce qui me tombait sous la main. J'ai un peu d'expérience, voilà tout.

— Tu t'en sors très bien, vraiment. Ces taches sont

étranges, elles ont pénétré profondément le bois, apparemment…, ajouta-t-elle en se penchant sur le plateau. Bon, je suis d'accord, il faut peindre. Peut-être en vert, comme les baguettes ? Attends, ne bouge pas, je vais te chercher le pot.

Elle courut chez elle et rapporta le reste de peinture.

— Vert olive, précisa-t-elle en lisant l'étiquette.

— Je peux l'emporter ? Pour un meuble, il vaudrait mieux une peinture glycéro, on obtiendrait un aspect plus patiné et puis ce serait moins salissant. Le problème, c'est que tu as utilisé de l'acrylique et que je ne suis pas sûr de trouver la même teinte. Au moins, avec le pot, je pourrai comparer et prendre le ton le plus proche.

— Bien sûr, prends-le, je n'en ai plus besoin de toute façon. En fait, il faudrait que j'aille faire quelques courses moi aussi, ajouta-t-elle en soupirant.

— Viens avec moi, dans ce cas ? Et une fois nos emplettes dans le coffre, on pourrait aller manger un bout, qu'en dis-tu ?

L'invitation était on ne peut plus informelle, et pourtant Suzanne sentit son cœur s'accélérer. Un dîner en ville, en tête à tête en quelque sorte, il y avait bien longtemps que ça ne lui était pas arrivé ! Enfin, inutile de se monter la tête ou d'en faire toute une montagne, il s'agissait seulement de faire quelques courses et d'avaler un truc avant de rentrer.

— Pourquoi pas ? répondit-elle avec tout le détachement possible. Je vais chercher mon sac et j'arrive.

En fait, elle était loin de ressentir la désinvolture qu'elle affichait. En moins de deux minutes, elle réussit à se recoiffer, se remaquiller sommairement, attraper sa liste de courses et son sac, enfiler une veste et fermer la porte à clé derrière elle. Un record d'efficacité ! Si elle pouvait trouver la même énergie le matin, elle n'ouvrirait pas si souvent en retard la boutique ! Question de motivation, se dit-elle en tremblant légèrement. Et Dieu sait si elle adorait son job…

Tom avait refermé la porte du garage et l'attendait assis derrière le volant. L'intérieur du pick-up était à l'image du reste : impeccable. Le véhicule, dans lequel elle le voyait pourtant rouler depuis au moins deux ans, sentait encore le neuf.

— Quel est ton programme ? demanda-t-il d'emblée. On est dimanche, et j'ai tout mon temps. Si tu dois passer dans plusieurs boutiques, ça n'est pas un problème.

— A vrai dire, j'irais bien faire un tour dans un dépôt-vente. Il manque encore un bureau pour la chambre de Sophia et peut-être un luminaire. On ne sait jamais dans ce genre d'endroit, on tombe parfois sur des trésors inattendus.

— C'est parti !

Elle boucla sa ceinture et se laissa conduire, heureuse de ne pas faire les boutiques seule, pour une fois. Dans l'habitacle confiné et étroit, la stature de son voisin était encore plus impressionnante, mais Suzanne ne percevait plus ce trait de son physique comme un problème. Longtemps, cette carrure imposante lui avait fait peur, comme si elle était annonciatrice d'un tempérament violent, intransigeant aussi. Mais maintenant qu'elle connaissait mieux Tom, ses appréhensions, liées sans aucun doute à son passé conjugal, s'estompaient et elle avait plutôt tendance à se sentir tout simplement en sécurité. Oui, la présence du jeune homme la rassurait. Mais ce n'était pas tout : les mains puissantes serrées sur le volant, les muscles des cuisses saillant sous le jean délavé, tout ce qu'elle percevait de ce corps athlétique lui semblait une promesse de voluptés auxquelles elle n'avait peut-être jamais goûté, si bien qu'elle ne pouvait poser les yeux sur lui sans frissonner aussitôt. Elle détourna le regard, honteuse de l'audace de ses pensées. Sans doute était-elle restée célibataire trop longtemps. C'était la nature qui parlait, voilà tout. Une simple affaire d'instinct. Comment expliquer sinon que la perspective d'une virée au supermarché du coin et d'une pizza avalée à la va-vite au comptoir d'un fast-food la mettent dans un état de nerfs pareil ?

Chapitre 7

— Regarde ! s'exclama Tom en pouffant. Vise un peu ce truc ? Je crois que je n'ai jamais rien vu d'aussi laid !

Il avait devant lui un objet tout droit venu de Mars : un portemanteau en plastique orange, couvert de strass qui étincelaient sous les spots du magasin !

— Ah ! L'inventivité des années soixante-dix ! enchérit Suzanne. C'est que tu manques d'imagination, sur une moquette vert gazon, ça ne serait peut-être pas si mal !

Il leva les yeux au ciel et se dirigea vers une bibliothèque de bois sombre tandis que la jeune femme examinait les bureaux. C'était le troisième dépôt-vente qu'ils visitaient et elle n'avait toujours pas trouvé son bonheur. En temps normal, il aurait peut-être perdu patience, son goût pour le lèche-vitrine étant passablement limité. Mais la compagnie de Suzanne changeait tout. Il se moquait pas mal de devoir faire toutes les brocantes de l'Etat si ça lui permettait de passer une heure de plus avec elle ! Et puis les questions d'ébénisterie l'avaient toujours passionné.

— Qu'en penses-tu ? demanda-t-elle lorsqu'il l'eut rejointe devant un petit meuble en mélaminé.

Il tira l'un des tiroirs et observa la structure.

— La fabrication laisse à désirer, dit-il. Je pense qu'on peut trouver mieux.

— Pas aujourd'hui, apparemment, soupira-t-elle.

— Peut-être que si. Il y a un entrepôt au bord de la voie rapide, juste avant la bretelle d'autoroute qui mène à Seattle. Je passe devant tous les jours et tous les jours, je me dis qu'il y a là-dedans des choses intéressantes. Je n'ai jamais pris le temps de m'y arrêter mais on pourrait aller voir s'il est ouvert.

— Puisqu'on est lancés, autant en profiter, acquiesça-t-elle.

Ils étaient à peine montés en voiture qu'elle se tourna vers lui et lui sourit.

— Soit tu aș des talents de comédien, soit tu es un chineur dans l'âme ! s'exclama-t-elle. En tout cas, tu caches bien ton ennui. Josh serait devenu fou si je l'avais traîné comme ça d'une boutique à l'autre tout un après-midi !

— A vrai dire, je m'amuse plutôt, assura-t-il. Ne crois pas que tous les hommes sont faits sur le même moule et qu'ils trépignent dès qu'on les oblige à faire les boutiques. Je te l'ai dit, j'adore les meubles, leur fabrication, leurs styles. En fait, quand j'entre dans ces hangars livides et pleins de toiles d'araignées, je ne désespère jamais de tomber sur une console du XVIIIe siècle planquée dans un coin. Trouver la perle rare, quoi !

Un meuble XVIIIe ! Où allait-il chercher ça ? Si seulement elle savait à quoi il pensait réellement ! Une vie à ses côtés, des enfants, une grande maison pleine de rires et de gaieté… En fait, à côtoyer sa voisine, il en venait à rêver de tout ce qu'il s'était jusqu'ici interdit. Autant dire qu'il glissait sur une pente dangereuse…

— Tu aimes les antiquités ? s'étonna-t-elle.

— Pas toi ?

— Si j'en avais les moyens, je crois que j'adorerais m'entourer de meubles précieux, patinés par les siècles. Mais ma maison est principalement remplie de bric-à-brac déniché dans les vide-greniers pour quelques dollars. Disons que je me contente de ce qu'offre le XXe siècle.

— Et alors ? L'armoire en merisier est magnifique.

— Tu as une idée de quand elle date ?

— Fin XIXe, à mon avis.

— Ah bon ? murmura-t-elle, songeuse. Ça veut dire que l'armoire de Sophia a une certaine valeur ? C'est bien la première fois que je vais devoir m'inquiéter pour un objet. Tu te rends compte, si elle l'abîme, ou bien si elle décide carrément de la peindre en noir ?

— Ne t'en fais pas, dit-il en riant. Cette petite a l'air rebelle, mais rien ne dit qu'elle finira gothique ! Et puis tu n'as qu'à lui expliquer que ce meuble a traversé les âges et qu'elle pourra le transmettre à ses enfants, elle aussi, enfin que c'est comme un être cher dont il faut préserver la mémoire, qu'on doit donc y faire attention si on ne veut pas qu'il tombe dans l'oubli. Je suis certain qu'elle peut comprendre.

Ils sortirent de la voie rapide et prirent la petite route qui menait jusqu'à l'entrepôt, situé dans une zone assez louche, entre un tatoueur et un bar de nuit. Le propriétaire, qui devait manquer d'imagination, avait tout simplement inscrit Dépôt-vente sur sa devanture et ne semblait pas submergé de clients. A travers les vitres crasseuses, on apercevait un amoncellement impressionnant de meubles. Une sonnerie enrouée retentit lorsqu'ils pénétrèrent dans ce capharnaüm, alertant vaguement le maître des lieux qui somnolait derrière le bureau qui lui servait de caisse. Ce dernier se contenta de lever un sourcil et d'aviser d'un œil las les intrus avant de refermer les paupières.

Armoires plus ou moins désossées, tables marquetées ou bien en Formica, chaises de tous styles, bibelots hétéroclites, tout était entassé sans ordre particulier, sans doute au hasard des arrivages. Non seulement il y avait du choix si tant est qu'on prenne le temps de fouiller un peu, mais les prix semblaient assez attractifs. Tom repéra devant lui plusieurs bureaux qui étaient à peu près alignés, et aida Suzanne à se frayer un chemin jusqu'à eux en enjambant deux ou trois vasques de lavabo abandonnées en travers du chemin. Ils examinèrent les lieux chacun avec attention et Tom fut bientôt confirmé dans son intuition : même si ce bazar ne payait pas de mine, il recelait des objets de qualité. Il exposa à sa voisine les mérites de trois des secrétaires qu'ils avaient sous les yeux et elle finit par jeter son dévolu sur un modèle en chêne qui devait dater des années cinquante à en croire son plateau massif, arrondi dans les angles et les poignées métalliques de ses tiroirs. En plus d'être assez original, d'une teinte acajou qui rappelait un peu celle de l'armoire en merisier, il était en très bon état et ne demandait pas de gros travaux de restauration. La jeune femme semblait soulagée et heureuse de son choix. Du coup, elle manifesta l'envie de faire un tour de l'entrepôt, au cas où…, lança-t-elle, un sourire aux lèvres.

Comment résister ? D'autant qu'elle avait parfaitement raison, cet endroit regorgeait de bonnes affaires, c'était évident. Après un quart d'heure à errer d'un vaisselier à une pile de revues ou de vinyles gondolés, elle s'arrêta devant une bibliothèque de taille modeste mais assez bien finie. Tom sortit son canif et gratta la couche épaisse de peinture marron qui la recouvrait. De l'érable, un très bon bois.

— N'hésite pas, affirma-t-il. Une fois poncée, elle sera du meilleur effet.

Il fit signe au propriétaire des lieux que leur choix était arrêté et ce dernier, après s'être levé péniblement, les rejoignit d'un pas traînant, en se grattant la nuque et en marmonnant des paroles inaudibles. A l'évidence, ce vieil acariâtre n'était pas passé par une école de commerce ! Tom, malgré les airs bourrus et quelque peu désabusés du bonhomme, le trouva immédiatement sympathique. Au moins un qui ne vous servait pas son boniment pour vous fourguer coûte que coûte sa camelote ! Et contrairement aux apparences, il se révéla un excellent connaisseur en matière de mobilier. Il avait conscience de ne pas vendre des antiquités rares, aussi pratiquait-il des prix à la portée de toutes les bourses sans pour autant brader sa marchandise. Il indiqua à Tom une porte à l'arrière de l'entrepôt par laquelle il était plus commode de charger les meubles et l'aida à monter le bureau et la bibliothèque dans le pick-up avant d'encaisser le chèque que Suzanne lui tendait.

L'instant d'après, ils étaient en route vers le centre d'Edmond.

— J'ai hâte de voir les panneaux de ta bibliothèque une

fois poncés, annonça Tom. Je suis sûr qu'ils ont de belles veines. Tu sais déjà où tu veux l'installer ?

— Non, pas encore. Peut-être dans la chambre de Jack. En tous les cas, je te donne encore du travail. Ça me gêne, vraiment, j'ai l'impression d'abuser. Sans compter que je vais devoir te remercier pour la millième fois ! Non, sérieusement, j'apprécie ta gentillesse.

Trop heureux de rendre service, songea-t-il. Puisque c'était la seule façon qu'il avait trouvée pour voir Suzanne plus souvent, pour la côtoyer, pour entrer un peu dans sa vie, y jouer un rôle, même minime. Restaurateur de meubles, ce n'était pas si mal après tout !

Il tourna vers un supermarché dont il connaissait le rayon quincaillerie : il devrait trouver la peinture adéquate pendant que Suzanne ferait les achats dont elle avait besoin. Ils s'engagèrent dans les allées, chacun poussant son Caddie, côte à côte, discutant à bâtons rompus de tous les sujets qui leur passaient par la tête. Jamais Tom ne s'était senti aussi bien avec une femme, aussi immédiatement en phase. Un peu comme s'ils avaient été de vieux amis qui se retrouvaient après quelques années de séparation. Mais il ne s'y trompait pas : tout paraissait simple et fluide parce qu'il se gardait de rien dévoiler du sentiment qui l'habitait. Au moindre geste ambigu de sa part, la jeune femme rentrerait dans sa coquille et recouvrerait sa méfiance des derniers mois, il en était convaincu.

Ils allèrent ensemble jusqu'au rayon des peintures et trouvèrent un pot de vert assez voisin de celui des baguettes. Puis Suzanne fit une halte au rayon salle de bains, dans l'espoir de dégoter un panier en osier pour le linge sale.

Etrangement, son visage s'illumina quand elle avisa des serviettes molletonnées, comme si elle en voyait pour la première fois. Ensuite, ce fut le tour des porte-savons, qui, eux aussi, soulevèrent son enthousiasme.

— Tant que j'y suis, je pourrais refaire la salle de bains des enfants, elle est sinistre ! émit-elle enfin en se tournant vers lui. Tom, il faut que tu m'arrêtes ! Non seulement je cours droit à la ruine, mais j'ai la fâcheuse tendance de ne jamais finir ce que j'entreprends et de me lancer dans un nouveau projet avant même d'avoir terminé ce que j'ai en cours. C'est plus fort que moi, je me lasse, j'ai envie d'autre chose... C'est la raison pour laquelle je conçois des patrons pour le tricot : ce qui m'intéresse, c'est davantage l'idée que la réalisation. Enfin, en l'occurrence, il faut que je finisse les chambres. Les enfants ne peuvent pas vivre dans un chantier permanent.

— Les paniers à linge sont de l'autre côté, décréta-t-il sur un ton faussement autoritaire qui la fit sourire.

— Ça ne t'ennuie pas si on passe aussi aux jouets ?

Il lui rendit son sourire et la suivit avec plaisir. C'était bien la première fois qu'il prenait autant de plaisir à faire du shopping ! En fait, il aurait pu passer des heures à contempler la jeune femme. Les expressions de son visage, le moindre frémissement de sa peau, la manière dont elle se déplaçait, les réflexions inattendues que suscitait en elle ce qui s'offrait à sa vue, tout le ravissait ! Par moments, il avait l'impression d'avoir devant lui une enfant émerveillée par le monde qu'elle découvre, ou qui s'assombrit soudainement quand elle sent que son vœu ne sera pas exaucé. Et puis l'instant d'après, c'était une femme posée et mûre avec laquelle il échangeait une réflexion sur l'existence, la situation du pays, la responsabilité de chacun. Cette balade n'avait pourtant rien de romantique : on avait en effet vu mieux comme premier tête-à-tête qu'une visite des rayons quincaillerie d'un supermarché ! Et pourtant, aussi banal que soit le décor, Tom avait le sentiment de vivre une aventure inédite, pleine de piquant et d'émotion. Pour la première fois depuis bien longtemps, il avait la sensation d'exister. Et il aurait parcouru le rayon cosmétique en large et en travers si c'était le moyen de prolonger cet instant de pur bonheur. Pas de doute, cette femme, sans le savoir, était en train de bouleverser ses principes les plus arrêtés. Le danger était réel, et tout proche, mais il ne voyait absolument pas comment s'en prémunir. Il n'en avait tout bonnement pas envie.

Ils s'arrêtèrent devant les livres pour enfants, et Suzanne choisit deux romans pour Sophia et une bande dessinée pour Jack avant de se diriger vers les décorations de Noël.

— Ça va être le plus beau réveillon de ma vie, dit-elle en déposant une guirlande électrique dans son Caddie.

Pourvu que les deux enfants qu'elle s'apprêtait à adopter ne lui gâchent pas ce moment… Tom comprenait que sa voisine se réjouisse de passer les fêtes en leur présence, il mesurait aussi tout ce qu'elle projetait là d'un modèle convenu, celui de la famille idéale. Apparemment, ces petits avaient l'air adorable, mais ils revenaient de tellement loin… Une mère décédée quelques mois plus tôt, un père inexistant, ils avaient sans doute perdu beaucoup des illusions qui sont celles de l'enfance. Jack et Sophia étaient peut-être des bombes à retardement, prêtes à exploser au moment précis où Suzanne, confiante, certaine de leur affection, s'y attendrait le moins. Noël, particulièrement, était souvent une période critique, autour de laquelle on cristallisait beaucoup d'émotions, et pas toujours les plus favorables, il en savait quelque chose. Enfin, quoi qu'il craigne, il ne se sentait pas le cœur de détruire son rêve ni même de la mettre en garde. De toute façon, Suzanne était une femme intelligente, elle avait sans doute mûrement réfléchi avant de se lancer dans cette procédure d'adoption, elle devait bien se douter qu'accueillir deux enfants au passé douloureux n'irait pas sans quelques nuages.

Ils s'acheminèrent vers les rayons d'alimentation et il fut surpris de constater combien, dans ce domaine, ses propres achats paraissaient frugaux par rapport à ceux de sa voisine. Lorsqu'ils arrivèrent aux caisses, son Caddie contenait en tout et pour tout un steak, des petits pois surgelés, du maïs en boîte, des pommes dauphine, quelques bières et un paquet de biscuits. Quant à celui de Suzanne, il était nettement plus rebondi, et la plupart des produits qu'elle avait achetés étaient frais : brocolis, haricots verts, salade, fruits, poisson, farine… De toute évidence, contrairement à lui, elle faisait régulièrement la cuisine. Il n'avait pourtant pas l'impression de se négliger…

— Ton frère vient pour Noël, n'est-ce pas ? demanda-t-il en l'aidant à ranger ses courses dans les sacs.

Il avait fait la connaissance de Gary Lindstrom à l'automne, alors que celui-ci faisait une visite à sa sœur. En fait, Gary était venu lui emprunter une échelle pour nettoyer les gouttières de Suzanne qui menaçaient de se boucher depuis un moment, et quelques outils pour installer des étagères dans son garage. Lindstrom lui avait fait bonne impression, celle d'un gars honnête et sympathique, toujours prêt à rendre service et heureux de faire plaisir à sa sœur.

— Je ne te l'ai pas dit ? Non seulement il vient de Santa Fe pour nous voir, mais il se marie à Seattle, juste après Noël !

Comment lui aurait-elle annoncé la nouvelle ? Il y avait encore quelques jours, elle passait le plus clair de son temps à l'éviter ! Et maintenant, voilà qu'elle se confiait à lui avec une décontraction évidente, comme s'ils s'étaient toujours connus ! Tom en venait à se demander s'il ne rêvait pas. Qu'avait-il attendu d'autre depuis trois bonnes années qu'ils se côtoyaient ? Comme par magie, la barrière infranchissable qui jusqu'alors s'érigeait entre eux avait volé en éclats, et tout avait l'air si simple, si naturel…

— Ah bon ? se contenta-t-il de répliquer, tout à son trouble.

— Tu n'as jamais croisé la première assistante sociale qui s'est occupée de mon dossier ? Non, bien sûr, je suis bête… Eh bien, figure-toi que Gary et elle sont tombés amoureux. Mon frère est passé me rendre visite à l'imprévu et hop ! le coup de foudre ! J'ai allègrement raté mon mariage mais paradoxalement, je me suis découvert des talents de marieuse. Pour mon frère et pour ma sœur !

— Ta sœur ? Je ne connais rien d'elle, fit-il remarquer.

— Carrie a épousé Mark, le détective privé que j'avais engagé pour la retrouver. Tu l'as forcément aperçu un jour ou l'autre.

— Le détective privé ? Là, chapeau ! Je dois admettre que tu as du talent. Deux mariages, deux coups de foudre, c'est épatant !

— Cela dit, ajouta-t-elle, je n'y ai pas vraiment gagné. Carrie voulait reprendre ses études et devait venir habiter à la maison. Evidemment, en épousant Mark, elle a changé de plans. Et puis, j'ai perdu mon assistante sociale préférée.

— Mais la famille s'est agrandie.

— Exactement ! Et j'adore aussi bien mon beau-frère que ma belle-sœur, ce qui est rare, non ? Ce que j'apprécie en toi, Tom, c'est que tu sais toujours voir le bon côté des choses, ajouta-t-elle, l'œil scintillant. Tu es de nature optimiste, non ?

Optimiste, il n'aurait pas été jusque-là. Ce qu'il avait vu du monde quand il était dans l'Armée ne lui avait pas donné une vision particulièrement idyllique de l'humanité. Disons qu'il détestait se laisser aller à la déprime, voilà tout.

— Et toi ? risqua-t-il.

Il connaissait déjà la réponse. Les épreuves que la jeune femme avait traversées n'avaient pas réussi à aigrir son tempérament. Son visage enfantin rayonnait de vie, d'espoir, de foi en l'avenir et en l'humanité. C'est même sans doute ce qui avait fait d'elle une proie facile pour son ex-mari. Elle était tellement généreuse, compréhensive et positive qu'elle devait trouver à ce Josh mille bonnes raisons d'agir avec elle comme il le faisait ; elle se persuadait sans doute qu'il ne pensait pas ce qu'il lui disait, qu'il l'aimait sincèrement, ce genre de choses…

— J'ai parfois des coups de blues, confessa-t-elle. Mais

globalement, j'ai tendance à croire que tout s'arrange toujours.

— Et que tout le monde est pétri de bonnes intentions.

— Tu me trouves naïve, c'est ça ?

— Non, je te trouve… unique.

Elle resta un moment sans voix et rougit légèrement.

— C'est… c'est gentil, Tom, balbutia-t-elle enfin.

Tandis qu'ils s'éloignaient dans la galerie marchande, il se maudit d'avoir été aussi direct. Evidemment, il l'avait mise mal à l'aise. C'était d'autant plus maladroit de sa part qu'il savait par expérience combien la jeune femme, avec lui, avait pu être sur la défensive. Elle se détendait, d'accord, mais ce n'était pas une raison pour croire qu'elle allait lui tomber dans les bras ! Elle avait surtout besoin d'un ami, de quelqu'un sur qui s'appuyer dans cette période délicate, pas d'un don juan qui la déstabilise.

— D'habitude, que fais-tu pour Noël ? demanda-t-elle après un silence.

— Jusqu'à il y a deux ans, j'allais chez un ami, Phil. C'est chez les Rangers que nous nous sommes rencontrés. Nous sommes très proches, ses enfants pensent même que je suis leur oncle.

— Je parie que tu les gâtes comme si tu l'étais.

— C'est vrai, admit-il.

— Mais depuis deux ans, tu n'y vas plus ?

— Il a été muté à l'autre bout du pays, expliqua Tom.

— Et tes parents ?

— Il ne me reste que mon père, il vit en Floride.

Tom et lui n'avaient jamais eu grand-chose à se dire. Pas une fois, il n'avait vu le vieil homme pleurer, ni après la mort de sa fille, ni après celle de sa femme. Comme si la disparition de ces deux êtres lui avait été complètement indifférente. Roger Stefanec avait voué sa vie entière à l'Armée et il n'en était jamais vraiment sorti, passant, bien après sa retraite, ses soirées au club des officiers à évoquer le bon temps du Viêt-nam ou de la Corée, à maugréer contre la société actuelle et la jeunesse qu'il qualifiait volontiers de fainéante, quand ce n'était pas de dégénérée. C'était un homme dur, renfermé, sévère, le genre de types qui finissent seuls leurs jours quand ils n'ont pas pour seule compagne leur bouteille de bourbon. Tom, en s'engageant dans la carrière militaire, avait en partie suivi sa trace, mais la comparaison s'arrêtait là. En fait, il n'avait eu de cesse, depuis sa plus tendre enfance, de tout faire pour ne pas ressembler à son père.

Ils s'arrêtèrent devant une pizzeria et décidèrent d'y dîner. Les surgelés, enfermés dans des sacs isothermes, ne risquaient rien, surtout compte tenu de la température ambiante. Ils avaient bien deux heures devant eux. La salle était presque déserte, ils choisirent une table un peu excentrée et passèrent commande.

— Dis-moi, prononça soudain Suzanne avec une nervosité inattendue, je te connais depuis quoi… cinq ans, c'est bien ça ? Et je n'ai aucune idée de la façon dont tu gagnes ta vie. Que fais-tu depuis que tu as quitté l'Armée ?

— Excuse-moi si je joue sur les mots mais pour moi, nous ne nous connaissons que depuis quelques jours, fit-il remarquer, amusé par la soudaine impatience de son interlocutrice. Avant, nous nous croisions et échangions les politesses d'usage, rien de plus. Je n'appelle pas ça connaître quelqu'un.

— Soit. Mais aujourd'hui, il se trouve que tu connais pas mal de choses de ma vie privée, alors que j'ignore tout de toi ou presque.

— Ce n'est pas faux. Eh bien, puisque mon job t'intéresse, je suis responsable de planification chez Boeing.

— Responsable de… ? Tu vas sans doute me trouver idiote, mais ça consiste en quoi ?

— Ne t'en fais pas, j'ai l'habitude qu'on me regarde avec des yeux ronds quand je parle de ce que je fais. Globalement, personne ne saisit vraiment en quoi consiste mon boulot, tout simplement parce que c'est assez technique. En gros, mon travail consiste à m'assurer que les projets de production sur papier sont réalisables. Quand tel ou tel service d'ingénierie de l'usine propose un nouveau composant, sur un avion par exemple, j'examine les plans, je contrôle toutes les données techniques et logistiques, je vérifie les gammes… enfin, l'organisation concrète de la chaîne de production, et je donne mon aval ou non. Bref, je bosse derrière un ordinateur toute la journée, dans l'entreprise ou bien chez moi, je suis bien payé et, étonnamment, je ne m'ennuie pas. Les études sont assez variées, ça demande de la réflexion, un certain sens de l'organisation et de la décision, ça me convient assez bien.

— Je vois… Enfin, je comprends ce qui peut te plaire là-dedans. Mais si tu n'avais pas été blessé, tu serais resté dans l'Armée ?

— Sincèrement, je n'en sais rien. Je commençais à me

faire vieux pour les Forces d'Intervention Spéciales. Peut-être n'attendais-je qu'une excuse pour en sortir.

Suzanne semblait l'écouter avec attention mais, dès qu'on posa sa pizza devant elle, elle ouvrit de grands yeux gourmands et l'entama avec appétit. Une vraie gosse ! Plus il passait de temps auprès d'elle et plus il lui trouvait de charme. Cette spontanéité surtout avec laquelle elle agissait le fascinait complètement. Sans parler de la courbe délicieuse de ses lèvres, de la délicatesse de sa peau, de cette timidité qui s'exprimait parfois dans son regard, de cette réserve aussi qui cachait mal une forme d'inquiétude, un manque de confiance en soi achevant de la rendre touchante à ses yeux. Vraiment, chaque infime partie de son être avait le don de l'émouvoir ou d'éveiller son intérêt. Encore une journée comme celle-ci et il ne donnait pas cher de ses convictions de célibataire endurci !

Fort heureusement, une chose le prémunissait du péril : cette femme, à coup sûr, ne verrait jamais en lui plus qu'un type sympa à qui elle avait plaisir à se confier. C'était cruel, mais au fond, certainement mieux ainsi. Puisqu'il était de toute façon incapable d'envisager sereinement une vie à deux, un bonheur durable. Suzanne avait assez souffert pour qu'on lui épargne un deuxième fiasco conjugal ! Seulement voilà : le jour où elle lui présenterait l'homme de sa vie, celui avec lequel elle aurait décidé de prendre un nouveau départ, il n'était pas certain de s'en remettre…

Et pourquoi, après tout, se condamner par avance ? Pourquoi s'en tenir à une vision bornée du couple et du mariage, sous prétexte que ses propres parents avaient vécu l'enfer ? Il réalisa soudain, aux joues empourprées de sa voisine, qu'il y avait bien trois minutes qu'il la dévorait littéralement des yeux et entama sa pizza, confus. En même temps, il trouvait étonnant qu'à trente ans, Suzanne rougisse encore si facilement. Suzanne Chaumont… A bien y réfléchir, cette femme avait quelque chose d'un peu vieux jeu qui l'attirait tout particulièrement. Rester digne en toutes circonstances semblait être son maître mot, et surtout d'une grande pudeur, une qualité pas si courante aujourd'hui.

— Tu t'es engagé juste après le bac ?

— Non, j'ai commencé par faire des études d'ingénieur. Je ne savais pas trop quoi faire de ma vie à l'époque. Mon père était militaire, alors j'ai suivi ses pas. C'était plus facile, sans doute.

— Facile, je ne sais pas si c'est le mot. En tout cas, ce n'est pas l'adjectif que j'emploierais pour qualifier la vie des soldats, surtout en temps de guerre.

— Physiquement bien sûr, c'est difficile, mais ça n'a jamais été un souci pour moi. J'ai toujours été sportif, et plutôt résistant. Quant aux combats, c'est autre chose encore. Non, quand je parlais de facilité, je faisais référence au fait que j'ai laissé les autres, en l'occurrence mon père, décider pour moi. Je ne me suis pas vraiment pris en main.

— Je te trouve un peu dur avec toi-même. C'est le lot commun, non ? La plupart des gens, quelle que soit la voie qu'ils choisissent, le font par mimétisme, ils se tournent vers ce qui leur est le plus familier. Quant au boulot, ensuite, on est souvent réduit à exécuter des ordres prononcés par la hiérarchie, sans avoir vraiment de décisions à prendre. L'Armée n'a rien d'original de ce point de vue, non ?

— C'est vrai, concéda-t-il. Je ne sais pas pourquoi, mais j'ai toujours ressenti une certaine gêne, voire de l'irritation à me voir plier devant l'autorité. Plus jeune, je m'étais juré de ne pas rentrer dans le rang, sans doute pour énerver mon père. Je voulais quitter le nid, découvrir le vaste monde, avoir une vie différente et originale. C'est ce que j'ai commencé par faire, remarque, mais j'en suis revenu, dans tous les sens du terme. Je t'avoue que j'étais plutôt heureux de quitter le Koweït et de rentrer au pays, comme on dit.

C'était la première fois qu'il évoquait aussi explicitement son passé et étrangement, il aimait ça, même si, à formuler les choses à haute voix, il voyait bien qu'il s'était forgé quelques fables sur son propre compte. En réalité, il s'était engagé parce que le métier de soldat lui convenait. Enfant déjà, à fréquenter ses camarades de classe, il s'était rapidement rendu compte que la discipline à laquelle il était habitué à la maison était loin d'être la norme. Les autres gamins, eux, répondaient à leurs parents, défendaient leurs opinions ou leurs intérêts, alors que lui n'avait même pas idée de le faire. En fait, l'Armée s'était imposée à lui comme une évidence. Il avait grandi dans ce contexte et, une fois sous l'uniforme, il avait vite trouvé ses marques au point de relever le défi d'appartenir aux Rangers. Là, il avait petit à petit appris à penser pour lui-même, à interpréter les ordres et surtout à prendre des décisions difficiles. Dans ce domaine d'ailleurs, il excellait, tous ses supérieurs étaient unanimes là-dessus. Pourtant, et bien qu'il ait trouvé un équilibre dans cette vie faite de rudesse et de discipline, il s'était senti étonnamment léger le jour où le médecin lui avait annoncé que l'état de son genou ne lui permettait pas de rempiler.

— Tu sais, tous les adolescents commencent par se rebeller contre les valeurs incarnées par leurs parents. Mais une fois la crise passée, ils retrouvent bien souvent le chemin de la maison et finissent par adopter un mode de vie pas si éloigné de leurs aînés.

— Peut-être. J'ai bien conscience de ne pas avoir fait dans l'originalité, remarque. Disons que je n'ai jamais eu la sensation d'être à ma place.

Toute sa vie, il avait vécu avec un sentiment profond d'aliénation. L'Armée, si elle flattait son goût pour l'ordre et la discipline, si elle correspondait au modèle dans lequel il avait grandi, ne lui avait jamais complètement convenu, pas plus que la vie civile. C'était comme s'il ne s'était jamais senti libre d'exister pour lui-même, d'être à l'origine de sa propre vie, de ses propres choix ; comme si quelque chose, une forme de culpabilité ou le sentiment d'être redevable de quelque chose, l'avait toujours entravé. Le malaise remontait sans doute à la mort de sa sœur. Son père n'avait jamais été particulièrement chaleureux, mais après le décès de Jessie, il était devenu encore plus inaccessible. Un silence de plomb s'était abattu sur la maison, que Tom n'avait pas su rompre. Au fond, il s'était senti responsable de ce malheur, coupable même de vivre alors que sa petite sœur n'était plus là. Même à ses copains de classe, il avait caché le drame. Les années passant, cette manière de repli, cette façon de ne jamais partager ses sentiments était devenue chez lui une habitude.

— A dix-huit ans, je ne savais pas ce que je voulais,

moi non plus, assura Suzanne. Je suis allée en fac, je me suis mariée, j'ai trouvé un travail sans intérêt... Il y a seulement un an que j'ai compris pourquoi ma vie ne me convenait pas.

— Tu as mis ton mari dehors bien avant, pourtant.

— Oui, mais ce n'était qu'un premier pas. Je me sentais tellement... vide. C'est difficile à expliquer. La première étape importante de ce que je considère comme ma libération a été de tenir la promesse que je m'étais faite, enfant, de retrouver mon frère et ma sœur. Mark Kincaid, mon beau-frère aujourd'hui, m'avait mise en garde d'emblée : il allait tout faire pour obtenir des résultats mais il ne fallait pas que je m'attende à un miracle. D'après lui, quand les gens s'imaginent qu'en retrouvant les leurs, leur existence va radicalement changer, ils se trompent ; ils espèrent que l'autre, celui qui leur manque depuis toujours, va remplir le vide en eux en réapparaissant dans leur vie, mais c'est un leurre. Sur le coup, je n'ai pas voulu l'entendre mais au fond, je sais maintenant qu'il avait raison.

— Dans quel sens ? Retrouver ta famille a changé ta vie, non ?

— Oui, bien sûr, mais une fois la première émotion passée, j'ai bien vite compris que mon bonheur ne pouvait tenir qu'à cela. Mon insatisfaction n'avait rien à voir avec l'absence de Carrie et de Gary, c'était bien plus général. Du coup, j'ai quitté mon travail et j'ai ouvert mon commerce. Prendre un gros risque financier, ça remplit d'un coup l'existence, crois-moi. On sait pourquoi on se réveille le matin : on se doit de réussir par soi-même, on réalise quelque chose de concret, c'est épanouissant.

— Et adopter des enfants ? Je suppose que ça comble aussi un vide ?

— Comme tu vois, je ne fais rien à moitié ! déclara-t-elle en riant. On peut dire même que j'ai radicalement changé de cap.

— Et tu n'as pas envisagé de te remarier, d'avoir toi-même des enfants ? demanda-t-il, étonné que la question lui vienne aussi simplement.

— Pas dans l'immédiat, non. J'ai presque trente-trois ans, je sais que l'horloge biologique tourne. Mais je ne veux pas me lancer dans une histoire à l'aveuglette, j'ai donné déjà… Et puis j'aime l'idée d'adopter, sans doute à cause du parcours de Carrie et Gary. Ils ont été séparés, et Gary n'est pas tombé dans une famille d'accueil très épanouissante, c'est le moins qu'on puisse dire. Alors l'idée de savoir que je pourrai permettre à Sophia et Jack de grandir ensemble et dans de bonnes conditions me réjouit vraiment.

— Je comprends.

Ce qu'il comprenait moins, c'est pourquoi une femme aussi pleine d'atouts était à ce point déterminée à rester célibataire. Depuis son divorce, elle n'avait pas dû manquer de prétendants…

— J'espère simplement que ça marchera, dit-elle en posant ses couverts dans son assiette vide.

— Il n'y a pas de raison.

— Je ne sais pas. Le comportement de Sophia m'effraie un peu, mais je ne saurais pas dire en quoi. J'ai l'impression qu'elle cherche en permanence à susciter la réaction d'autrui, même négativement. Mais c'est comme un jeu chez elle ; émotionnellement, elle n'est pour ainsi dire pas là.

— Tu veux dire que ça n'est qu'une façade ? Compte tenu de son passé, on peut comprendre qu'elle se soit blindée.

— Mais elle n'a que dix ans ! Est-il possible, si jeune, d'être aussi doué pour la dissimulation ?

— Evidemment !

Tom n'avait pas oublié avec quelle facilité il avait réussi à faire croire à ses amis, après la mort de sa sœur, que rien n'avait changé dans sa vie.

— Elle se montre très protectrice avec son frère, c'est bon signe, ajouta la jeune femme. Je suppose que je me fais du souci pour rien.

— Tu crains qu'elle ne soit comme ces enfants élevés dans des orphelinats, déplacés d'une famille d'accueil à une autre, et finalement incapables de s'attacher à qui que ce soit. Mais elle n'a pas eu ce parcours, alors il faut lui faire confiance. Sophia a toutes les cartes en main pour devenir une adulte autonome et équilibrée.

— Bien sûr, mais elle n'a pas eu une enfance normale non plus.

— Disons qu'elle a appris à se débrouiller très tôt, à se protéger aussi. C'est tout à fait normal.

— Tu crois ?

Elle l'étudia un moment, le front plissé, puis éclata de rire.

— Comme tu peux le constater, j'essaie de me rassurer par tous les moyens et je te remercie d'être aussi conciliant avec moi. On t'a déjà dit que tu étais un confident génial ? Franchement, je ne crois pas avoir jamais rencontré quelqu'un à qui il me soit aussi facile de livrer mes sentiments. Au train où vont les choses, tu vas bientôt regretter d'avoir fait ma connaissance. Si tu avais su que j'étais un vrai moulin à paroles, tu te serais sans doute abstenu ! Je te donne encore deux semaines, un mois peut-être avant que tu ne te mordes les doigts d'avoir fait un pas vers moi. Heureuse époque, celle où nous nous contentions de nous croiser…

Si sur ce point aussi, Suzanne avait besoin d'être rassurée, il n'y avait rien de plus facile.

— Ça m'étonnerait beaucoup.

— Tu es vraiment une perle, Tom, prononça-t-elle en plantant son regard dans le sien.

Comment fallait-il qu'il le prenne ? Une perle, un type bien, un mec sympa, tout ça n'avait rien de très excitant. De toute évidence, si Suzanne le faisait complètement craquer, c'était loin d'être réciproque. Disons qu'il ne la faisait plus fuir dès qu'il mettait le nez dehors, c'était tout. De toute façon, il ne croyait pas aux histoires d'amour qui finissent bien, alors il n'avait pas à se plaindre. Il venait au moins de se faire une amie en or.

Chapitre 8

Melissa Stuart passa voir les enfants le lundi, puis rendit visite à Suzanne à la boutique. Elle ne devait rester qu'une demi-heure mais visiblement, le cours de tricot l'intéressa vivement, si bien qu'elle s'attarda un peu. Elle avait complété tout le dossier, consulté Sophia et Jack, tout était en ordre pour le grand saut. Enfin !

Le mercredi suivant, les enfants arrivaient. Suzanne avait une nouvelle une fois confié le magasin à Rose et attendait avec impatience ces deux petits qu'elle allait bientôt pouvoir appeler « mes enfants ». Le terme sonnait étrangement à son oreille, mélange de bonheur absolu et d'anxiété. Cette fois, il n'était plus question de faire machine arrière. Les dés étaient jetés et sa vie tout entière allait prendre un cours définitivement différent. Elle avait tant attendu ce moment, tant misé sur le fait d'être mère pour donner un sens plus profond à son existence… A coup sûr, ce mercredi de décembre serait marqué d'une pierre blanche !

C'est Melissa, et non Mme Burton comme les fois précédentes, qui déposa les enfants, à l'heure dite.

— Vous savez quoi ? Vos lits ont été livrés, annonça Suzanne en les accueillant.

Elle posa prudemment une main sur l'épaule de Jack, désireuse de mettre le garçonnet en confiance. S'il ne s'était pas précipité dans ses bras, au moins ne se raidit-il pas à ce contact. Il ne serait peut-être pas longtemps hostile à quelques marques d'affection. Il faudrait qu'elle lui apprenne à être plus câlin avant qu'il ait atteint l'âge de sa sœur ! Pour cette dernière en effet, la question des sentiments était pour ainsi dire déjà réglée. Suzanne ne croyait pas se tromper en pensant que, pour la fillette, être prise en flagrant délit d'affection envers sa mère adoptive serait pire que la mort ! La honte absolue !

— Chacun notre lit, dans nos chambres à nous ? demanda la petite, toujours incrédule.

— Mais oui !

Suzanne s'approcha de Melissa, qui venait d'ouvrir le coffre de sa voiture pour en sortir les affaires des enfants. Elle avait eu beau se préparer à l'idée, ce qu'elle découvrit la consterna : la vie de Jack et Sophia tenait dans trois sacs de sport élimés, à peine un quart du coffre ! Quelques boîtes de chaussures grossièrement ficelées complétaient leur maigre bagage, contenant probablement le peu qu'il leur restait de leur passé. Evidemment, ils avaient vécu avec leur mère en nomades, ne transportant avec eux que le strict minimum. Autant dire rien. Un premier écueil se profilait à l'horizon : le budget ! Entre les courses de Noël, les meubles et la peinture, elle ne pouvait plus envisager de dépenses, ce mois-ci du moins. Pourtant, ces enfants manquaient de tout. Bon, inutile de paniquer, se dit-elle.

Jusqu'ici, ils s'étaient débrouillés avec ce qu'ils avaient, ils pouvaient donc attendre quelques semaines avant qu'elle commence à renouveler leur garde-robe. Déjà elle leur offrait un toit, une atmosphère paisible et chaleureuse, c'était un début. Leurs chambres étaient prêtes depuis la veille. Tom l'avait aidée à porter la commode dans celle de Jack, et puis aussi la bibliothèque qu'ils avaient finalement décidé de repeindre en jaune et vert, le bois d'érable, une fois décapé, n'ayant pas tenu toutes ses promesses. Elle avait fait les lits, bref, tout était impeccable, un peu trop même. Il fallait que les enfants se dépêchent de mettre un peu de vie et de désordre dans tout ça ! Et pour le reste, une chose après l'autre. Ce n'étaient que des vétilles matérielles.

Melissa empila les trois boîtes et les porta à l'intérieur tandis que Suzanne la suivait avec les sacs. Jack, chargé de son cartable, les dépassa en trombe et monta quatre à quatre l'escalier jusqu'à sa chambre, se campant devant la porte d'un air fier.

— C'est ma chambre ! s'exclama-t-il quand tout le monde l'eut rejoint.

Il resta un moment sur le seuil, bouche bée.

— Ça te plaît alors ? demanda Suzanne en levant l'un des sacs. A qui est celui-là ?

— A moi ! répondit Sophia.

Elle entra dans l'autre chambre et posa le bagage sur le lit.

— Tom est en train de retaper ton bureau, il ne devrait pas en avoir pour longtemps. Il y a des cintres dans l'armoire, si tu veux ranger tes vêtements.

— Le lit est tout neuf? demanda la fillette en s'asseyant pour en tester le confort.

— Tout neuf. Alors, tu aimes?

— Carrément génial.

— Mais c'est magnifique! déclara Melissa en passant la tête dans l'encadrement de la porte. C'est toi qui as choisi les couleurs, Sophia?

— Oui, je voulais que ma chambre ait quelque chose de spécial.

— Eh bien, c'est réussi. On dirait un décor des *Mille et Une Nuits*.

— Et ce n'est pas fini, assura la fillette. Je vais mettre des photos sur les murs. Et puis, j'aurai mon propre bureau.

— Vous avez fait du bon travail, dit Melissa en se tournant vers Suzanne.

— Oh! Tom Stefanec, mon voisin, y est pour beaucoup. Je me suis occupée de la peinture, mais c'est lui qui a restauré les meubles. Il est tellement perfectionniste que le résultat est surprenant.

— J'ignorais que vous étiez amis, dit l'assistante sociale en se raidissant un peu.

Suzanne se mordit la lèvre inférieure. Melissa Stuart avait rencontré Tom dans un cadre litigieux, se souvint-elle soudain, et elle ignorait totalement ce qu'ils s'étaient dit. Quoi qu'il en soit, elle venait visiblement de faire une gaffe en révélant qu'ils s'entendaient bien et s'entraidaient. De là à ce que l'assistante sociale s'imagine que Tom lui avait menti, juste par amitié pour sa voisine… Autant mettre tout de suite les choses au clair si elle ne voulait pas relancer des soupçons tout à fait déplacés.

— Amis, il est un peu tôt pour le dire, rectifia-t-elle. Pendant des années, nous nous sommes contentés de nous saluer de loin, lorsque nous nous croisions. Et puis, Tom a rencontré les enfants et, quand je lui ai dit qu'il me fallait investir dans du mobilier, il m'a offert son aide pour transporter mes achats éventuels. Son pick-up est assez pratique et contient beaucoup plus que ma pauvre guimbarde ! En déchargeant, il a vu l'armoire de Sophia et il m'a parlé de ses talents d'ébéniste. Disons qu'il adore travailler le bois et en effet, il fait du bon boulot. J'étais tellement débordée que j'ai accepté son offre et je m'en félicite. Il m'a ôté une belle épine du pied ! Sans lui, les chambres n'auraient jamais été prêtes à temps.

— Effectivement, vu le résultat, vous auriez eu tort de refuser, admit Melissa, que l'explication avait visiblement satisfaite.

— Il finit de restaurer la bibliothèque de Jack et…

— Jack va avoir une bibliothèque ? interrompit Sophia. Et pourquoi pas moi ?

— Parce que je n'en ai pas encore trouvé pour toi. Mais rassure-toi, je cherche.

Suzanne raccompagna l'assistante sociale jusqu'à sa voiture, laissant les enfants investir leurs chambres.

— Bravo, répéta Melissa, vous leur avez préparé un très bel accueil.

— Ça me tenait d'autant plus à cœur que c'est la première fois qu'ils vont avoir chacun leur chambre. Par contre, je n'avais pas prévu qu'ils auraient si peu de vêtements. J'ai peur de ne pas pouvoir investir tout de suite.

— Lorsqu'ils sont arrivés chez nous, ils n'avaient presque

plus rien. Leur mère, même si elle avait un peu d'argent de côté, était dans l'impossibilité de se déplacer; autant dire qu'elle était à mille lieues de les emmener faire les magasins! Je pense que le peu qu'ils ont leur vient de dons faits par l'association des parents d'élèves de leur ancienne école.

— Ce qui signifie qu'ils ont peut-être porté des vêtements qu'un de leur camarade avait mis au rebut?

— C'est possible, mais je doute que ça se soit vu. Les enfants mettent à peu près tous la même chose, vous savez.

— C'est vrai?

— Sophia et Jack n'ont rien connu d'autre, de toute façon. La fillette se souvient très vaguement de l'époque où leur mère louait une maison mais Jack, lui, était trop petit.

Suzanne baissa les paupières et resta un instant songeuse.

— J'ai l'impression qu'ils sont plus enthousiastes à l'idée d'avoir leur propre chambre et d'habiter une maison que d'avoir trouvé une mère adoptive.

— Suzanne…

Melissa n'eut pas l'occasion de finir sa phrase. Les enfants accouraient vers elles, mettant un terme à la conversation. L'assistante sociale prit congé, non sans avoir lancé à Suzanne un dernier regard d'encouragement.

— Que diriez-vous de remettre à plus tard votre installation? Priorité au sapin, non? suggéra cette dernière dès qu'ils furent seuls.

D'habitude, elle s'occupait de la déco au moins deux

semaines avant Noël, et voilà qu'à quatre jours du réveillon, rien n'était encore prêt. Les enfants s'engouffrèrent dans la voiture, ravis de la balade. Tellement ravis que dans le magasin, Suzanne eut l'impression d'avoir affaire à deux gamins de maternelle ! Ils couraient partout, disparaissaient d'un côté pour réapparaître tout d'un coup de l'autre, bref, ils étaient littéralement intenables. Jack bouscula même un client qui s'était penché pour choisir des guirlandes. Suzanne posa une main ferme sur l'épaule de l'enfant et lui demanda de présenter des excuses. La tête dans les épaules, Jack marmonna un faible pardon.

— Ce n'est rien, assura l'homme avec un sourire. C'est Noël, les enfants sont tout excités, c'est normal.

Suzanne prit néanmoins le petit par la main pour éviter qu'il ne recommence son manège.

— Dorénavant, je veux que tu restes près de moi. Et toi aussi, Sophia, ajouta-t-elle en avisant la fillette, cachée derrière un sapin, qui tirait la langue à son frère.

Cette dernière, un peu vexée d'avoir été débusquée, s'exécuta sans protester. Le choix du sapin prit un certain temps, les enfants ayant d'abord jeté leur dévolu sur un spécimen hors de prix. Après de longues hésitations, ils tombèrent d'accord sur un arbre qui, tout en étant de bonne taille, présentait l'avantage d'être en promotion.

Dans le garage, ils trouvèrent, non sans mal, les cartons contenant les guirlandes et les boules, et se mirent à l'œuvre. Sophia avait dégoté un CD de chants de Noël, et dès les premières notes, Suzanne eut envie de chanter.

— Je ne connais pas les paroles, déclara Jack en accrochant une boule aussi haut que sa taille le lui permettait.

— Tu exagères ! Tout le monde connaît « *Il est né le divin enfant* » ! décréta Sophia en haussant les épaules.

Suzanne remarqua qu'elle avait beau se moquer de son frère, elle non plus ne chantait pas. Avaient-ils seulement fêté Noël ces dernières années ? Leurs souvenirs remontaient peut-être à trois ou quatre ans, autant dire une éternité pour des enfants de leur âge. Elle se retint de le leur demander, de peur d'assombrir le moment. Elle posa l'étoile au sommet de l'arbre mais pour le reste, elle laissa les enfants orner les branches à leur idée. Bien sûr, ils mirent trop de guirlandes, tout le contenu des cartons en fait, et on ne vit bientôt plus une seule aiguille verte sous la masse scintillante et chamarrée, mais qu'à cela ne tienne : ils étaient ravis de ce fatras multicolore et c'est bien tout ce qui comptait. Suzanne, émue comme jamais, ne parvenait pas à quitter des yeux leurs visages émerveillés. Quoi de plus beau que de rendre un enfant heureux, se dit-elle, sentant les larmes lui monter aux paupières. Elle était bien consciente que la famille qu'elle s'apprêtait à fonder n'aurait sûrement rien d'idéal, en tout cas que cette journée magique n'était sans doute pas à l'image de ce qui l'attendait, aussi tenait-elle à graver ce moment dans sa mémoire. Leur premier vrai moment ensemble.

— Pour récompenser nos efforts, que diriez-vous d'un bon chocolat chaud ?

Les deux petits poussèrent des cris de joie et se précipitèrent vers la cuisine avant qu'elle ait le temps d'esquisser un geste. De toute évidence, la vie de la maison allait changer de rythme ! se dit-elle en éclatant de rire.

*
* *

Dès qu'elle entama la préparation du dîner, Jack demanda l'autorisation de regarder la télévision et disparut. Mais Sophia s'installa sur un tabouret et, une main sous le menton, la regarda faire.

— Dis-moi, est-ce que Jack croit au Père Noël ? demanda Suzanne.

— Moi, ça fait des années que je sais qu'il n'existe pas, mais lui y croit toujours.

— Votre mère a réussi à garder le secret.

— Elle s'est toujours débrouillée. Quand elle n'avait pas d'argent, elle allait à l'Armée du Salut. Les gens riches font des dons pour les pauvres.

Suzanne connaissait très bien cette institution. Chaque année, l'association caritative ouvrait un hangar, elle y disposait des jouets comme dans un magasin, et les familles défavorisées venaient se servir en fonction du nombre de leurs enfants.

— Quand ouvriez-vous les cadeaux ? Le soir du réveillon, ou le lendemain matin ?

— En principe, Noël, c'est le 25, rappela la fillette.

— Quand j'étais enfant, avant la mort de mes parents, nous les ouvrions le soir. J'aimais beaucoup ça, parce que c'est la nuit que le sapin et les décorations dans les rues sont les plus magiques. Cette année, on pourrait les ouvrir en deux temps, non ? Les cadeaux du réveillon le 24, ceux du Père Noël le 25. Et puis, j'ai pensé inviter Tom à se joindre à nous. Il n'a pas de famille avec qui passer les fêtes. Qu'en dis-tu ?

— Ça m'est égal, répondit Sophia en haussant les épaules.

— Le 25, nous irons chez ma sœur, à Seattle. Vous y ferez la connaissance de son beau-fils, Michael, qui a un an de plus que Jack. Il y aura également d'autres membres de la famille : mon frère, Gary, et sa fiancée…

— Et personne de mon âge ?

— Non, hélas. Michael, Jack et toi serez les seuls enfants.

— Qui c'est, Michael ? demanda Jack, debout dans l'encadrement de la porte.

Suzanne recommença son explication et le garçonnet, pas plus que sa sœur, ne vit d'inconvénient à ce que Tom se joigne à eux. Au fond, ce voisin ou leur mère adoptive, tous ces adultes, pour l'instant, leur étaient à peu près étrangers, alors…, songea-t-elle avec amertume.

Le dîner fut calme, les deux enfants, contrairement à l'épisode de l'après-midi, se tenant parfaitement bien. Jack annonça qu'il n'aimait pas les brocolis, bien qu'il n'en ait jamais goûté, ce qui engagea une petite discussion. Apparemment, il ne mangeait aucun légume, à part les petits pois.

— Et le maïs, ajouta-t-il.

— On va faire un pacte, Jack, proposa-t-elle. Je vais te demander de goûter une bouchée de chacun des légumes que je cuisinerai, et tu me donneras ton avis. Ensuite, nous ferons un classement général et nous attribuerons un prix à ton préféré. Les légumes sont essentiels à la santé. Ici, on en mange, alors il va falloir vous y habituer.

— Oui mais il faut que je mange de ça ? gémit-il en

regardant, dépité, les brocolis qui accompagnaient son steak.

Suzanne nota que Sophia triturait les siens avec sa fourchette mais sans les porter non plus à sa bouche.

— Oui. Et ça vaut pour toi aussi, Sophia.

— Ouais ! enchérit Jack, ravi. Pourquoi je serais le seul à devoir manger des trucs pas bons ?

Suzanne sourit et, les mains posées sur les hanches, attendit. Les enfants scrutèrent longuement les légumes comme si on cherchait à les empoisonner puis, de concert, en avalèrent une bouchée. Jack fit une grimace et se jeta sur son verre de lait.

— Alors ? s'enquit-t-elle.

— Pas mal, répondit Sophia, agréablement surprise.

— Dé-goû-tant, décréta Jack, trop heureux de confirmer sa première impression.

En revanche, la tarte aux pommes qu'elle avait préparée pour le dessert remporta un succès unanime.

Après le repas, elle aida Jack à déballer le peu qu'il possédait : quelques vêtements, et trois ou quatre jouets, une peluche élimée, deux petites voitures, un dinosaure en plastique. C'était là toute sa richesse si l'on exceptait les deux puzzles que venait de lui offrir Melissa. Inutile de dire que la chambre, une fois ces maigres affaires rangées dans les tiroirs, avait toujours l'air désespérément inhabitée !

Le petit se lança dans la confection d'un des puzzles en étalant les pièces par terre, et Suzanne rejoignit Sophia dans sa chambre. Elle avait posé ses vêtements sur son lit et, debout devant le miroir, prenait la pose, une main sur la hanche.

— Tu veux un coup de main pour ranger tes habits ? proposa Suzanne.

— Si vous voulez, répondit la fillette avec une moue indifférente. Ils sont tous moches, de toute façon.

Suzanne prit un sweat-shirt, le mit sur un cintre qu'elle accrocha dans la penderie.

— Je parie que ça fait un bail que tu n'en as pas acheté de nouveaux.

Sophia ne répondit pas. Elle s'empara d'un tas de sous-vêtements et les enfourna dans un tiroir.

— D'ici à Noël, ça va être difficile de faire les boutiques, continua Suzanne, le cœur serré. Mais peut-être pourrait-on faire un peu de shopping la semaine prochaine ?

— Du shopping ? Pour moi ?

Bien sûr, elle était un peu à court d'économie, et elle aurait préféré attendre, mais ces enfants étaient si démunis… Elle se mit à plier les T-shirts que Sophia avait jetés en boule et, au fur et à mesure, les lui passait pour qu'elle les empile sur l'étagère de l'armoire.

— Jack aussi a besoin de vêtements. Je veux que vous soyez parés pour la rentrée.

De ses prunelles bleues déconcertantes, Sophia la dévisagea avec l'air d'un pêcheur qui vient de faire une prise mais ne sait pas encore si le poisson est gros.

— Est-ce que vous êtes riche ?

— Hélas, non. J'ai ouvert ma boutique l'année dernière, et les bénéfices ne sont pas encore exorbitants. Pour l'instant, je vis principalement sur les quelques économies que j'ai pu faire au fil des ans. Je ne roule pas sur l'or, mais je peux tout de même vous acheter deux ou trois habits neufs.

— Avant la rentrée ?

— A mon avis, tu auras davantage confiance en toi, tu seras plus à l'aise en somme, si tu arrives le premier jour dans une tenue qui te plaît, non ? Et puis, ça sera drôle, de faire les magasins ensemble. Mais pour l'instant, l'urgence, c'est de déposer les cadeaux sous le sapin. Tu me donnes un coup de main ?

Elle gardait les présents pour le 25 soigneusement cachés dans un coin du garage, mais les autres étaient dans la penderie de sa chambre. Sophia appela son frère qui accourut bien vite pour l'aider à porter les paquets.

— J'ai préféré m'occuper des cadeaux du réveillon, au cas où le Père Noël ait un empêchement le jour J, allégua Suzanne en adressant un clin d'œil à Sophia.

Les enfants soulevèrent les boîtes comme si elles contenaient de la porcelaine et les déposèrent sous l'arbre avec mille précautions. Puis, éteignant la lumière, ils branchèrent les guirlandes électriques et admirèrent l'effet produit. Parfait !

Jack ne fit ensuite aucune difficulté pour aller se coucher et accepta que sa sœur, plus grande, ait le droit de veiller un peu plus longtemps. Sophia s'installa dans un fauteuil et reprit son tricot tandis que Suzanne supervisait le brossage de dents. Lorsque Jack, en pyjama, sauta dans son lit, elle s'assit à son chevet et remonta la couette sur lui.

— Tu sais quoi ? On va te trouver des livres. Quand on raconte une histoire avant de dormir, ça permet de faire de beaux rêves. Demain, on fera une petite balade du côté de la bibliothèque.

— Tu me lirais des histoires quand même ? Parce que je sais lire, moi !

Suzanne mit quelques secondes à réaliser que, le plus spontanément du monde, Jack venait de la tutoyer. Elle s'efforça de ne rien laisser paraître de son émotion, priant pour que ce ne soit pas simplement l'effet de la fatigue.

— Si tu en as envie, assura-t-elle en passant une main sur son front.

Elle allait se lever mais il la retint par le bras.

— Tu veux bien laisser le couloir allumé ? Je n'ai pas peur, hein, c'est juste que si je veux me lever dans la nuit, il faut pas que je me perde.

— D'accord, je laisse allumé jusqu'à ce que j'aille me coucher et ensuite, je mettrai de la lumière dans la salle de bains. Ça ira ?

— Merci.

— Je tâcherai de te trouver une veilleuse.

— Je n'ai pas peur, hein, mais si des fois j'avais peur, j'aurais le droit d'aller dormir avec Sophia ?

— Il vaudrait mieux que ce soit elle qui vienne. Je n'ai pas mis d'alèse dans son lit.

— Tu lui demanderas si elle veut bien ?

— D'accord. Et maintenant, bonne nuit, prononça Suzanne en l'embrassant.

Elle éteignit la lampe et laissa la porte entrouverte derrière elle. Après avoir rejoint Sophia, elle s'apprêtait à reprendre son crochet lorsque le garçonnet réapparut.

— J'ai le droit de me lever pour aller dans la salle de bains ?

— Bien sûr, Jack !

Bientôt, elle entendit le bruit de la chasse d'eau puis, après quelques minutes de silence, il se présentait de nouveau dans le salon.

— Je n'ai pas beaucoup sommeil. Je peux rester là jusqu'à ce que Sophia aille se coucher ?

Il tombait littéralement de fatigue, Suzanne l'avait remarqué depuis un moment déjà.

— Elle ne va pas tarder à y aller mais toi, tu dois dormir tout de suite, Jack.

— D'accord, dit-il en traînant des pieds.

Cinq minutes plus tard, il était là de nouveau.

— Il est l'heure qu'elle aille au lit, non ?

— Arrête de faire ton petit garçon ! s'exclama sa sœur.

— Je suis un petit garçon, répliqua-t-il, solennel. Mais je trouve que c'est pas juste.

— Je suis plus grande que toi, donc j'ai le droit, c'est tout, rappela Sophia.

Il poussa un soupir à fendre l'âme avant de s'éloigner. Pendant un moment encore, Suzanne entendit le parquet craquer mais décida de ne pas intervenir. Inutile de lui mettre la pression, c'était sa première nuit seul dans cette maison. De toute façon, le sommeil finirait bien par le prendre.

Lorsqu'il fut l'heure pour Sophia d'aller se coucher, celle-ci, après s'être lavé les dents, vint l'avertir que son frère s'était encore relevé.

— Il veut que je dorme avec lui, expliqua-t-elle.

— Tu es d'accord ?

— Il a la trouille si je ne suis pas là, alors...

— Dans ce cas, pas de problème.

Elle borda le frère et la sœur, et quitta la chambre, en espérant que cette fois, c'était la bonne. De retour dans le salon, elle s'effondra dans son fauteuil et poussa un soupir de soulagement. Sa première journée de mère avait été épuisante ! Les enfants demandaient une attention constante et débordaient d'énergie. Et elle prétendait tenir ce rythme toute la vie ? La fin de la semaine lui paraissait déjà le bout du monde !

La maison tomba bientôt dans un silence bienfaiteur. Apparemment, la présence de sa sœur à ses côtés avait immédiatement apaisé Jack. Suzanne commençait même à regretter de ne pas avoir laissé le lit deux places. Enfin, ce n'était pas grave, il serait toujours temps d'y penser si jamais l'anxiété du garçonnet perdurait.

La sonnerie du téléphone la tira brusquement de ses pensées. Elle courut jusqu'à la cuisine et décrocha.

— Alors, la maternité, ça se passe comment ? demanda Carrie.

— Je suis lessivée, avoua Suzanne. A part ça, la journée a été géniale. Nous avons fait le sapin, si tu avais vu leurs bouilles ! J'ai failli en pleurer de joie. Par contre, ce sont de vraies piles électriques. Michael est survolté, lui aussi ?

— Ne m'en parle pas ! Il est incontrôlable. Le week-end dernier, il a fait tomber le sapin qu'on venait de mettre deux heures à décorer. Il voulait absolument fixer l'étoile au-dessus et évidemment, il n'a pas attendu qu'on le porte !

Dès qu'on a eu le dos tourné, il a approché la table basse, il a grimpé dessus et s'est raccroché à l'arbre quand il a vu qu'il perdait l'équilibre. Des boules se sont cassées, il s'est mis à pleurer, enfin, c'était la bérézina ! Eh bien, tu me croiras si tu veux, mais on n'avait pas fini de lui expliquer que ce n'était pas grave, que c'étaient des accidents qui arrivaient, qu'il était déjà tout sourires et courait vers une autre bêtise !

— Dieu merci, Jack s'est contenté de garnir les branches qui étaient à sa hauteur. Il a tellement mis de guirlandes qu'elles touchent presque le sol.

— Un conseil, suggéra Carrie en riant. Si tu n'as pas déjà mis les cadeaux sous le sapin, attends un peu. Une fois que ce sera fait, ils ne vont plus cesser de rôder autour. Comme des aimants, tu vois !

— Trop tard ! Bah, tout le plaisir est là, non ?

— Je me souviens que j'étais très douée pour deviner ce que contenaient les emballages, se rappela Carrie. Ça rendait ma mère folle.

Les deux sœurs échangèrent encore quelques souvenirs avant de se souhaiter bonne nuit. A peine Suzanne avait-elle raccroché que le téléphone sonnait de nouveau. C'était Rebecca, qui venait elle aussi aux nouvelles. Elle avait beau être exténuée, Suzanne se sentait légère, et comme revigorée à la pensée qu'elle avait maintenant autour d'elle une petite famille qui se souciait de son sort. C'était une chance, vraiment. Quel contraste avec sa vie d'avant, surtout ! Jusqu'à cette année, elle passait Noël chez son oncle et sa tante, avec le sentiment persistant, malgré le temps, d'être un peu une intruse, de ne pas être à sa place, de déranger. On l'invitait pour ne pas qu'elle soit seule, pour lui donner l'illusion qu'elle avait une famille, voilà ce qu'elle s'était toujours répété. Pour la première fois de sa vie, les fêtes allaient vraiment ressembler à ce dont elle avait toujours rêvé.

En raccrochant, elle eut comme un pincement au cœur. Elle se sentait heureuse et pourtant... quelque chose lui manquait pour que tout soit parfait: un appel de Tom. Gardant un œil sur le téléphone, elle se fit une tisane tout en s'efforçant de se raisonner. Bien sûr, son voisin n'avait aucune raison de se manifester, pas plus qu'il n'était normal qu'elle l'attende. Mais depuis quelques jours, il avait été son confident quasi quotidien, et elle mourait d'envie de lui raconter en détail tout ce qu'elle avait vécu avec les enfants. Evidemment, si elle y tenait tant, elle n'avait qu'à faire son numéro. Elle avait une excuse toute trouvée puisqu'elle ne l'avait pas encore invité à passer Noël avec eux.

Elle décrocha le combiné et tapota fébrilement sur les touches, surprise de connaître le numéro par cœur alors qu'elle ne l'avait pas composé plus de deux fois. Trois sonneries, et Tom décrocha.

— Salut! C'est Suzanne... euh... ta voisine.

— Tu es la seule Suzanne que je connaisse, précisa-t-il. C'est curieux, je pensais justement à toi.

Elle crut que son cœur s'arrêtait de battre.

— J'avais hâte de savoir si la journée s'était bien passée, continua-t-il.

Quelle idiote! Un peu plus et elle allait lui attribuer des intentions plus... équivoques! Où avait-elle la tête? Cet homme voyait en elle une femme un peu perdue, à laquelle il avait à cœur de rendre service, point. Qu'allait-elle s'imaginer ?

— Oh, Tom ! Si tu avais vu leurs visages devant le sapin, c'était génial ! Noël est vraiment une période de rêve pour entamer cette vie commune.

— C'est le sens même de cette fête : une naissance miraculeuse !

— C'est vrai, émit-elle, les larmes aux yeux, avant de lui confier les événements de la journée.

— Je suis heureux que Jack ait aimé sa chambre. En général, les enfants ne s'embarrassent pas avec les compliments mais je suis sûr qu'il a vu tout le mal que tu t'es donné pour qu'il se sente bien.

— Et le tien !

— Bah, je n'ai fait que repiquer à mon ancienne passion. D'ailleurs, ça m'a donné envie de m'y remettre. Mes outils prenaient la poussière.

Le prendrait-il mal si elle se moquait un peu de lui ? De toute façon, la perche était trop belle, elle ne pouvait pas s'en empêcher.

— La poussière, Tom ! Mon Dieu, quelle horreur ! Je suis choquée !

Il éclata de rire.

— Un point pour toi. Le fait est qu'effectivement, je les nettoie même quand je ne les utilise pas. En fait, c'était une métaphore. Tu es rassurée, j'espère ?

— Je te retrouve !

Il y eut un silence, un peu long à son goût et qu'elle s'empressa de rompre.

— En fait, je t'appelais pour te proposer de te joindre à nous pour Noël. Si tu n'as pas d'autre projet, bien sûr.

— Tu es sérieuse ? Mais… tu seras en famille…

— Et alors ? Les amis sont bienvenus.

Impossible de déceler si le mutisme soudain de son voisin était dû à l'embarras, la joie ou la surprise. Certes, ils étaient rapidement devenus amis, mais Tom ne la considérait peut-être pas comme suffisamment proche pour partager avec elle un moment aussi symbolique.

— Je n'ai rien de prévu, j'aimerais beaucoup être des vôtres, répondit-il enfin sur un ton qu'elle ne lui connaissait pas.

— Super ! lança-t-elle, soulagée. Pour le réveillon du 24, rien d'exceptionnel, d'autant que je travaillerai dans la journée. Je compte préparer un bon repas et laisser les enfants ouvrir quelques cadeaux. Le lendemain, nous sommes invités chez ma sœur, à Seattle, mais je te rassure, tu ne seras pas le seul qui ne connaîtra pas tout le monde. Les parents adoptifs de Carrie seront là, ainsi que la mère de Rebecca, ma belle-sœur, et puis l'associé de Mark, tu sais, le détective.

— C'est vraiment très gentil à toi de m'inviter, Suzanne. D'habitude, je t'avoue que cette période me déprime un peu, mais cette année, j'ai hâte d'être au 24.

— Génial ! prononça-t-elle en déglutissant. Tu viens vers 19 heures ? Malheureusement, je ne ferme boutique qu'à 17.

— Boeing est fermé, je serai chez moi. Si je peux faire quelque chose…

— C'est vrai ? Tu cuisines ?

— Euh… disons que je me défends en tartes salées.

— Justement, j'ai promis à Carrie d'en apporter deux, pour l'apéritif. Je pensais les faire le soir du réveillon, une fois les enfants couchés.

— Je m'en occupe.

— Super ! Merci, Tom, ça me sauve la vie !

— C'est moi qui te remercie. Bonne nuit, Suzanne.

Les yeux dans le vide, elle avait encore le téléphone collé à l'oreille bien après qu'il eut raccroché.

Chapitre 9

Les trois quiches, deux pour le 25 et une pour le soir même, refroidissaient sur la table, emplissant la cuisine d'un appétissant fumet. Dans le réfrigérateur, la pâte des cookies reposait dans un bol recouvert d'un torchon. Tom n'avait encore jamais confectionné ce genre de pâtisseries mais il avait suivi scrupuleusement les consignes de son bouquin et se sentait confiant.

Pour la dixième fois, il alla jeter un œil par la fenêtre du salon, dans l'espoir d'apercevoir la voiture de Suzanne. Ce coup-ci, il fut récompensé. La jeune femme venait juste de se garer et sortait des sacs de son coffre tandis que les enfants couraient dans l'allée. Il alluma la lumière sous le porche et sortit à sa rencontre. L'air était glacé, sans doute la température était-elle descendue sous zéro.

— Bonsoir! lui lança Suzanne en lui souriant. J'espère que tu ne meurs pas de faim parce que le dîner est loin d'être prêt.

— En fait, c'est moi qui aurais dû t'inviter. Mais je vais me rattraper: je me charge des enfants pendant que tu seras aux fourneaux.

— On voulait l'aider, protesta Jack.

La jeune femme avait l'air totalement épuisée. D'après ce qu'il avait compris, à part le mercredi après-midi, bien rempli au demeurant, elle n'avait pas arrêté de la semaine.

— Je vous expose d'abord mon plan et ensuite vous décidez, dit-il aux enfants. Comme Noël ne serait pas vraiment Noël sans cookies, j'ai préparé la pâte mais j'ai besoin de main-d'œuvre pour la touche finale. A mon avis, si on s'y met tous les trois, on peut arriver à faire pas mal de fournées d'ici au dîner.

— Super idée ! s'exclama Suzanne. Tu as des emporte-pièce ?

— Oui, j'ai ça ! Une étoile, un sapin et un Père Noël.

Il les avait achetés la veille, lorsqu'il avait formé le projet de se transformer en chef pâtissier. En fait, il se doutait bien que Suzanne serait débordée et il s'était dit qu'elle serait heureuse d'être un peu déchargée le temps de préparer le dîner.

— Qu'en dites-vous, les enfants ? demanda Suzanne.

— C'est chouette, répondit Jack avec enthousiasme. On a fait des cookies l'année dernière, au foyer, tu te souviens, Sophia ? C'est Mme Glass qui nous aidait. Tu t'en souviens, hein, Sophia ? répéta-t-il.

— Evidemment que je m'en souviens ! répliqua sa sœur avant d'ajouter, avec une réticence toute feinte, à l'adresse de Tom. Si ça vous fait plaisir, on peut vous aider.

— Suivez-moi, leur dit Suzanne avec un soulagement visible. Je vais vous donner quelques ustensiles et vous retrouverez Tom chez lui.

Ils arrivèrent quelques minutes plus tard avec une boîte remplie d'une bonne douzaine d'emporte-pièce. Sophia les disposa sur la table et, avec l'aide de son frère, choisit les sujets susceptibles de convenir pour l'occasion. Ils élirent ainsi une dinde, un trèfle, un renne et un ange. Tom sortit la pâte du frigo et l'étala au rouleau sur le plan de travail. Rapidement surexcités, le frère et la sœur y découpèrent chacun leurs formes favorites. Transporter les petits personnages jusqu'à la plaque de cuisson n'était pas une mince affaire, mais à force, tout le monde prit le coup de main. Dès la deuxième fournée, Sophia insista pour ajouter des décorations aux biscuits. Jack, lui, commençait à se lasser, ce qui n'avait rien d'étonnant pour son âge. Mais la fillette restait très concentrée, posant des petites boules de sucre doré à l'emplacement des yeux ou des paillettes multicolores pour suggérer un plumage imaginaire.

— C'est bientôt fini ? s'impatienta le garçon.

— Et si tu appelais Suzanne pour savoir où elle en est de son côté ? suggéra Tom. Je ne sais pas pour vous, mais l'odeur des cookies m'a mis en appétit.

— Moi aussi ! acquiesça l'enfant.

Tom lui donna le combiné et lui dicta le numéro.

— C'est Jack ! On a drôlement faim, annonça-t-il. D'accord, on arrive tout de suite. Avec plein de cookies.

Tom récupéra le téléphone et le remit sur sa base.

— Suzanne a dit que le repas sera prêt dans un quart d'heure et que justement elle allait nous appeler, répéta-t-il.

— Parfait ! Il est temps d'enfourner les derniers gâteaux. Prête ?

Tom aida Sophia à terminer les décorations et mit la plaque dans le four.

— Lavage de mains général! décréta-t-il ensuite.

Tom disposa les cookies déjà cuits sur un plat qu'il confia à Sophia tandis que Jack se chargerait de la quiche. Il annonça qu'il avait autre chose à apporter et demanda aux enfants de l'attendre. Ni l'un ni l'autre ne semblaient avoir deviné de quoi il s'agissait car, lorsqu'il réapparut, les bras chargés de cadeaux, ils ouvrirent de grands yeux émerveillés.

— C'est pour qui? demanda Sophia.

— Eh bien, le paquet du dessus est pour Suzanne et les autres… voyons voir… pour deux garnements du voisinage, je crois bien.

Sophia poussa un cri de joie tandis que son frère se tournait vers elle, hésitant. Son visage s'éclaira tout d'un coup.

— C'est pour nous, c'est ça?

— Possible, répondit Tom en haussant les épaules.

Durant les quelques mètres qui les séparaient de la maison de Suzanne, ils se montrèrent si excités que Tom dut leur rappeler sans cesse de faire attention à leurs plats, sous peine de réduire leurs efforts à néant.

Le quartier, silencieux sous la brume, offrait un paysage féerique. Des lumières chaudes brillaient aux fenêtres et l'on apercevait, dans les salons, ici des sapins qui clignotaient, là un feu de cheminée. Et si la neige manquait pour parfaire le tableau, la lueur argentée de la lune sur le gazon gelé créait une impression magique, comme si le ciel peuplé d'étoiles scintillantes s'était renversé pour recueillir leurs pas.

Les deux années précédentes, Tom avait passé les fêtes tout seul, s'étant convaincu que, de toute façon, Noël n'avait de sens que pour les enfants, et que l'événement était avant tout destiné à engraisser les commerçants. Mais ce soir, il retrouvait le sens de la nuit qui s'annonçait. Veiller autour d'un bon repas, être avec des personnes chères, voilà ce que Suzanne lui offrait en l'accueillant chez elle.

Toute la journée, excité comme un môme, il avait eu le plus grand mal à tenir en place, comptant les minutes jusqu'à ce que la jeune femme rentre. Il avait déjà acheté des cadeaux pour les enfants mais, après l'invitation qu'elle lui avait adressée la veille, il s'était empressé d'aller en chercher d'autres le matin même. La dernière fois qu'il avait été aussi impatient à cette occasion, sa sœur était encore de ce monde ! Il avait dix ans.

Un délicieux fumet les accueillit dès qu'ils poussèrent la porte.

— Ah, vous voilà ! dit-elle en sortant de la cuisine, un tablier autour de la taille, les cheveux retenus par une pince. Mon Dieu, mais ils sont magnifiques, ces cookies ! Et des cadeaux, par-dessus le marché ? Tom, tu n'aurais pas dû ! Mais puisque le mal est fait, va les mettre sous le sapin.

Il disposa les paquets sous l'arbre qui croulait de guirlandes et retrouva Suzanne, affairée devant ses fourneaux. Une table de fête avait été dressée dans la salle à manger attenante, où des bougies diffusaient une lumière douce et mordorée.

— Les cookies, sur le buffet, disait-elle avec autorité.

Vos mains sont propres ? Parfait ! Ah, Tom ! Est-ce que tu pourrais mettre la charcuterie dans un plat ?

En à peine deux heures, et après une journée de travail, la jeune femme avait réussi à cuire une dinde, des pommes de terre sautées à la crème, des petits pois et à faire une salade composée. Quelle efficacité ! Durant le repas, elle encouragea les enfants à se souvenir des Noëls passés, de leur mère. Si Jack évoquait facilement les images qu'il avait conservées de sa prime enfance, il n'en allait pas de même pour Sophia, qui restait obstinément silencieuse. De toute évidence, la fillette s'était forgé une armure redoutable. A la voir, on aurait pu penser qu'elle n'éprouvait rien, que la disparition de sa maman l'avait laissée de marbre. Cependant, dès qu'on aborda un autre sujet, elle se dérida, et la fin du dîner se déroula dans une ambiance chaleureuse et festive.

Grâce à Suzanne, à son sens de l'accueil, Tom se sentait inclus dans la famille. Il avait l'impression d'appartenir au lieu, d'avoir sa place aux côtés de cette femme et de ses enfants. Bien sûr, ce genre de miracle était possible, le temps d'une soirée, jusqu'au lendemain sans doute. Il pouvait faire semblant, l'espace de quelques heures, de croire en l'amour, au mariage, à la vie de famille ; il pouvait même oublier ce qu'il était en réalité : un invité, et rien de plus. Tout à coup, ce constat lui fit l'effet d'un électrochoc. Il réalisa combien il désirait, non pas fonder une famille, comme ça, dans l'absolu, mais vivre avec cette femme-là, ces enfants-là. A croire que la période le rendait sentimental ! C'était bien Noël. A cette occasion, même ses parents faisaient l'effort d'échanger quelques amabilités, c'est dire !

Suzanne le tira de ses pensées en frappant des mains pour demander le silence.

— Attention tout le monde ! J'ai besoin d'un vote. Dessert ou bien ouverture des cadeaux ?

— Les cadeaux ! s'exclamèrent Jack et Sophia de concert en se tournant vers Tom.

— Les cadeaux, enchérit-il avec un sourire.

Les enfants se ruèrent vers le salon mais attendirent assis au pied du sapin que les adultes les aient rejoints. Suzanne s'installa dans un des fauteuils, à partir duquel elle pouvait procéder à la distribution. En plus des présents qu'il avait achetés pour Suzanne et les enfants, Tom avait apporté ceux que son père et son ami Phil lui avaient envoyés.

— Chacun son tour, suggéra la maîtresse de maison. De cette manière, tout le monde pourra voir ce que les autres ont reçu. Commençons par Jack, puisque c'est le plus jeune.

Sophia, trop agitée pour songer à protester, regarda son frère déballer une boîte de Lego.

— Un château fort ! s'exclama-t-il, fou de joie.

— Cool, concéda la fillette, focalisée sur le paquet que Suzanne lui tendait maintenant.

Elle montra cependant moins de hâte que son frère, qui avait littéralement arraché le papier d'emballage. Lorsqu'elle découvrit une poupée de porcelaine, vêtue d'un sari aux couleurs flamboyantes, elle en eut le souffle coupé.

— Elle est magnifique…, murmura-t-elle. Merci, Suzanne.

— De rien, répondit celle-ci, les yeux brillant d'émotion. A toi, Tom, ajouta-t-elle en lui tendant l'enveloppe de son père.

— Non, tu es plus jeune, je crois.

— Je ne sais pas, quel âge as-tu ?

— Trente-cinq.

— Dans ce cas, je suis prioritaire, en effet. Celui-là vient de Rose, ajouta-t-elle en lisant l'étiquette. C'est une femme adorable qui me remplace au magasin quand j'ai un empêchement.

Elle découvrit en riant un sac dont le canevas représentait des chatons jouant avec une pelote de laine.

— Quel à-propos ! dit-elle, attendrie.

Tom ouvrit ensuite, sans hâte ni surprise, l'enveloppe qui contenait le chèque que son père lui envoyait chaque année, bien qu'il sache pertinemment que son fils gagnait largement sa vie. Mais pour faire un cadeau, encore fallait-il connaître la personne à qui il s'adressait. Or, le vieux ne savait rien de lui.

— De l'argent, dit-il en déposant l'enveloppe à côté de lui. Le suivant est pour Jack, mais j'aurais peut-être dû en parler avant avec toi, Suzanne.

L'enfant, perplexe, tenait une photo dans la main.

— C'est le modèle d'une cabane spécial grimpeurs que je compte te fabriquer d'ici au printemps, expliqua Tom. C'est une sorte de forteresse que je pourrais t'installer dans le pommier, avec toutes sortes d'agrès pour faire des acrobaties. Si Suzanne est d'accord, évidemment.

— Non seulement je suis d'accord, mais figure-toi

que j'y avais pensé ! Enfin… avant de voir les prix en magasin…

— Puisque mes outils sont dépoussiérés, il faut bien que je les utilise.

— Jack, remercie M. Stefanec. Le cadeau qu'il te fait là est absolument incroyable.

— Vous allez construire ça pour moi ? demanda Jack, incrédule, en indiquant la photo. Avec le toboggan et tout ?

— C'est mon projet, oui. Mais j'espère qu'il servira aussi à ta sœur, si ça lui dit.

Sophia observa la photo avec intérêt, visiblement impressionnée.

— C'est mieux que dans les parcs, décréta-t-elle avant d'ouvrir le cadeau suivant.

Tom craignit un instant que Sophia ne soit jalouse de son frère, mais à l'éclat qui traversa son regard quand elle découvrit le coffret à bijoux, tout capitonné de velours rouge, il fut immédiatement rassuré. De petits compartiments, des tiroirs dissimulés qui permettaient de cacher toutes sortes de trésors, l'objet avait l'air de lui correspondre tout à fait.

— Encore un pour toi, Sophia, dit Suzanne en lui tendant son dernier paquet.

Elle lui avait trouvé un dalmatien en peluche, en attendant mieux, expliqua-t-elle : un vrai chiot, bien vivant ! Les deux enfants poussèrent des cris de joie et, comme les deux derniers cadeaux ne les concernaient plus, ils se mirent chacun dans un coin pour admirer leur butin.

Tom retint sa respiration lorsque Suzanne ouvrit le

cadeau qu'il lui destinait. Le choix avait été difficile. Il voulait quelque chose qui ne soit ni trop impersonnel, ni trop intime, et d'un prix raisonnable pour ne pas la mettre mal à l'aise. Finalement, il avait opté pour un pendentif serti d'une pierre d'ambre. La jeune femme ouvrit l'écrin, regarda longuement le bijou, sans rien dire, puis leva vers lui des yeux attendris.

— Tom, il est magnifique. Je voudrais le porter tout de suite. Tu veux bien m'aider à l'attacher ? demanda-t-elle en se retournant.

Il s'approcha d'elle et s'efforça de rester de marbre tandis que ses doigts frôlaient la nuque et les épaules nues de la jeune femme.

— Voilà, dit-il enfin, retournant à regret à sa place.

— Alors, il me va bien ?

— C'est exactement ce que j'imaginais, répondit-il sans toutefois s'attarder sur le creux du décolleté, où la pierre s'enfonçait.

— C'est super classe ! enchérit Sophia, qui les observait du coin de l'œil.

— Sophia, tu veux bien offrir son dernier cadeau à Tom ?

La fillette sauta sur ses pieds et déposa sur ses genoux un paquet qui semblait contenir un oreiller. Tom défit lentement le bolduc et découvrit un ample tissu au crochet que, d'instinct, il sut qu'elle avait fabriqué pour lui.

— C'est un jeté de canapé, expliqua-t-elle tandis qu'il le dépliait. Les fils de coton sur les bords sont entremêlés d'angora et de soie, il faudra le laver à sec, désolée.

Il passa la main sur le tissu chamarré, étonné par son extraordinaire douceur.

— Tu l'as fait spécialement pour moi ?

Quand elle acquiesça, il nota qu'une anxiété soudaine passait sur son visage ; elle aussi devait redouter d'avoir fait le mauvais choix de cadeau, tout comme lui quelques minutes plus tôt, lorsqu'il attendait qu'elle découvre le pendentif. Imaginait-elle seulement combien ce cadeau comptait pour lui ? Elle avait dû y passer des heures, après le travail…

— Suzanne, c'est vraiment très… gentil, balbutia-t-il.

Gentil ! Il avait envie de la prendre dans ses bras, de lui faire comprendre à quel point il était touché sans avoir à recourir à des mots aussi fades.

— Après tout ce que tu as fait pour nous, c'est plus que normal, dit-elle en baissant les yeux.

Il lui sourit, bien que le coup fût rude à encaisser. Bien sûr, elle avait tenu à le remercier pour les services qu'il lui avait rendus, rien de plus. Cette femme ne voulait être redevable à personne, c'était évident.

— Voilà, les enfants, c'est tout pour ce soir. Demain matin, le Père Noël apportera peut-être d'autres surprises mais en attendant, vous avez déjà de quoi faire de beaux rêves, non ?

— Je peux ouvrir mes Lego ? demanda Jack.

— Bien sûr ! J'ai acheté une boîte en plastique rouge dans laquelle tu pourras les ranger.

Elle se leva et revint bientôt avec une caisse dans laquelle l'enfant versa en cascade les petits cubes multicolores. Puis, il sortit de la boîte le carré vert qui servait de base et se mit à l'ouvrage. Sophia emporta avec mille précautions sa poupée dans sa chambre, puis essaya de convaincre son frère de jouer aux cartes avec elle. Jack, occupé à sa construction, n'en avait aucune envie si bien qu'elle vint s'installer sur le canapé et se plongea dans l'un des romans que Suzanne lui avait achetés.

Jack au milieu de ses Lego, Sophia sagement occupée, Suzanne portant la main à son cou comme pour s'assurer que son pendentif y était toujours… Tom observait la scène avec une émotion qui ressemblait étrangement au bonheur. Il était largement temps que les invités s'éclipsent, et pourtant il ne pouvait s'y résoudre. Cette vie, cette famille, c'était tout ce dont il rêvait, inutile de s'inventer des histoires ou de réveiller les vieux fantômes ! Et ce soir, il avait bien l'intention d'en profiter, même si c'était un mirage, d'en profiter et d'oublier les craintes qui jusqu'ici l'avaient retenu. Comme un enfant qui aurait ouvert un cadeau qui ne lui était pas destiné, il s'y accrochait, refusant de le rendre.

— Mon Dieu, il y a un de ces chaos dans la cuisine, émit Suzanne en s'étirant. Tu m'excuses, il faut que j'intervienne sinon demain…

— A deux, nous aurons plus vite rangé, déclara-t-il, trop heureux de trouver une excuse pour s'attarder un peu.

— Merci, Tom, mais…

— C'est toi qui as fait la cuisine, je trouve normal de te donner un coup de main, interrompit-il d'un ton sans appel.

— Dans ce cas, je ne dis pas non.

Il débarrassa la table tandis qu'elle remplissait le lave-vaisselle, puis il l'aida à mettre les restes du repas dans des récipients.

— Comment ça se passe avec les enfants ?

— Plutôt bien. Apparemment, Jack s'adapte sans trop de problème à la situation. Il a l'air d'aller bien, non ? Mais je suis consciente que les changements qu'il vit en ce moment ne doivent pas être simples à intégrer. Pour commencer, il y a ce problème d'énurésie nocturne.

— Ça arrive toutes les nuits ?

— Tu n'imagines pas le nombre de machines que je fais par jour ! Sophia a dormi avec lui la première nuit, mais elle n'aime pas se réveiller dans un lit mouillé et on la comprend.

— Et elle, elle n'a pas peur de dormir seule dans sa chambre ?

— Je ne pense pas mais c'est difficile à savoir. Pour le moment, c'est vraiment Jack qui me fait du souci. Au moment du coucher, et même après, il est agité, se relève, trouve sans cesse une excuse pour ne pas s'endormir. Je sais que c'est la première fois qu'il a sa propre chambre, aussi n'ai-je pas interdit que Sophia reste avec lui. J'ai même songé à remettre l'ancien lit deux places, temporairement, mais Jack veut son lit.

— Lorsque j'ai perdu ma sœur, j'étais plus âgé que lui, mais j'avais peur d'aller me coucher tout seul.

— Vous partagiez la même chambre, elle et toi ?

— Oui. Nous habitions une petite maison en préfabriqué sur la base militaire où mon père travaillait. Quand ma sœur est tombée malade, mes parents m'ont installé sur le canapé. Et puis tout à coup, elle n'a plus été là et il a fallu que je regagne cette chambre lugubre.

— Comment tes parents ont-ils réagi ?

— Oh ! Mon père m'a menacé d'utiliser son ceinturon si jamais j'osais quitter les lieux avant l'aube.

— Mais… c'est affreux !

— Effectivement, ce n'est pas une méthode que je recommanderais, assura-t-il.

Il avait passé des nuits entières allongé, les yeux ouverts, rivés sur le plafond, n'osant ni sortir ni appeler sa mère. Plus de vingt ans après, les souvenirs refluaient, intacts.

— Je comprends à présent pourquoi tu n'es pas en famille ce soir.

— Mon père est un homme très raide mais à sa décharge, lui aussi a été élevé à la dure.

— Il était sûrement plus coulant avec ta sœur ?

— Un peu, bien sûr. Pour lui, tu comprends, une fille n'a pas besoin d'avoir du cran, on ne l'envoie pas au front.

— En tout cas, après ce que tu as vécu, je m'étonne que tu sois si… serviable, si tolérant…

— Je te l'ai dit, je me suis rebellé, expliqua Tom en haussant les épaules. Disons que j'ai toujours tout fait pour ne pas ressembler à mon paternel.

Sophia déboula brusquement dans la cuisine en réclamant des cookies.

— Jack et moi, on a faim !

— Faim ? Après tout ce que vous venez d'avaler ?

Suzanne leur versa tout de même un verre de lait chacun et autorisa la fillette à emporter deux biscuits dans le salon.

— A propos de Jack, reprit Tom dès que l'enfant fut sortie, je pense que tu fais au mieux. Il finira par s'habituer à son nouvel environnement, d'autant qu'il est certainement mille fois plus stabilisant que ce qu'il a connu jusque-là. Il faut le rassurer, être présente, et tout rentrera dans l'ordre. Le fait qu'il mouille son lit n'est pas si grave. C'est sans doute sa façon à lui d'exprimer sa douleur, son désarroi. Il a besoin de temps.

— Tu as raison. Oh, mon Dieu ! Pourquoi lui ai-je donné un verre de lait ? Juste avant qu'il se couche, ce n'est vraiment pas malin !

— A mon avis, ça n'a aucun rapport. J'imagine que tu ne lui donnes pas un truc à boire chaque soir. Est-ce que ça change quelque chose ?

— Non, pas vraiment. Melissa Stuart m'a assuré que le médecin qui l'a vu en novembre l'a trouvé en parfaite santé. En réalité, son diagnostic est très voisin du tien. Jack a subi un traumatisme, il n'en parle pas mais son corps réagit.

— Tu vois, c'est comme une onde de choc : elle est très forte au départ, et puis elle s'atténue petit à petit.

Tom réalisa tout à coup que leur collaboration avait porté ses fruits : à peine une demi-heure de rangement, et la cuisine était comme neuve ! Il n'avait donc plus aucune excuse pour traîner ici, songea-t-il, amer à l'idée de retrouver sa maison vide et froide.

— Je vais rentrer, annonça-t-il en s'essuyant les mains.

— Et moi, je vais coucher mes deux lascars. Demain, c'est certain, ils se lèveront à l'aube.

— Pour le Père Noël ?

— Exactement. Jack aura un V.E.L.O, épela-t-elle en baissant la voix.

— Il doit connaître le mot, précisa Tom en mettant un doigt sur sa bouche.

— Je ne suis pas sûre qu'il maîtrise bien l'écriture, dit-elle. Apparemment, il est surtout doué pour les maths. Hier soir, il a apprécié que je lui lise une histoire. Enfin, après la rentrée, je prendrai rendez-vous avec sa maîtresse pour faire le point avec elle. D'après Melissa, il a quelques difficultés avec l'expression, c'est tout ce que je sais.

— Ne t'en fais pas pour lui, il est vif, ça se voit tout de suite. Il s'en sortira. Bon, comment fait-on pour demain ?

— Je pensais partir en début d'après-midi.

— D'accord, je serai prêt. Merci beaucoup pour cette soirée, Suzanne.

— Je suis contente de l'avoir passée avec toi. Merci d'avoir pensé aux enfants et… à moi, ajouta-t-elle en caressant son pendentif.

— Le couvre-lit que tu m'as offert est sans conteste le plus beau cadeau que j'aie jamais reçu.

— C'est drôle quand même, murmura-t-elle, songeuse.

— Quoi ?

— Comment avons-nous fait pour vivre côte à côte pendant tant d'années sans vraiment nous connaître, sans même nous adresser la parole ?

— Je te terrifiais, tu te souviens ?

— Ça se voyait tant que ça ? dit-elle, horrifiée.

— Hélas, oui, répondit-il en riant. Je t'ai vue plus d'une fois te ruer vers ton terrier en entendant mon pick-up arriver !

— Tu sais maintenant que j'étais davantage gênée qu'effrayée, n'est-ce pas ?

— Si seulement je l'avais su plus tôt, je t'aurais rassurée.

— Au fond, c'est grâce aux enfants si nous avons brisé la glace.

— Justement, je file leur dire bonsoir.

Suzanne l'attendait dans le vestibule lorsqu'il revint, son cadeau dans les bras. Il la remercia une nouvelle fois, et, avant qu'il ait achevé sa phrase, elle se mit sur la pointe des pieds et l'embrassa sur la joue.

— Joyeux Noël, Tom.

— Joyeux Noël, Suzanne.

En entendant la porte se refermer derrière lui, il sentit un frisson lui parcourir tout le corps. Par chance, il n'avait pas imaginé une seconde qu'elle l'embrasserait. Sinon, il en était convaincu, il ne se serait pas contenté d'un baiser amical, non. La tentation aurait été trop forte de prendre ses lèvres.

Chapitre 10

Les enfants durent sortir de leur chambre à pas de loup le lendemain matin car Suzanne ne les entendit pas traverser le couloir ni descendre les escaliers. Par contre, le cri que poussa Jack la réveilla en sursaut. Elle s'assit sur son lit, l'esprit encore embrumé de sommeil, et revint tout à coup à la réalité. Noël ! Le vélo dans le salon, un gros nœud rouge sur le guidon. Elle sourit, se leva d'un bond et enfila un peignoir.

Jack avait déjà enfourché la bicyclette et faisait semblant de la conduire à toute vitesse. Et miracle ! Il portait le pyjama de la veille, sec !

— C'est mon premier vélo ! s'exclama-t-il lorsqu'il la vit.

Sophia, debout devant lui, le regardait en silence, la mine sombre. Etait-elle jalouse ? Suzanne s'était creusé la tête pour trouver le cadeau susceptible de plaire à la préadolescente qu'elle était. D'après ce qu'elle avait pu percevoir de sa fille adoptive, cette dernière ne jouait sans doute plus à la dînette et commençait peut-être même à s'intéresser aux garçons. En même temps, elle était déjà plus mature que son âge et Suzanne n'avait aucune envie de la pousser dans ce sens. Pour elle, Sophia n'avait que dix ans, et certaines choses de l'enfance à vivre, avant que ce temps-là soit définitivement révolu.

— Voyons ce que le Père Noël a apporté d'autre, suggéra-t-elle, soucieuse de détendre l'atmosphère.

Jack sauta du vélo et s'empressa d'ouvrir l'emballage dans lequel l'attendait le super héros dont il avait commandé la figurine. Puis il trouva le ballon de foot et partit d'un joyeux éclat de rire. Pendant ce temps sa sœur, tête baissée, ouvrait ses paquets sans grand enthousiasme. Suzanne avait tenu à lui offrir un des pulls qu'elle avait tricotés pour la boutique et qui paraissait à sa taille. Et comme Sophia lui avait dit aimer le dessin, elle lui avait acheté un coffret de bois verni renfermant pinceaux, fusains et autres crayons, ainsi qu'une gamme de gouaches et de pastels, le tout accompagné d'un carnet à dessin grand format. La fillette passa la main sur les tubes rebondis puis referma le coffret. Même lorsqu'elle découvrit son dernier présent, un lecteur CD pour sa chambre qui faisait pourtant partie de sa liste, la fillette ne se dérida pas.

— Merci, prononça-t-elle avec une apathie évidente.

Suzanne, jusque-là, s'était plutôt habituée à son exubérance ; la fillette ne mâchait pas ses mots, y compris pour exprimer son mécontentement. Aussi ce soudain repli n'était-il guère compréhensible. Elle demanda à Jack s'il voulait sortir essayer sa bicyclette mais il lui déclara qu'il préférait reprendre la construction de son château en Lego tout en regardant un dessin animé. Dépitée, elle les laissa dans le salon et monta se préparer. Sophia finirait bien par lever le mystère sur son étonnante réaction. En tout cas, Suzanne sentait combien il serait périlleux de la questionner.

Vers 10 heures, elle les envoya prendre une douche et s'habiller, regrettant de ne pas leur avoir acheté de vêtements neufs pour l'occasion. Bien sûr, il y avait peu de chances que sa famille soit sur son trente et un mais tout de même, il y avait une différence entre une décontraction de circonstance et l'indigence de ces petits. Jack se présenta bientôt affublé d'un jean râpé et d'un sweat-shirt informe, quant à Sophia, en jean elle aussi, ses baskets sans âge contrastaient passablement avec son nouveau pull.

— Il te plaît ? demanda Suzanne, le cœur serré.

— Ça va, répondit la petite en haussant les épaules.

Décidément, la journée s'annonçait charmante ! Résolue à ne pas se laisser démonter par le manque d'enthousiasme ambiant, elle suggéra d'aller sonner chez Tom, pour voir s'il était prêt. Celui-ci les attendait et proposa de les conduire jusqu'à Seattle, une idée qui parvint enfin à dérider les enfants. Le pick-up, en plus de la benne, avait un habitacle classique comprenant cinq places.

— On pourrait se mettre derrière ? dit Jack.

— Idiot ! Tu as vu le temps ? On mourrait de froid !

— Et puis c'est interdit, rappela Suzanne. Mais inutile de traiter ton frère d'idiot, Sophia.

— C'est pas ma faute si son idée est complètement débile ! insista la fillette.

C'était à s'arracher les cheveux ! Qu'avait-elle mangé, ce matin, pour être à ce point désagréable ? Suzanne lança un regard désespéré vers Tom, qui, fort heureusement, prit le relais. Son voisin avait une patience d'ange, vraiment ! Il répondait aux questions de Jack sans se lasser une seconde, faisait de l'humour, glissait sur les sarcasmes de Sophia et parvint même à la faire sourire.

— Tu aimes dessiner ? demanda-t-il lorsqu'elle lui eut parlé du coffret qu'elle avait reçu le matin.

— J'adore ça. L'année dernière, mon institutrice a envoyé un de mes dessins à un concours et j'ai gagné une médaille. A l'école, je dessine tout le temps, même quand je ne suis pas censée le faire.

— Je comprends, c'est tentant. Après tout, tu as un crayon dans la main et une feuille sous les yeux toute la journée.

— Cette année, ça ne plaît pas du tout à ma maîtresse.

— Espérons que la prochaine saura reconnaître tes talents d'artiste, déclara Suzanne.

— Je n'ai pas envie de retourner à l'école, marmonna Sophia. Pourquoi vous ne nous donnez pas des cours à domicile ?

— Qu'est-ce que c'est que cette idée saugrenue ? Il faut que je m'occupe de ma boutique, je te le rappelle. Et puis, vous allez vous faire de nouveaux amis.

— Personne ne m'aime, de toute façon.

— C'est pas vrai ! s'indigna Jack. Je t'aime, moi !

— Ça me fait une belle jambe.

Suzanne se retint d'intervenir, préférant ne pas envenimer les choses. Mais elle avait le sentiment très net que Sophia, incapable de gérer ses émotions, passait ses nerfs sur la seule cible qu'elle savait inoffensive : un frère qui l'adorait et qui avait besoin d'elle.

Elle indiqua à Tom le cottage où habitait sa sœur, dans le quartier de Wallingford, et bientôt, il garait la voiture devant le portail. Lorsqu'ils sonnèrent à la porte, les enfants reculèrent d'un même mouvement et parurent rentrer dans leur coquille. Apparemment, toute nouvelle rencontre était pour eux synonyme de menace, par crainte sans doute d'être rejetés.

— Bienvenue ! s'exclama Carrie en ouvrant la porte, tout sourires.

Elle embrassa chaleureusement sa sœur avant de se présenter.

— Je suis Carrie, la sœur de Suzanne. Au cas où vous ne l'auriez pas remarqué, ajouta-t-elle en riant.

De fait, les deux jeunes femmes se ressemblaient tellement que, si elles s'étaient croisées dans la rue avant que Mark ne les réunisse, elles se seraient nécessairement reconnues. A la différence près que Carrie, légèrement plus petite, avait des cheveux bouclés que Suzanne enviait, et un air plus mutin.

— Appelez-moi tante Carrie, continua-t-elle en embrassant les enfants. Vous allez rencontrer votre cousin, Michael. Il est si impatient de vous voir que je n'arrive pas à le tenir depuis ce matin.

— Et si tu les laissais entrer ? suggéra son mari, qui venait d'apparaître derrière elle.

— Oh, pardon ! s'excusa-t-elle en éclatant de rire. Donnez-moi les quiches. Mais combien en avez-vous fait ?

— Seulement deux, expliqua Suzanne. Dans le troisième plat, il y a des cookies que Tom a fabriqués avec les enfants.

Tout le monde s'engouffra dans le vestibule et, une fois les vestes accrochées au portemanteau, Suzanne fit les présentations. Michael et Jack se regardèrent à peine, marmonnant un sommaire « salut ».

— Suzanne ! s'écria Gary depuis le fond du couloir. Il me semblait bien avoir entendu sonner. Rebecca ! appela-t-il. Ils sont arrivés !

Lorsque les parents adoptifs de Carrie, avertis de leur présence par le brouhaha qui émanait du couloir, apparurent à leur tour, on recommença les présentations.

— Maman t'a déjà rencontrée, à la boutique, dit Rebecca. A l'époque, elle ignorait que je ferais la connaissance de Mark grâce à toi.

Effectivement, Suzanne se souvenait de Mme Wilson, venue un jour se renseigner sur les horaires des cours.

Certains s'attardèrent dans le couloir tandis que d'autres investissaient le salon. Suzanne ne quittait pas Gary des yeux, craignant qu'il ne soit mal à l'aise. Il avait su, à l'époque, que les gens qui adoptaient Carrie n'avaient pas voulu de lui et même s'ils l'avaient regretté plus tard, Gary en avait gardé de l'amertume. On pouvait le comprendre, il n'était alors qu'un petit garçon désespéré, traumatisé par la disparition de ses parents, plein de rage au point de mordre les gens plutôt que de s'exprimer verbalement. La mère adoptive de Carrie ne s'était pas sentie suffisamment sûre d'elle-même pour le prendre en charge. Résultat, elle avait séparé le frère de la sœur, faisant du même coup deux malheureux. En fait, c'était la première fois que

Gary rencontrait le couple qui aurait pu le sauver d'un placement douloureux. Pour le moment, il affichait un visage impassible et se contentait d'être poli mais Suzanne avait peur qu'à la première occasion, sa rancune prenne le pas sur ses bonnes manières.

Carrie et sa mère annoncèrent qu'elles étaient de corvée d'épluchure et s'éclipsèrent bientôt vers la cuisine.

— Nous nous sommes déjà rencontrés, déclara Gary en serrant la main de Tom.

— C'est exact. Je suis Tom Stefanec.

— J'ignorais que Suzanne et vous étiez amis.

La jeune femme détourna les yeux, s'efforçant de dissimuler le rouge qu'elle sentait monter à ses joues. Lorsqu'elle avait évoqué son voisin avec Gary, elle en avait fait un portrait calamiteux. Pas étonnant que son frère tombe des nues en les voyant arriver ensemble ! Elle réalisa soudain qu'elle n'avait rien dit, et à personne, de la nature purement amicale de ses relations avec Tom Stefanec. De là à ce que tout le monde pense qu'ils étaient en couple, il n'y avait qu'un pas ! Autant dire que le pauvre Tom devait s'attendre à subir un interrogatoire en règle, et de toute la famille qui plus est ! Quelle angoisse !

— Je lui dois une fière chandelle, s'empressa-t-elle d'intervenir dans l'espoir de dissiper un peu l'ambiguïté. Si tu voyais comment il a restauré les meubles des enfants ! Et d'ailleurs, ajouta-t-elle en invitant Sophia et Jack à les rejoindre, les voici !

— Michael m'appelle tonton Gary, déclara son frère en faisant la moue. Ça m'a fait un choc, je te jure ! Le mariage, d'accord, mais me retrouver triplement tonton d'un coup, je ne sais pas si je vais m'en remettre !

— Michael ! héla Mark. Pourquoi ne montres-tu pas ta chambre à Jack ? Et à Sophia, si elle en a envie.

Les trois enfants montèrent à l'étage sans grand entrain.

— J'espère qu'ils vont s'entendre, murmura Suzanne, inquiète.

— Laisse-leur un peu de temps, la rassura Tom. Les enfants sont souvent un peu timides au début mais en général, ça ne dure pas.

Visiblement, son voisin non plus ne se sentait pas vraiment dans son élément. Peut-être avait-il tout simplement du mal à suivre le flot des conversations, à repérer les uns et les autres ? En tout cas, il était un peu sur la réserve, comme gêné d'être là. Heureusement, Gary lui servit un verre de vin et l'entraîna vers le groupe formé par les hommes de la famille qui étaient déjà engagés dans un débat enflammé à propos de l'équipe de football de Seattle. Rassurée, Suzanne rejoignit Rebecca et Carrie dans la cuisine. Presque toutes les femmes s'y trouvaient réunies, chacune participant de son mieux aux préparatifs tout en évoquant le mariage à venir. Elle resta un quart d'heure à discuter avec Rebecca avant de monter voir où en étaient les enfants. Arrivée sur le palier, elle entendit Sophia, d'un ton sans appel, qui donnait des ordres aux garçons. Apparemment, la petite n'avait guère changé d'état d'esprit depuis le matin et on pouvait craindre que la situation ne finisse par lui échapper tout à fait. Ne s'était-elle pas elle-même décrite comme sujette à des colères irrépressibles ?

— Alors, et tes cadeaux, Michael ? demanda Suzanne en passant la tête dans l'encadrement de la porte.

Son neveu était agenouillé devant un bateau de pirates et, la langue tirée, s'appliquait à faire monter tout l'équipage à bord.

— Justement, je montre à Jack et Sophia les *Playmobil* que j'ai eus. On va faire une bataille.

Jack, concentré sur le positionnement de ses troupes, amassées sur une île, leva à peine la tête. Quant à sa sœur aînée, elle n'avait pas l'air en reste : elle tenait un canon miniature dans le creux de sa main et semblait impatiente d'ouvrir les hostilités !

— Les pirates se sont fait voler leur coffre rempli d'or par d'autres pirates, alors ils vont devoir se battre, expliqua-t-elle. Ce squelette, c'est un fantôme horrible qui fait peur à tout le monde.

— Eh bien, dites-moi, l'heure est grave ! N'oubliez pas de descendre pour le dîner.

— On peut ouvrir les cadeaux avant ? demanda Sophia.

— C'est aux parents de Michael d'en décider.

— Ils voudront bien, assura celui-ci.

Pas de doute, le courant passait ! se dit-elle en redescendant. Une fois de plus, elle s'était inquiétée pour rien et c'est Tom qui avait raison : quelques minutes avaient suffi pour que les nouveaux cousins se découvrent et jouent ensemble. Tom… Pourvu qu'il ait trouvé sa place parmi tous ces jeunes couples ! Après tout, il n'y aurait rien eu d'étonnant à ce que Carrie ou même Rebecca s'adressent à lui comme à un futur membre de la famille. Le malaise total ! Mais, en entrant dans le salon, elle le trouva en pleine conversation avec quelques spécimens de la gent masculine familiale, tous de sacrés personnages dans leur genre : Julian St John, le père adoptif de Carrie, était un éminent cardiologue proche de la retraite, Mark avait quitté la police pour devenir détective privé, son père était officier à la retraite et Gary, malgré son look de biker, avait fait son chemin en créant son entreprise. Contrairement à ce qu'elle avait craint, Tom s'en sortait très bien. Il paraissait même à l'aise comme un poisson dans l'eau parmi les convives, son passé militaire et son statut actuel d'ingénieur chez Boeing ne détonnant pas dans l'ambiance générale.

C'était étrange comme Mark et lui se ressemblaient, songea-t-elle en prenant un instant plaisir à les observer. Non seulement ils étaient tous les deux très grands, et d'une carrure impressionnante, mais leur posture aussi présentait des similitudes, une forme de réserve, peu engageante au premier abord. Policier, militaire, sans doute leur formation était-elle pour beaucoup dans cette rigidité qui émanait d'eux.

La sonnerie de la porte la fit tressaillir et compter mentalement les convives. Etrange, elle avait pourtant l'impression qu'il ne manquait personne.

— Ce doit être Gwen, annonça Mark en quittant le groupe pour revenir une minute plus tard accompagné d'une femme superbe.

Les cheveux auburn coupés court sur la nuque, des

formes sculpturales et athlétiques, une certaine masculinité dans sa manière de marcher ou de soutenir les regards, cette personne s'imposait avec une autorité naturelle qui laissait sans voix. Suzanne se souvint que Mark avait précisé qu'il viendrait avec un partenaire, mais jamais elle n'avait songé que ce puisse être une femme.

— Ravie de faire votre connaissance, déclara la fameuse Gwen en serrant fermement sa main. Mark avait raison, vous êtes le portrait juré de Carrie.

— C'est plutôt elle qui me ressemble, je suis l'aînée ! précisa Suzanne en souriant.

— Ah, je vois ce que vous voulez dire, moi aussi, j'ai ce privilège, acquiesça-t-elle. C'est gentil de m'accueillir parmi vous aujourd'hui. Quand Mark me l'a proposé, j'avoue que ça m'a touchée.

— Vous n'avez personne à Seattle ?

— Non. Mes parents sont retraités et ils habitent Houston. Ce n'est pas la porte à côté ! Quant à ma sœur, elle vit à Detroit avec son mari et… je ne sais plus exactement combien d'enfants ! plaisanta-t-elle. D'habitude, je passe Noël avec eux mais un des gamins a la varicelle. Comme je ne l'ai jamais eue, j'ai préféré garder mes distances.

— Trouillarde ! intervint Mark.

— Tu l'as déjà eue, toi ?

— Tu parles ! Elle a gâché mon sixième anniversaire.

— Eh bien, je n'ai aucune envie de ruiner mon trente-cinquième, décréta Gwen, hilare.

Mark présenta son associée au groupe des hommes avant de la confier à Suzanne, qui la conduisit jusqu'à la cuisine. Les présentations faites, la détective, visiblement effrayée à la perspective de discuter mariage, fleurs ou pièce montée, sauta sur la première occasion pour s'éclipser et rejoindre le salon. Bien sûr, une femme qui avait réussi dans un milieu aussi machiste devait se sentir plus à l'aise dans un environnement masculin. Comme la plupart des détectives privés, elle avait sans doute débuté sa carrière dans la police, un parcours qui faisait d'elle l'égale de la plupart des hommes de la famille. Pas étonnant qu'elle ait une préférence pour leurs conversations.

En entendant le groupe rire bruyamment, Suzanne sentit son estomac se nouer. Et si Gwen plaisait à Tom ? Il était un des rares à la surpasser en taille, ce qui, quoi qu'on dise, avait son importance. Et puis son passé militaire avait forgé sa personnalité, il avait sûrement des milliers d'anecdotes à partager avec quelqu'un qui, d'une certaine manière, avait elle aussi l'expérience du maintien de l'ordre, et pour qui la violence devait être une notion familière. Plus elle y pensait, et plus Suzanne était convaincue que son voisin avait devant lui la compagne idéale.

Pas de doute, elle frisait la crise de jalousie ! Quelle idiote ! se maudit-elle en se mordant la lèvre inférieure. N'était-elle pas la première à présenter Tom comme un ami, et rien de plus ? Elle n'avait aucun droit sur lui, il ne lui avait d'ailleurs jamais fait la moindre avance. Heureusement, Carrie intervint à point nommé pour annoncer que le dîner était prêt et la détourner de pensées complètement déplacées. L'urgence, pour l'heure, c'était d'inviter tout le monde à se rassembler autour de la table. Suzanne appela les enfants et l'instant d'après, comme par miracle, ils déboulaient dans un joyeux brouhaha.

— Dis-moi, encore quelques années et Sophia fera un malheur auprès de la gent masculine ! murmura Carrie à son oreille. Elle a des yeux !

— Et encore, tu ne l'as pas vue lorsqu'elle monte sur ses grands chevaux. Le bleu de ses prunelles devient encore plus profond. Je te jure, c'est impressionnant. Tu as tout à fait raison, les garçons ne vont pas tarder à se bousculer devant ma porte !

Michael, qui avait visiblement retrouvé son entrain habituel, invita ses cousins à s'asseoir à côté de lui. Alors que chacun s'installait, Suzanne constata avec plaisir que Tom faisait le tour de la table pour la rejoindre.

— Désolée, je t'ai abandonné, murmura-t-elle.

— Pas de problème, j'ai passé un très bon moment, assura-t-il.

Seule Carrie resta debout et fit signe à la tablée qu'elle souhaitait prendre la parole. Suzanne, déjà émue à la perspective de passer les fêtes avec un frère et une sœur qu'elle avait longtemps cru ne jamais revoir, sentit qu'un discours, pour peu qu'il soit un rien solennel, risquait d'être fatal à son Rimmel ! Non seulement Gary, Carrie et elle formaient de nouveau une vraie famille, mais une famille qui, en très peu de temps, s'était considérablement agrandie. Jamais Noël ne lui avait offert plus beau présent. Sans parler de Sophia et de Jack, dont la présence comblait ses vœux les plus chers. Dire qu'il y avait à peine un mois, elle désespérait de pouvoir un jour adopter des enfants !

— Nous savons tous que cette réunion n'aurait pu avoir lieu sans la détermination et l'amour de ma grande sœur Suzanne. Elle s'est juré de nous retrouver, et elle y est parvenue. Non seulement c'est grâce à elle si la famille que nous formions, enfants, s'est ressoudée, mais c'est encore par son intermédiaire que j'ai rencontré Mark, et Gary, Rebecca. Aucun doute, Suzie, tu es notre bonne fée ! Grâce à toi, deux autres familles sont en train de naître, et bientôt une troisième, avec l'arrivée de Jack et Sophia dans ta vie. C'est une véritable bénédiction et c'est pourquoi je propose que nous levions nos verres à ma très chère grande sœur, et à l'avenir, qui s'annonce pour chacun d'entre nous plus radieux que jamais !

Tout le monde leva sa coupe de champagne d'un geste unanime, les uns faisant tinter leur verre, les couples échangeant un baiser, chacun lançant à Suzanne un clin d'œil complice ou un sourire de gratitude, tandis que des larmes émues perlaient au coin de ses paupières. Si elle avait su que Carrie lui ferait un coup pareil… Elle avait toujours eu beaucoup de mal avec les compliments. Manque d'habitude, sans doute. Quant à se retrouver au centre de toutes les attentions, ça l'avait toujours rendue malade ! Cela dit, cette fois, sa sœur s'en était tenue à la stricte vérité : c'était bien parce qu'elle avait profondément désiré ce bonheur-là qu'il avait fini par advenir. Elle trouvait juste inutile de le souligner, c'est tout. D'autant qu'elle s'était promis de ne pas verser une larme, se dit-elle en portant sa serviette à ses paupières embuées. Vraiment, c'était malin. Heureusement, la maîtresse de maison invita bientôt ses convives à se servir et les conversations reprirent, la rendant pour ainsi dire à un anonymat qui correspondait mieux à sa nature discrète.

— Les gens qui t'entourent sont vraiment formidables,

lui glissa Tom à l'oreille alors qu'elle reposait sa serviette sur ses genoux.

— C'est vrai…

— Je dirais volontiers que tu as de la chance, si la chance avait quelque chose à voir là-dedans. Car ta sœur a raison, si cette réunion a lieu aujourd'hui, c'est bien parce que tu l'as voulue, que tu t'es donné du mal pour ça.

— Arrête, tu veux, ou je vais me remettre à pleurer !

Pendant tout le repas, elle s'efforça de participer aux conversations, d'avoir l'air présente, mais elle flottait sur son petit nuage. En fait, elle aurait été incapable de répéter un seul mot de ce qu'elle avait entendu. Elle était pour ainsi dire dans un état second, se repaissant de chaque visage, savourant chaque seconde qui s'égrenait comme si elle s'était trouvée devant une image au ralenti, nimbée d'or et légèrement ouatée : Gary, visiblement aux anges, tournant régulièrement un œil épris vers Rebecca. Carrie, si rayonnante, sous le regard satisfait, tendre et aimant de sa mère adoptive. Un éclat de rire par-ci, une œillade par-là, d'infimes mouvements d'affection ou de sollicitude… oh, comme ils formaient une famille unie, comme elle aurait aimé que ses parents puissent voir leur bonheur !

— Suzanne, ça va ? murmura Tom en se penchant vers elle.

— Oui, oui, balbutia-t-elle en ravalant sa salive. Je… je crois que je suis heureuse.

— Il y a de quoi, vraiment. Hum, ajouta-t-il après un temps, je ne voudrais pas gâcher ton plaisir, mais je me dois de te signaler que le dîner de Jack est en train de filer allègrement sous la table. Du moins depuis que Michael est allé ouvrir la porte de la véranda.

Suzanne tourna la tête juste au moment où Jack se débarrassait d'un brocoli. Depuis quand le setter de la maison mangeait-il des légumes ? Et si Daisy n'était pas dans le coup, ils auraient une fameuse surprise en enlevant la nappe tout à l'heure ! Evidemment, c'était une grosse bêtise, surtout après le marché qu'elle avait passé avec le garçonnet au sujet des légumes, mais elle ne put s'empêcher d'éclater de rire.

— A mon avis, la chienne est là-dessous, expliqua-t-elle. C'est le setter le plus doux du monde, mais aussi le mieux nourri !

— Jack voulait un chien, non ? Voilà qui va renforcer son envie, tu ne crois pas ?

— Il y a des chances, oui. Pour l'instant, ce qui m'inquiète, c'est l'appétit de Daisy. J'espère qu'elle a tout avalé, comme d'habitude !

Le dîner achevé, tout le monde se retrouva au pied du sapin pour échanger les cadeaux. Etant donné le nombre des convives, seuls les enfants en reçurent de tous. Même les parents adoptifs de Carrie, et ceux de Rebecca, avaient pensé à Jack et Sophie, constata Suzanne avec émotion. Et ils avaient tapé juste, sans doute sur les conseils avisés de Rebecca : des vestes chaudes et des bottes fourrées, à la mode et d'excellente qualité.

— Comme tu m'avais donné leurs tailles, j'ai fait passer le mot, expliqua Carrie.

Gary profita de l'effervescence générale pour glisser une enveloppe dans la main de sa sœur.

— Cette fois, je n'accepterai aucun refus, précisa-t-il avant de s'éclipser.

Surprise, Suzanne ouvrit l'enveloppe et en sortit un chèque dont le montant lui parut surréaliste. Dix… Bouche bée, elle dut s'y reprendre à trois fois pour compter le nombre de zéros. Non, elle ne rêvait pas : dix mille dollars ! Gary était complètement fou ! Elle le chercha un moment des yeux et l'aperçut enfin dans l'angle opposé du salon. Au moment où leurs regards se croisèrent, il fronça les sourcils pour lui signifier qu'il ne voulait rien entendre et lui sourit avant de s'approcher des enfants.

De nouveau, elle sentit les larmes lui monter aux yeux. Elle avait dépensé tant d'argent pour l'installation de Jack et de Sophia, et il restait encore tellement à faire pour leur assurer un minimum de confort… Le don de son frère était providentiel et allait lui permettre de sortir la tête de l'eau. Ce dernier lui avait déjà proposé de l'aider quand il était venu la voir, à l'automne, mais elle avait obstinément refusé, désireuse de lui montrer qu'elle pouvait très bien s'en sortir seule. Cependant, elle avait appris plus tard par Carrie combien ce refus l'avait blessé. Pour Gary, ce n'était pas l'argent qui était en jeu, mais bien autre chose. Elle savait d'ailleurs que dix mille dollars, s'ils représentaient pour elle une véritable fortune, n'étaient pas grand-chose aux yeux d'un « magnat du café » comme son frère (c'était ainsi qu'elle l'appelait pour le taquiner). Quelle réussite d'ailleurs, quand on y pensait ! Gary avait quitté sa famille d'accueil à seize ans pour travailler chez un torréfacteur, pour qui il avait ensuite été représentant. Il était doué et n'avait pas tardé à apprendre toutes les ficelles du métier.

D'abord, au bout de cinq ans à parcourir les Etats du Sud en tous sens, il avait ouvert sa propre boutique à Santa Fe ; et quelque temps après, il avait carrément racheté une petite usine de torréfaction. Sa marque était à présent connue sur tout le territoire, il était à la tête d'une chaîne de douze magasins et fournissait même certains supermarchés. Mais malgré les bénéfices énormes de sa société, malgré la magnifique propriété qu'il s'était achetée à Santa Fe, Gary était resté simple et proche de ses origines. Par exemple, il n'avait que très peu de besoins. Eternel adolescent passionné de moto, il se contentait de hausser les épaules quand les gens évoquaient sa brillante carrière. « Amasser de l'argent n'a rien de palpitant, croyez-moi », répondait-il fréquemment avec un désintérêt évident. Au fond, il était resté profondément marqué par son passé et connaissait à ce titre le prix des choses et surtout celui de l'affection. Voilà sans doute pourquoi il avait tenu à faire un geste quand il avait appris la démarche d'adoption que Suzanne avait initiée.

Parmi la fratrie, il était sans nul doute le mieux placé pour connaître les failles du système en matière de politique familiale : les dysfonctionnements des foyers d'accueil, l'humiliation permanente de devoir convenir, et d'être rejeté par des parents potentiels qui venaient choisir un enfant comme on achète une voiture, l'incertitude du lendemain. Sans cesse ballotté, il avait fini par être adopté par un couple maltraitant. Sa mère avait quitté la maison lorsqu'il était adolescent, le laissant seul et sans recours entre les mains d'un père abusif.

Gary parlait peu, surtout quand il s'agissait d'évoquer

son passé, mais ses décisions ne trompaient pas. Suzanne le comprenait, ce n'était pas tant une aide financière qu'il lui offrait là, qu'un signe de gratitude au nom de tous les orphelins en mal d'amour. D'ailleurs, si elle-même avait tenu à adopter des enfants déjà grands, c'était après avoir découvert le sort qui avait été réservé jadis à son petit frère. Surtout, il lui avait paru évident qu'il n'y avait rien de pire que de séparer une fratrie. Au-delà d'elle-même, c'étaient Sophia et Jack que Gary cherchait à protéger; c'était sa manière à lui de lui signifier qu'il les considérait déjà comme ses neveux et, à ce titre, comme des êtres sur lesquels il veillait. Suzanne réprima un sanglot: elle mettrait donc sa fierté de côté, encaisserait le chèque et utiliserait l'argent pour les enfants. Elle traversa la pièce et lui murmura un *merci* à l'oreille avant de l'embrasser. Elle savait que Noël, cette année, serait un peu spécial et riche en émotions, mais la réalité dépassait de loin tout ce qu'elle avait imaginé. Tom avait raison, sa famille était géniale! Après les années d'adversité que les uns et les autres avaient traversées, les nuages semblaient enfin se dissiper au-dessus d'eux et ils se rendaient compte que rien, ni le temps ni les rudesses de la vie, n'était parvenu à rompre ce lien puissant qui les unissait.

Tom la rejoignit tandis que les cookies commençaient à circuler pour accompagner le café, chacun évoluant parmi les papiers cadeaux qui jonchaient le sol. Daisy, indifférente aux regards désapprobateurs que lui lançait son maître, passait entre les convives, récoltant caresses et autres sucreries.

Bientôt, il fallut se dire au revoir. Les enfants en profitèrent pour enfiler leur nouvelle veste, visiblement ravis, et après des accolades émouvantes et des promesses de se retrouver au plus vite, Suzanne et sa petite troupe prirent la route du retour, dans un silence qui contrastait avec l'agitation de la journée.

— C'est le plus beau Noël de ma vie, déclara Jack avec un soupir de contentement.

Sophia, en revanche, s'était blottie contre la portière et regardait par la vitre, l'air absent. Il y avait fort à parier qu'elle devait ressentir plus durement que son frère l'absence de leur mère. Le déluge de cadeaux qu'elle avait reçus lui avait sans doute donné le vertige, et peut-être même fait oublier à quel point sa maman lui manquait, mais la fête finie, l'euphorie retombait. Et puis Suzanne ne s'y trompait pas, la petite restait sur la défensive. Comme si elle craignait d'être rejetée après ce que Melissa Stuart avait appelé « la période d'essai ». Comme si elle préférait se refuser au bonheur plutôt que de risquer de le perdre. Le chemin était encore long avant qu'elle ne prenne confiance, mais Suzanne y croyait d'autant plus fermement que leur vie commune commençait exactement comme un rêve. Le rêve qu'elle avait fait à six ans : là, elle s'était vue, adulte, dans une grande maison, avec Gary et Carrie, mariée, deux enfants merveilleux à ses côtés. Manquait seulement un personnage pour que le tableau soit complet, se dit-elle en se tournant machinalement vers Tom.

Tom…, songea-t-elle en esquissant un sourire. En l'espace de quelques jours, son voisin était devenu un ami, quelqu'un sur qui elle savait pouvoir compter. Ce n'était pas son compagnon qu'elle avait présenté aujourd'hui aux siens, et pourtant, elle avait bien envie de faire semblant d'y croire…

Chapitre 11

Suzanne venait d'éteindre les lumières et traversait le couloir pour regagner sa chambre lorsqu'elle entendit un son étouffé derrière la porte close de Sophia. Surprise, elle s'arrêta et tendit l'oreille. Un peu plus tôt, elle avait couché les deux enfants dans le lit de Jack, à la demande de ce dernier. Apparemment, la petite avait attendu que son frère s'endorme pour rejoindre sa chambre ; et maintenant, de toute évidence, elle pleurait…

Suzanne resta un long moment sur le seuil, hésitante. Sans doute était-il préférable qu'elle respecte l'intimité de la fillette. Non seulement Sophia avait le droit de pleurer la mort de sa mère, mais sa réaction présente était plus saine que le silence ou la pseudo-bravoure derrière lesquels elle se murait sans cesse. D'un autre côté, aller se brosser les dents et se glisser tranquillement sous la couette en laissant une gamine de dix ans, sa fille, se désespérer seule dans son lit, lui paraissait tout bonnement impossible.

Autant suivre son instinct ! se dit-elle en donnant trois petits coups brefs contre le panneau de bois.

Pas de réponse.

— Sophia ? murmura-t-elle en entrebâillant la porte. Ça va ?

— Va-t'en ! répondit la fillette sur un ton plus désespéré qu'agressif.

— Ça peut aider, tu sais, de se confier à quelqu'un quand on ne va pas bien, insista Suzanne.

Encouragée par le silence de l'enfant et le fait que, pour la première fois, elle venait de la tutoyer, Suzanne entra et vint s'asseoir sur le bord du lit. La chambre était plongée dans la pénombre mais un rai de lumière filtrait du couloir, suffisant pour distinguer le petit corps blotti sous la couette.

— J'essaie de m'imaginer ce que tu as pu ressentir aujourd'hui, continua-t-elle. Tu m'arrêtes si je me trompe mais j'ai l'impression que le fait que Jack était content t'a mise très en colère. Comme s'il avait oublié votre maman. C'est ça ?

— Oui ! répondit Sophia avec une rage rentrée.

— Tu sais, chacun fait comme il peut et lutte avec ses propres armes. Lorsqu'il fait pipi au lit, par exemp…

— Il le faisait déjà avant la mort de maman, coupa la petite.

— Mais il savait qu'elle était gravement malade, non ? Vous le saviez tous les deux et je suppose que vous étiez très angoissés. Ton frère a peur de dormir seul…

— Il a peur du noir, c'est tout !

— C'est vrai. Il ne se sent pas en sécurité parce qu'il se dit que le monde n'est pas un endroit sûr, que tout peut lui arriver. Qu'il n'y a plus personne pour le protéger. Et je crois que c'est pareil pour toi. Quand on commence à craindre la vie même, alors tout devient difficile, ajouta Suzanne, tout en se demandant si son discours était bien intelligible pour une enfant de dix ans. Parfois, on a peur de prendre des risques, parfois on s'accroche au passé… C'est comme pour moi. Je suis restée mariée très longtemps avec un homme qui me faisait du mal, juste parce que j'avais peur de l'inconnu.

— On sera triste toute la vie, alors ?

Peu à peu, le visage de Sophia émergeait de sous la couette.

— Mais non, Dieu merci ! Il ne t'est donc jamais arrivé d'être heureuse depuis la mort de ta mère ? Même un tout petit peu ? Hier soir, par exemple, ou aujourd'hui ?

— Si mais je n'aurais pas dû ! sanglota l'enfant. Maman vient juste de mourir.

— Oh, Sophia ! murmura Suzanne en tendant la main pour caresser ses cheveux. Ta maman, j'en suis sûre, aurait voulu…

— C'est ta faute ! s'exclama la pauvre petite en se dérobant.

— Pardon ?

— Oui, c'est ta faute ! Tu essaies de nous faire oublier maman, comme si elle n'avait jamais existé. Tu crois que tu vas devenir notre mère mais tu te trompes !

Suzanne sentit son sang se glacer. Elle reposa la main sur son genou et resta un moment silencieuse.

— Tu penses que c'est la raison pour laquelle je vous ai offert des cadeaux ? Pour vous faire oublier votre mère ?

— Maman ne pouvait rien nous acheter, elle, ni

préparer de bonnes choses à manger. Mais ce n'est pas pour ça qu'elle était moins bien que toi !

— J'en suis bien convaincue, Sophia.

— Alors pourquoi tu fais tout ça ?

— Pour que vous vous sentiez bien accueillis, Jack et toi. Pour que vous soyez heureux.

— Eh bien, tu te trompes, on n'est pas près d'être heureux, d'accord ? Et puis je ne veux plus te parler, de toute façon.

Suzanne avala sa salive, s'efforçant de contenir ses larmes.

— Bien, je te laisse. Mais nous continuerons cette conversation plus tard.

— Je n'ai plus envie d'en parler, et surtout pas avec toi.

Suzanne se leva et s'empressa de tourner le dos à la petite tandis que les larmes coulaient sur ses joues.

— Il y a une chose dont je suis sûre, prononça-t-elle sur le seuil. Où que soit votre mère, elle ne souhaite rien d'autre que votre bonheur. Et que quelqu'un vous aime. Plus que tout au monde, elle veut vous voir sourire.

— Comment tu peux le savoir ?

— Si quelque chose devait m'arriver, c'est ce que je souhaiterais pour vous. Bonne nuit, Sophia.

Elle marcha d'un pas raide jusqu'à sa chambre et, une fois devant son lit, s'effondra littéralement. Elle avait beau s'être préparée à rencontrer ce genre de résistance, le choc était tout de même très rude. Surtout après les deux jours qu'ils venaient de passer. Elle redoublait de sanglots, sans pouvoir les contenir. C'était comme si soudain, tout le stress qu'elle avait accumulé depuis des mois s'évacuait enfin. Comme si ces mots cruels que venait de prononcer Sophia, elle les attendait depuis toujours, tout simplement parce qu'elle aussi, un jour, avait dû les prononcer.

Peu à peu, elle parvint tout de même à recouvrer son calme et l'évidence lui apparut. Qu'avait-elle donc imaginé ? Qu'adopter des enfants de l'âge de Sophia et Jack, avec le passé qu'ils avaient, serait une partie de plaisir ? Melissa Stuart avait plaisanté en qualifiant la période de préadoption de lune de miel. Encore fallait-il que Suzanne s'estime heureuse qu'on lui ait donné l'occasion de la vivre. Et Sophia, autant qu'elle l'avait pu, avait su se montrer coopérative, docile même, les premiers jours. Mais l'état de grâce était visiblement fini.

Au lieu de se lamenter, se dit-elle en soupirant, elle aurait dû au contraire se réjouir que la fillette parvienne enfin à parler de sa mère, à exprimer des émotions. C'était toujours mieux que l'indifférence désabusée que l'orpheline affichait jusqu'à présent. Et même si cette délivrance se faisait en partie à ses dépens.

Son propre passé était-il si loin qu'elle ne puisse comprendre le sentiment de solitude et d'abandon que l'orpheline devait éprouver ? Sans parler de la culpabilité. Quand on vient de perdre quelqu'un de cher, on s'en veut d'éprouver de la joie, du plaisir, tout le monde ressent ça. Et puis, admit Suzanne en séchant ses larmes, elle réalisait aussi que couvrir de cadeaux des enfants qui avaient manqué de tout pendant des années n'était pas la meilleure chose à faire. Sophia n'avait pas totalement tort, elle avait eu à cœur de leur faire passer un moment magique dans l'espoir d'estomper, sinon d'effacer, toutes leurs souffrances passées. Mais ce passé, aussi difficile soit-il, rimait aussi pour eux avec l'amour d'une mère. Même si elle avait voulu bien faire, son empressement à les gâter, à faire que tout soit parfait pour leur arrivée, avait été une erreur, c'était évident. D'autant qu'elle leur avait donné l'impression de rouler sur l'or, voire de faire étalage de sa largesse, alors que c'était tout le contraire. Jamais, sur ce plan, elle n'avait cherché à les impressionner, encore moins à les séduire, mais elle concevait très bien que les enfants se tiennent ce raisonnement puisque, précisément, elle leur avait donné tout ce que leur mère n'avait pas pu leur donner. En somme, en leur offrant un Noël de rêve, elle leur avait surtout rappelé combien, avant elle, leur vie était misérable.

De là à ce que Sophia, qui avait déjà perdu beaucoup d'illusions, pense qu'elle essayait d'acheter leur amour, il n'y avait qu'un pas. L'idée la glaça littéralement. Elle avait prévu de demander aux enfants à voir une photo de leur mère, de leur parler d'elle. Elle avait même pensé trouver l'endroit où celle-ci reposait et les y emmener. Et puis, leur montrer ses propres albums de photos, avec les vivants et les disparus, leur rappeler qu'elle aussi avait perdu ses parents trop tôt. Faire de cette perte commune un lien entre eux, une connivence.

Bien sûr, elle avait eu plus de chance qu'eux puisque c'était sa tante qui l'avait recueillie, une femme compréhensive, dans les bras de qui elle avait pu s'épancher, et qui avait pleuré avec elle. On lui avait épargné les foyers d'accueil, l'angoisse de l'adoption. Si elle ne s'était jamais vraiment sentie aimée, au moins avait-elle grandi en sécurité, parmi les siens.

Longtemps, elle resta allongée dans l'obscurité, s'efforçant de passer ses motivations au crible, sans complaisance. Ce qui était sûr, c'est qu'elle ne forcerait la main de personne. Si ses enfants finissaient par l'aimer, tant mieux ; ce serait un plus. Elle ferait tout pour les rendre heureux, de toute façon.

Tom était en train de saler le trottoir en prévision des gelées annoncées à la radio lorsque Suzanne rentra du travail. Boeing étant fermé la semaine entre Noël et le jour de l'an, il s'était vite retrouvé complètement désœuvré. Et puis, après les moments qu'ils avaient passés ensemble, sa solitude lui semblait d'autant plus amère.

Dès le lendemain de Noël, la pluie s'était mise à tomber pendant trois jours sans discontinuer, puis la température avait brusquement chuté au point que la météo annonçait une véritable pagaille. Des routes verglacées, des lignes électriques qui menaçaient de se rompre, bref, les médias conseillaient de ne pas se déplacer.

Suzanne se gara et sortit de la voiture, seule.

— Bonsoir ! dit-il en la rejoignant. Où as-tu mis les enfants ?

— Bonsoir, Tom. Ils sont chez Carrie. Mark a fermé son agence pour la semaine ; pour ma sœur ce sont les vacances scolaires, alors ils m'ont proposé de les prendre ce matin, et jusqu'à demain. Ils tournent en rond toute la journée dans la boutique… Enfin, ce ne sera pas trop long, je les récupère demain.

— Dans l'état où sont les routes ? Ça ne me paraît pas très prudent, décréta-t-il.

— C'est vrai, répondit-elle avec un soupir de lassitude. En plus, mes pneus ne sont pas de la première jeunesse.

— Si la météo ne se trompe pas, tu risques de ne même pas pouvoir aller travailler, enchérit-il.

— Heureusement, je ne donne pas de cours le vendredi.

— Je peux t'accompagner à Seattle demain, si besoin est. Et à la boutique, si tu tiens absolument à ouvrir.

— Tu es toujours tellement prévenant, déclara-t-elle, le regard perdu au loin. J'aimerais pouvoir te rendre la pareille.

— Tu l'as fait en ne me laissant pas moisir tout seul dans mon antre le jour de Noël.

— C'est peu de chose à côté des heures que tu as passées à métamorphoser des meubles miteux en pièces de musée !

— C'est bon, Suzanne, tu ne vas pas recommencer, coupa-t-il, agacé.

— Excuse-moi.

— Je te l'ai dit déjà, je l'ai fait parce que j'aime ça. Toi, tu m'as permis de rencontrer ta famille, et tu as tout fait pour que je m'y sente bien. J'ai passé le meilleur Noël depuis au moins…

Il s'interrompit, tentant de rassembler ses souvenirs.

— Depuis que ton ami ranger a déménagé ? suggéra-t-elle.

Il acquiesça, préférant lui cacher que la dernière fois qu'il avait été aussi heureux, sa sœur était encore de ce monde. C'était le genre de chose qu'il n'était pas prêt du tout à avouer.

— Tout de même, insista-t-elle.

— Arrête, je te dis ! Bon, tu as des projets pour le dîner ?

— Je vais avaler rapidement un morceau et…

— Et partager mon steak ? Que dis-tu de l'idée ? Je rajoute quelques pommes de terre et le tour est joué.

— Tu me connais, je me sens déjà assez coupable, alors si je te prive de la moitié de ton dîner…

— Puisque je te le propose.

— Bon, O.K. Je peux apporter ma contribution, dans ce cas. Une tarte aux pêches, ça te dirait ?

— Des pêches ? répéta-t-il, incrédule.

En plein mois de décembre, il n'avait plus de ce fruit qu'un très vague souvenir !

— J'en ai préparé et congelé l'été dernier, précisa-t-elle.

— Mon steak te tend les bras ! assura-t-il en se pourléchant à l'avance.

Enfin, il parvenait à la faire rire !

— Je pose mon sac et j'arrive, dit-elle en s'éloignant.

Il ferma le garage et attendit son retour dans le vestibule. Après l'avoir débarrassée de sa veste, il l'invita à le suivre dans la cuisine. Alors qu'il se sentait à l'aise chez elle, il réalisa que chez lui, elle n'avait jamais été au-delà du salon. Tout à coup, l'austérité ambiante le frappa. La salle à manger, meublée d'une table et de quatre chaises, avait pour seul décor une marine qu'il avait achetée dans une galerie et pour laquelle il avait eu un coup de cœur. Point final. Suzanne devait trouver l'endroit morbide…

Depuis son emménagement, il n'avait pratiquement pas modifié la cuisine. Même les quelques ustensiles accrochés au-dessus du plan de travail avaient été laissés là par les précédents propriétaires. Elle était propre, fonctionnelle et… atrocement dépouillée ! C'était le jour et la nuit comparée à celle de Suzanne, qui inspirait la convivialité, les épices, la sensualité de petits plats mitonnés avec amour… A l'image de cette tarte généreuse qu'elle venait de déposer sur le plan de travail. La cuisine de la jeune femme était un lieu de vie ; les enfants, c'était certain, s'y sentiraient bien pour faire leurs devoirs pendant qu'elle préparait le dîner. Chez lui, par contre, on pouvait parier qu'ils oseraient à peine s'asseoir !

— Installe-toi, dit-il avant de sortir des pommes dauphine du congélateur. Si tu as très faim, j'ai de quoi faire une salade.

— Je suis plutôt crevée, avoua-t-elle en prenant place sur le tabouret qui lui faisait face. Sincèrement, ton invitation à dîner me soulage. Les enfants absents, je crois que je ne me serais pas donné la peine de cuisiner.

Il leva la tête et réalisa qu'elle avait pris le temps, avant de venir, de mettre du rouge à lèvres et de se recoiffer. Sans doute avait-elle seulement tenu à masquer sa fatigue… Mais l'idée qu'elle ait pu avoir envie de paraître belle à ses yeux le toucha profondément.

— Ils n'ont fait aucune difficulté pour aller chez ta

sœur ? demanda-t-il pour faire diversion aux pensées dangereuses qui l'assaillaient soudain.

— Jack avait très envie de revoir Michael. Apparemment, ils n'avaient pas eu le temps de terminer leur bataille de pirates, l'autre jour. Quant à Sophia, je crois qu'elle saute sur la première occasion qui se présente pour me manifester son rejet, ajouta-t-elle en s'assombrissant.

— Bien sûr.

— Tu t'y attendais ?

— Un peu, oui.

Elle semblait si abattue qu'il aurait voulu la rassurer d'un geste tendre. Mais la serrer dans ses bras, ou même lui prendre la main, risquait de l'effrayer. Il s'était donné suffisamment de mal pour gagner sa confiance, il n'allait pas tout gâcher maintenant.

— Pourquoi est-ce que je n'ai rien vu venir ? murmura-t-elle comme pour elle-même.

— Parce que tu espérais que tout se passerait bien, qu'il n'y aurait pas de vagues.

— Tu crois qu'elle m'aimera un jour ?

— J'en suis certain. Il se pourrait même qu'elle t'aime déjà, et que ce soit justement ça qui la perturbe.

— Tu crois ? demanda-t-elle, son visage s'éclairant soudain.

— Elle est irritable, indifférente parfois ?

— C'est le moins qu'on puisse dire. Les hostilités ont commencé le soir de Noël, à notre retour de Seattle. Elle pleurait à chaudes larmes dans sa chambre et quand j'ai essayé de lui parler, elle m'a reproché de vouloir lui faire oublier sa mère en la couvrant de présents, comme pour acheter son amour en quelque sorte. Et elle m'a assurée que je n'y parviendrais pas.

— Ce qui veut dire qu'elle est tentée…

— De se laisser acheter ?

— Non, tentée de s'autoriser à passer outre les malheurs qu'elle a vécus.

— J'y ai pensé mais ça m'a paru presque trop beau.

Elle se tut un instant, posant sur lui ses yeux immenses.

— C'est si bon de parler avec toi, émit-elle en lui souriant. Si facile aussi. Quand les autres me posent des questions, je leur jure que tout va bien, je fais comme si de rien n'était. Mais avec toi, c'est différent. Je sens que tu me comprends, que je peux tout te dire.

— Ça, c'est le syndrome du type ordinaire, dit-il, masquant difficilement son dépit. Il rassure.

Contre toute attente, elle lui épargna des protestations polies et parut l'étudier davantage.

— Peut-être que si tu ressemblais à… George Clooney par exemple, je ne me sentirais pas aussi à l'aise. En fait, je me rends compte que je ne te vois plus comme avant.

— C'est-à-dire ?

— En réalité, je crois bien que je ne te voyais pas du tout. J'avais noté deux ou trois choses à ton sujet, bien sûr, comme le fait que ton gazon était toujours nickel, ou que tu nettoyais régulièrement ton allée au jet d'eau.

— Je sens que ça se gâte, dit-il en levant les yeux au ciel.

— Non, sérieusement ! Je pense que l'idée que j'avais de toi, c'était celle d'un type qui fait tout bien. Tout le contraire de moi, en somme !

Lui qui avait toujours pensé qu'elle était heureuse au milieu d'un jardin en friche !

— Tu pensais que j'essayais de t'épater, c'est ça ? Pour te montrer l'exemple à suivre.

— Non, non…

Faible déni…

— Allez, sois honnête ! Je ne suis pas susceptible.

Et de fait, il était certain de pouvoir tout entendre d'elle sans s'en formaliser. Avant tout, il avait besoin de savoir ce qu'elle pensait *réellement* de lui.

— Ce qui m'a vraiment gênée, c'est que tu aies été témoin de mes disputes incessantes avec mon ex. Je me suis dit qu'après ça, tu allais me considérer comme quelqu'un de nul, en permanence dépassé par les événements et qui se laisse dominer sans broncher ou presque. Et j'avais peu de chances de te convaincre du contraire vu l'état de ma pelouse, et de ma voiture qui tombe en morceaux ! Bref, je me sentais piteuse à tous les niveaux et incapable de soutenir la comparaison avec toi, ce qui enfonçait le clou, si je puis dire.

— Si je m'étais douté de l'effet que mes coups de tondeuse avaient sur toi, je te jure que j'aurais laissé pousser les mauvaises herbes !

Elle sourit mais ne se départit pas de son sérieux. Lorsqu'elle avait une idée en tête, elle allait visiblement au bout.

— Et donc, continua-t-elle, un jour, j'ai croisé ton regard. Enfin, j'ai vraiment osé te regarder, je t'ai trouvé un beau visage… Pas ordinaire du tout, justement.

— Tout ce que je sais, c'est que je ne suis pas sur le calendrier des pompiers, dit-il en haussant les épaules.

— Mais enfin… tu n'es pas pompier !

Il lui sourit tandis qu'elle levait les yeux au ciel.

— Si tu étais pompier, ils t'auraient choisi à coup sûr. Tu as la tête et surtout la carrure de l'emploi. Mais dis-moi, je t'ai vu courir l'autre fois, tu ne boites pas. Pourquoi as-tu été obligé de quitter l'Armée ?

— J'ai reçu un éclat d'obus. La cicatrice qu'il m'a laissée n'est pas belle à voir, expliqua-t-il en indiquant le milieu de sa cuisse jusqu'au mollet. Alors je ne boite peut-être pas, mais je n'aurais jamais l'idée de m'inscrire dans une équipe de football amateur.

— C'est douloureux ?

— Un peu lorsqu'il fait humide. Mais pardon, je manque à tous les usages, je ne t'ai rien proposé à boire. Il y a des jus de fruits, des bières, du vin…

— Je ne suis pas contre un verre de vin, si tu en prends aussi.

Il sortit du placard une bouteille de vin californien et leur en servit deux verres.

— Comment marche la boutique, en ce moment ?

— Mieux que je ne l'aurais cru, sans doute parce que Boeing est fermé et que la plupart des gens sont en vacances. Du coup, il y a pas mal de monde en ville. Je m'attends à une période creuse en janvier.

— Tu crois que tu peux tenir longtemps à ce rythme ?

Ce qui l'intéressait sans oser le lui demander de front, c'est si elle avait besoin d'argent.

— J'ai quelques dollars de côté pour parer aux imprévus. La première année, c'est la période cruciale. Et puis Gary a été très généreux avec moi à Noël. Il m'avait déjà proposé de m'aider cet automne, mais j'avais refusé. Aujourd'hui, avec les enfants, c'est différent.

— Que fait-il dans la vie ?

Lorsque la jeune femme lui cita la marque de café que son frère commercialisait, l'une des plus raffinées du pays, il comprit qu'elle ne risquait pas d'être un jour démunie.

— Il prétend qu'il ne pourra jamais dépenser en une vie la totalité de ce qu'il gagne, expliqua-t-elle en riant. Rebecca m'a dit qu'il faisait régulièrement des dons importants au foyer pour adolescents de Santa Fe.

La situation lui apparut plus clairement lorsqu'elle lui raconta le parcours plus que chaotique de son frère. Ce type, en plus d'être une crème, avait vraiment du mérite.

— Pendant toutes ces années où nous avons vécu séparés les uns des autres, j'essayais de me consoler en me disant que chacun de nous avait trouvé une famille d'accueil aimante, conclut-elle avec un soupir.

— Les parents adoptifs de Carrie ont l'air adorables.

— C'est vrai. Et pourtant… je ne te l'ai pas dit mais la réunion familiale aurait pu tourner au vinaigre. Ces gens, quand ils ont adopté ma sœur, n'ont pas voulu de Gary. C'est une chose qu'il a sue dès le départ, et comme c'était la première fois qu'ils se rencontraient…

— C'est atroce !

— Après la mort de nos parents, Gary a réagi très violemment. Je crois que ces gens ne se sont pas sentis capables d'élever deux enfants, d'autant que l'un d'entre eux avait des problèmes de comportement. Quoi qu'il en soit, je trouve que mon frère a plutôt bien réagi en leur présence, je crois qu'il ne leur en veut plus. L'eau a coulé sous les ponts et c'est tant mieux. Je n'aimerais pas que nous soyons obligés d'exclure certains membres de la famille ou d'inventer je ne sais quelle stratégie pour éviter des rencontres houleuses. D'autant que les parents de Carrie ont vraiment regretté, par la suite, la décision qu'ils avaient prise. Il est évident que si c'était à refaire, ils adopteraient aussi Gary.

— Compte tenu de ce que tu m'apprends, la soirée s'est vraiment bien passée, déclara Tom en levant son verre. Un vrai miracle !

Suzanne acquiesça et échangea avec lui un regard complice tandis qu'ils trinquaient.

— J'ai l'impression que les enfants ont été un peu dépassés par la foule de têtes nouvelles autour d'eux, continua-t-elle.

— Le nombre des cadeaux, en revanche, n'a pas eu l'air de les traumatiser.

— C'est vrai, dit-elle en éclatant de rire. Mais ils ne sont pas blasés non plus. Jack ne s'en remet toujours pas. La seule erreur que j'ai faite, c'est le vélo. J'ignorais qu'il ne savait pas en faire.

— Ce n'est rien. Il n'a pas demandé à essayer ?

— Non, il repousse sans cesse le moment. Je lui ai promis de lui acheter des stabilisateurs, mais je n'ai pas encore eu le temps de m'en occuper.

— A sept ans et demi, il n'en a pas besoin !

— Tu crois ?

— Bien sûr ! Il lui faut juste un peu d'aide au début. Tu ne te souviens pas de tes premiers mètres à vélo ?

— Si, mais j'étais plus âgée. Je me suis débrouillée toute seule.

— Il suffit de rester derrière lui et de tenir la bicyclette par la selle. A un moment donné, dès qu'il sera lancé, il prendra confiance et ne se rendra même plus compte qu'il pédale tout seul.

— Dit comme ça, ça n'a pas l'air compliqué, émit Suzanne, songeuse.

— Sauf que tu as peut-être autre chose à faire pendant ton seul jour de congé. Si tu veux un coup de main…

— Tous les parents se débrouillent, pourquoi pas moi ?

— Tu es célibataire, tu viens de créer ton entreprise. La plupart des parents ont beaucoup moins de contraintes.

— Vu sous cet angle… En fait, je serais heureuse que tu apprennes à Jack à faire du vélo. Et ça n'a rien à voir avec mon manque de temps. J'ai confiance en toi, c'est tout, et je suis sûre que tu es un excellent pédagogue.

— Ce sera un honneur, assura Tom.

La jeune femme se proposa de dresser la table tandis qu'il mettait les pommes dauphine dans le four et faisait poêler le steak, coupé en deux. D'habitude, il se faisait un plateau télé ou mangeait dans la cuisine. Découvrir tout à coup qu'il pouvait y avoir de la vie dans sa salle à manger — et quelle vie ! — lui rappela cruellement la morosité de son quotidien.

— C'est génial, dit-elle en s'asseyant tandis qu'il revenait de la cuisine, deux assiettes garnies dans les mains. Sans toi, j'aurais dû me contenter d'un bol de céréales. J'aime bien cuisiner mais ce soir, j'avoue que j'étais hors service. J'ai l'impression, continua-t-elle, le regard brillant d'espoir, que Sophia sera bonne cuisinière.

— Un chef étoilé, avant sa majorité ! plaisanta Tom.

— Et pourquoi pas ?

— Tout le monde a le droit de fantasmer.

Elle ouvrit la bouche pour répliquer mais se ravisa tandis que ses joues rosissaient. De toute évidence, elle avait été sur le point de lui demander s'il n'en avait pas, lui, des fantasmes. Question osée, s'il en était ! D'autant qu'il tenait sa réponse toute prête, une liste infinie dans laquelle elle avait une place de choix !

— J'ai du mal à imaginer Sophia en femme d'intérieur, se contenta-t-il de déclarer.

— Je ne t'ai pas dit qu'elle avait appris à tricoter ? Elle a presque terminé sa première écharpe.

— Au fait, tu as vu ton jeté de canapé en entrant ? Il est parfait dans le salon, je l'adore.

Elle lui sourit et planta son regard noisette dans le sien. Dans les films, c'est ce moment précis que le héros, sûr de lui, choisit pour embrasser l'héroïne. Mais la réalité avait d'autres lois, plus cruelles sans doute. En tout cas, ce qu'il en connaissait le dissuadait de jouer les acteurs hollywoodiens ! S'il embrassait cette jeune femme, continuerait-elle à lui sourire aussi tendrement ? Il y avait de grandes chances, au contraire, pour qu'elle retrouve ses vieilles habitudes et se remette à l'éviter. En tout cas, il n'avait pas envie de prendre le risque. Mieux valait rester dans le flou, au moins pouvait-il continuer à rêver qu'elle partageait son sentiment, peut-être même son désir…

Il reprit deux fois de la tarte aux pêches et se régala à tel point que la jeune femme insista pour la lui laisser. Elle tint ensuite à l'aider à débarrasser. Trop heureux de prolonger un peu le moment qu'ils partageaient, il ne s'y opposa pas.

— Tu parles français ? demanda-t-il en songeant au nom qu'elle portait.

— Un peu, pourquoi ?

— Parce que en plus de t'appeler Chaumont, je trouve que tu ressembles vraiment à une Européenne.

— Mes parents parlaient couramment le français, ils me l'ont transmis le temps que j'ai vécu avec eux. Mais lorsque je suis allée habiter chez mon oncle et ma tante, j'ai rapidement tout oublié. Ou presque. En prenant le français comme seconde langue vivante au collège, je rêvais de faire un voyage scolaire en France, mais je n'ai jamais eu cette chance.

— Tu aurais peut-être eu envie d'y rester.

— Ça m'étonnerait. Je n'aurais pas pu vivre si loin de Carrie et de Gary. Je n'avais de cesse de les retrouver, n'oublie pas. Aujourd'hui, peut-être…, reprit-elle, songeuse. J'emménagerais à Rouen, le berceau de mes ancêtres, et ma famille américaine me rendrait visite l'été. Pourquoi pas ?

L'idée était loin d'enthousiasmer Tom, aussi évita-t-il d'enchérir. La cuisine briquée, il n'eut plus d'autre choix que de la raccompagner à la porte, sans que l'envie de l'embrasser ait quitté ses pensées. Il lui rappela de ne pas hésiter à faire appel à lui le lendemain, si elle avait besoin de se déplacer.

En la regardant s'éloigner, il s'en voulut de ne pas avoir osé faire ne serait-ce qu'un pas vers elle, prendre ce risque-là. D'autant qu'ils n'auraient pas beaucoup d'occasions de se voir seuls. Leur amitié tournerait bientôt au cauchemar s'il ne prenait pas rapidement une décision.

Chapitre 12

La sonnerie du réveil tira Suzanne d'un profond sommeil. Comme tous les matins depuis quelques jours, sa première pensée fut pour Jack. Avait-il une fois encore mouillé son lit ? Elle se souvint soudain que les enfants étaient chez sa sœur et poussa un soupir de soulagement, avant de sentir la culpabilité poindre en elle. Après tout, il n'y avait rien de honteux à s'accorder un peu de répit. D'autant qu'elle en avait bien besoin, elle n'avait pas arrêté une seconde, ces derniers temps…

Les rapports tendus avec Sophia, surtout, l'avaient épuisée, plus encore que la lessive quotidienne des draps de Jack, la préparation du petit déjeuner, ou bien la nécessité de prévoir pour eux des activités à la boutique, et le tout entre 7 et 8 heures du matin, avant même de pouvoir songer à se préparer ! Elle n'était pas d'un tempérament spécialement matinal, aussi avait-elle un peu de mal avec ces réveils sur les chapeaux de roues ! Question d'habitude, se dit-elle en s'étirant, heureuse de pouvoir prendre son temps pour une fois, sans stress à l'horizon.

Sophia, pourtant, l'inquiétait. Depuis le jour de Noël, la fillette était d'humeur maussade, souvent insolente ;

elle agressait à peu près tous ses interlocuteurs, sous le regard médusé de Jack qui, visiblement, n'y comprenait rien. Bah ! Tom avait raison, se dit-elle en sortant du lit à regret. Sa fille traversait une phase de doute nécessaire, les choses finiraient bien par s'apaiser.

Ce n'est qu'une fois sous la douche qu'elle se rappela que Tom l'avait mise en garde contre la météo. Elle repensa à la soirée qu'ils avaient partagée la veille, à l'humour de cet homme, à l'étrange expression de son visage lorsqu'elle lui avait avoué ne plus le voir avec les mêmes yeux qu'autrefois.

La dernière fois qu'elle avait vu Carrie, en lui déposant les enfants, celle-ci ne s'était pas gênée pour la taquiner au sujet de son voisin, qu'elle avait d'ailleurs déjà surnommé son « chevalier servant ». Suzanne avait eu beau lui assurer qu'ils n'étaient qu'amis, elle s'était trahie toute seule en piquant un fard.

A vrai dire, elle aurait donné cher pour connaître les intentions de Tom. Etait-il attiré par elle ? Avait-il envie de transformer leur amitié naissante en une relation plus… intime ? Jamais elle n'avait su lire les signaux que les hommes lui envoyaient, de toute façon. Si seulement elle n'avait pas été aussi inexpérimentée… Josh était sa seule expérience de la gent masculine ; il avait été son petit ami au lycée, son fiancé en fac et son mari par la suite. Piètre parcours amoureux… Elle avait bien rencontré quelques types depuis son divorce, mais aucun dont elle soit tombée amoureuse. Du coup, elle s'était persuadée qu'elle n'avait aucune disposition pour le marivaudage, encore moins pour l'amour véritable et tout ce qui allait avec. Il lui était arrivé plusieurs fois d'accepter de dîner avec quelqu'un pour qui elle n'avait aucune attirance, mais c'était par pure politesse, parce qu'elle était incapable de dire non.

A trente-deux ans passés, elle avait encore toutes les peines du monde à distinguer un homme qui la draguait d'un autre qui la trouvait seulement sympathique ! Il était peut-être temps qu'elle se réveille ! Le problème, c'était qu'avec Tom, les choses n'étaient pas vraiment tranchées et il était malaisé de savoir à quoi s'en tenir. Son voisin, en effet, était d'un naturel réservé, du moins ne laissait-il que peu transparaître ses émotions. Alors… Que penser ? La nuit dernière par exemple, elle avait eu le sentiment qu'il était sur le point de la prendre dans ses bras au moment où il l'avait raccompagnée jusqu'à la porte, mais sans doute n'était-ce que le fruit de ses fantasmes…

Elle ferma les yeux et s'efforça de révoquer les images voluptueuses qui venaient de l'assaillir. Elle était célibataire depuis bien trop longtemps, elle ne pourrait pas éternellement réfréner ses désirs. Dans les premiers temps, la solitude lui avait paru légère dans la mesure où elle avait surtout la sensation de se libérer d'un véritable joug. Et puis, elle s'était contentée de vivre ses émotions par procuration, en lisant de temps en temps un roman d'amour, ou bien en pleurant devant un mélo, mais ces substituts n'avaient qu'un temps, elle le sentait bien. D'autant plus en habitant à deux pas d'un homme qui lui fait de l'effet ! Le hic, c'est qu'elle n'était plus du tout certaine de savoir plaire encore, non plus que d'éprouver du plaisir ou d'en donner. Enfin, le mieux, pour l'heure, était d'éviter de prendre ses désirs pour la réalité.

Elle termina sa douche en coupant l'eau chaude pendant quelques secondes. Rien de tel qu'un petit coup de fouet pour se remettre les idées en place ! L'amitié de Tom Stefanec lui était très précieuse, elle n'allait pas risquer de tout gâcher en lui sautant dessus. D'autant que s'il n'était pas intéressé, elle aurait l'air fin ! Elle n'oserait plus jamais paraître devant lui après cela. Non, il fallait qu'elle se calme, un point, c'est tout.

De toute façon, où trouverait-elle le temps de vivre une histoire d'amour ? La boutique, et maintenant les enfants lui prenaient toute son énergie, jusqu'à la dernière goutte. Alors inutile de compliquer encore les choses. Un impératif de plus et elle imploserait, c'était évident ! Pas de doute, la sagesse imposait qu'elle se tienne à bonne distance du danger. Et si d'aventure elle décelait le moindre signe d'attirance chez son voisin, il serait impératif qu'elle sache garder la tête froide et s'arrange pour le décourager avant que la situation ne s'emballe et lui échappe tout à fait. Avant tout, il fallait continuer à lui cacher ses propres sentiments. Il ne manquerait plus qu'elle coure seule à sa perte !

Seulement voilà, ce genre de résolution était facile à prendre comme ça, à froid. Mais en présence de Tom, elle se sentait littéralement fondre. Et la soirée de Noël n'avait rien arrangé à l'affaire. Se retrouver au milieu de couples amoureux qui se lançaient à tout bout de champ des regards langoureux et ne perdaient pas une occasion de s'embrasser, ce n'était pas franchement le contexte le plus favorable quand on aspirait à rester chaste ! Son frère et sa sœur avaient visiblement trouvé le partenaire idéal et on imaginait qu'en plus de l'impression d'équilibre qui émanait de leur relation, leur couple était suffisamment fusionnel pour leur offrir de vivre des moments torrides. Ce soir-là, Suzanne n'avait pu détacher d'eux son regard, comme si leur bonheur exerçait sur elle une sorte de magnétisme, de fascination totale. Pour tout dire, elle les enviait. Pouvoir s'appuyer sur quelqu'un, ne plus porter seule le fardeau de l'existence, donner et recevoir en retour, voilà ce dont elle rêvait aujourd'hui, toutes choses qui, à l'évidence, n'étaient pas à sa portée.

Elle poussa un soupir et enfila un peignoir avant de descendre dans le salon et d'allumer la télévision. Mon Dieu, quelle horreur ! Les images montraient un énorme carambolage sur l'autoroute, une bonne douzaine de voitures encastrées les unes dans les autres, le chaos complet.

« Les bretelles d'accès sont particulièrement verglacées, commentait le journaliste. La police de Seattle demande aux automobilistes d'être très prudents et conseille à la population de ne se déplacer qu'en cas d'absolue nécessité. »

Le reportage montrait à présent une voiture qui glissait inexorablement en travers de la route, sur l'une des artères principales de la ville, pour finalement terminer sa course contre un camion garé le long du trottoir. Des images équivalentes se succédaient, accompagnées de commentaires alarmistes, ne laissant aucune place au doute : c'était clair, la boutique resterait fermée aujourd'hui. Non qu'elle se trouvât à des kilomètres de chez elle, mais apparemment, même marcher se révélait périlleux. Avec sa vieille guimbarde qui tenait déjà mal la route en temps normal, elle aurait tôt fait de se mettre dans le décor, alors, inutile de prendre des risques. Et même si la température remontait suffisamment dans la journée et que les routes dégelaient, il y avait peu de chances pour que les gens se décident subitement à aller faire du shopping.

— Les enfants ! songea-t-elle soudain en coupant le son.

Comment allait-elle les récupérer ? Tom s'était bien proposé pour l'accompagner, mais à moins que les conditions de circulation ne s'améliorent, ça n'était pas envisageable. Même avec son pick-up. La priorité était d'appeler Carrie et d'en discuter avec elle, mais vu l'heure qu'il était, un samedi qui plus est, il y avait de fortes chances pour qu'elle réveille toute la maisonnée. Et si, puisqu'il n'y avait rien qu'elle puisse entreprendre dans l'immédiat, elle retournait se glisser sous la couette ? Une petite heure, pas plus, histoire de lambiner un peu… Le seul problème, c'est que connaissant Tom, il était peut-être déjà sur le pied de guerre, prêt à la conduire en ville. Il lui avait dit, la veille, qu'il se levait très tôt, et elle n'en doutait pas. Le plus correct était de le prévenir qu'elle n'irait pas travailler. Il décrocha après deux sonneries, la voix claire.

— Bonjour ! Tu as allumé la télé ?

— Quelle pagaille !

— Ça t'a convaincue de ne pas aller bosser, j'espère ?

— Totalement ! J'ai même l'intention de m'accorder une grasse matinée, figure-toi.

— Tu l'as bien méritée, répondit-il en riant. Rappelle-moi plus tard, on verra comment on peut s'organiser pour aller chercher les enfants.

— Tu as des projets pour la journée ? se surprit-elle à demander.

— J'aurais bien avancé le ponçage de la bibliothèque mais il fait trop froid dans le garage. Je crois que je vais opter pour un bon bouquin au coin du feu.

— Ça te dirait de venir déjeuner avec moi ?

— A ton réveil, si je comprends bien ? demanda-t-il, amusé.

— Exactement ! Vers midi, je devrais être présentable.

— Je serai là, promit-il. En attendant, bonne nuit !

Elle raccrocha, un sourire aux lèvres. Cet homme était charmant, aucun doute. Et elle adorait son humour. Elle était bien loin, l'image du militaire rébarbatif et maniaque qu'elle s'était d'abord faite de lui ! Elle remonta vers sa chambre tandis que les spéculations de tout à l'heure s'agitaient de nouveau dans son esprit. Charmant, oui ! Et alors ? Puisqu'il n'y aurait jamais entre eux davantage qu'une franche camaraderie ! Et puis comme modèle de fermeté, elle se posait là ! Ne venait-elle pas de se persuader de garder ses distances ? Et elle ne trouvait rien de mieux à faire que de l'inviter à déjeuner à la première occasion ! A ce rythme, elle ne donnait pas cher de ses belles résolutions. Bien sûr, Tom était seul, c'était la moindre des politesses qu'elle lui propose de partager son repas. D'autant qu'ils étaient censés aller ensemble à Seattle. Mais elle n'était pas dupe à ce point : le respect des convenances n'était pas sa seule motivation…

Quoi qu'il en soit, elle se sentait heureuse, légère. Elle se glissa sous la couette et s'endormit instantanément. A 10 heures et demie, elle rouvrit les yeux et s'étira. Ça faisait un bien fou de se sentir totalement reposée. C'était si rare… Elle s'habilla rapidement puis descendit et appela sa sœur. C'est Mark qui décrocha.

— J'espère que tu n'es pas allée travailler.

— Vu ce qu'ils montrent à la télé, j'avoue que je n'ai pas été tentée de jouer les cascadeuses. Comment vont les enfants ?

— Ils s'éclatent, ne t'inquiète pas. Si tu veux venir les chercher dans la journée, ça devrait être possible. La température remonte. Mais on peut aussi les garder une nuit de plus, si tu préfères.

— Ils me manquent.

— Tu veux leur parler ? Attends…

Suzanne l'entendit les appeler et bientôt, une petite voix prononça allô.

— Jack ? Comment ça va ? Tu t'amuses bien avec Michael ?

— Oui, mais tu viens nous chercher cet après-midi, hein ?

— Bien sûr. Ça a été hier soir ? Tu n'as pas eu peur au moment de te coucher ?

— Non, mais j'aime mieux mon lit à moi.

— En voilà une bonne nouvelle ! Tu sais, vous me manquez beaucoup, tous les deux.

— Toi aussi, murmura l'enfant.

— Tu me passes ta sœur ?

Elle entendit que Jack reposait le combiné et elle mordit sa lèvre inférieure, espérant que Sophia ne refuserait pas de lui parler. Elle n'eut pas le temps de gamberger : à peine cinq secondes et elle avait sa fille au bout du fil !

— Bonjour, ma grande, dit-elle. Tout va bien, tu ne t'ennuies pas ?

— Je fais des muffins avec Tante Carrie.

Suzanne ressentit un petit pincement au cœur. Sophia ne voulait pas d'elle comme mère mais par contre, avoir un oncle et une tante ne lui posait pas le moindre problème.

— Je viendrai vous chercher dans l'après-midi, annonça-t-elle. Demain, nous ferons un peu de shopping. Il faut qu'on s'occupe de vous trouver des affaires, la rentrée approche.

— D'accord.

Si elle ne sautait pas de joie, au moins Sophia n'avait-elle pas repoussé son offre. C'était un grand pas depuis ces derniers jours, même si, à l'évidence, seule la perspective de changer de garde-robe était à l'origine de sa docilité. Suzanne ne s'y trompait pas, la petite savait très bien faire profil bas quand son intérêt était en jeu.

— C'est Tom qui me conduira jusqu'à Seattle si les routes sont encore mauvaises. Tu peux prévenir ton oncle et ta tante que nous devrions arriver entre 15 et 16 heures ?

— D'accord. A tout à l'heure.

La fillette raccrocha avant que Suzanne ait pu ajouter quoi que ce soit. Elle poussa un soupir et ouvrit le frigo, histoire de voir ce qui s'offrait pour le déjeuner. Une soupe serait la bienvenue ; quelques petits sandwichs au thon, une salade composée et ce serait très bien pour un brunch.

Tout était prêt quand Tom sonna à la porte. Quand elle lui ouvrit, un vent glacé s'engouffra dans le vestibule.

— Brrr, le temps n'a pas l'air de s'arranger, dit-elle en grelottant.

— La température est encore sous zéro, informa-t-il en refermant la porte derrière lui. Le dégel n'est pas pour tout de suite. Hum, ça sent bon ! ajouta-t-il avec un regard vers la cuisine.

— J'ai fait des biscuits à la cannelle, histoire de me faire pardonner la frugalité du déjeuner. Soupe, salade, sandwichs, et on file à Seattle.

— Comment vont les enfants ? Tu les as eus ?

Il laissa sa veste sur le portemanteau et la suivit dans la cuisine avec autant de naturel que s'il avait toujours habité là.

— Ils vont bien. Jack a l'air de s'amuser, même si sa chambre lui manque un peu. Je leur ai dit que nous passerions les chercher vers 15 h 30. Tu crois qu'on peut prendre la route sans danger ?

— Oui, ils sont en train de saler l'autoroute et les principales artères.

Tom s'installa sur un tabouret et versa de l'eau dans les verres.

— Demain, je compte les emmener acheter quelques vêtements, dit Suzanne en remplissant deux bols de soupe. J'imagine que ce sera la cohue, mais pas moyen d'y couper. Ils n'ont rien à se mettre sur le dos pour la rentrée.

— Tu crois que Jack aime faire les magasins ? A son âge, ça me barbait royalement. Peut-être qu'il préférerait rester avec moi. Il pourrait m'aider à repeindre la bibliothèque et, si le temps le permet, je lui donnerais un cours de vélo. A moins que tu n'aies l'intention de lui faire essayer tout le rayon junior du supermarché, ajouta-t-il d'un air moqueur.

— Et alors ? Je ne vois pas ce qu'il y aurait de mal !

— Désolé, Suzanne, mais le shopping n'est pas un truc de garçons.

— Tu m'as pourtant dit que tu adorais ça il y a deux semaines !

Il y avait bien sûr plus palpitant qu'une virée dans les dépôts-ventes et autres supermarchés, elle le savait très bien, mais Tom avait vraiment eu l'air de passer une bonne journée.

— Ça n'a rien à voir, nous cherchions du matériel de bricolage et des meubles ! Les fringues, c'est beaucoup moins drôle. Enfin, pour moi, c'est une vraie corvée. Pour tout te dire, j'achète tout en double, histoire d'être tranquille plus longtemps !

— Non, je ne te crois pas !

— C'est pourtant vrai. Je ne sais pas ce que tu as mis dans ta soupe mais elle est géniale.

Elle porta la cuiller à ses lèvres et en relevant la tête, s'aperçut qu'il la regardait étrangement.

— Qu'est-ce qu'il y a ? demanda-t-elle, intriguée.

— Rien… Je me disais juste que jusqu'à ces dernières semaines, je ne t'avais jamais entendue rire.

— Jamais, vraiment ?

— Pas assez en tous cas. Tu es une très belle femme, Suzanne, mais quand tu souris, que tu sembles heureuse, ton visage s'éclaire et…

— … Je… merci, balbutia-t-elle, préférant couper court à ce qui commençait à ressembler à un compliment dangereux. Remarque, je pourrais te retourner la flatterie. Pendant toutes ces années, je pensais que tu ne souriais jamais. C'est que l'on rit rarement seul, n'est-ce pas ?

Gênée tout à coup, elle avait baissé les yeux et fixait les sandwichs en se maudissant. Pourquoi fallait-il qu'elle rougisse comme ça, à tout bout de champ ? A trente-deux ans, elle avait tout de même passé l'âge de ce genre de mièvreries !

— Excuse-moi, je ne voulais pas te mettre mal à l'aise, dit-il en posant sa cuiller. Je voulais juste te dire que j'étais heureux de te voir épanouie, c'est tout.

— C'est que je n'ai pas tellement l'habitude des compliments.

— Ne me dis pas que c'est la première fois qu'on te dit que tu es belle !

— Non, mais… Je ne sais pas, je ne pense pas à moi de cette façon. Et puis ça fait des années que je ne me soucie pas de mon look. Les meilleurs jours, je me trouve tout juste jolie.

— Qu'entends-tu par des années ? Depuis ton divorce ?

— Bien avant. En fait, j'ai cessé de m'occuper de moi quand j'ai rencontré Josh. Il n'aimait pas trop que je plaise à d'autres, tu vois. Et comme, depuis notre séparation, rencontrer quelqu'un n'a jamais fait partie de mes projets…

Le silence qui suivit, pesant, emplit la pièce. Suzanne, le cœur battant, n'osait plus lever le nez de son assiette mais sentait sur elle le regard insistant de son interlocuteur.

— Suzanne, c'est pour moi que tu dis ça ? demanda-t-il soudain, d'un ton étrangement calme.

— Oui… non ! Enfin, je… Oh, Mon Dieu ! gémit-elle en fermant les yeux.

— Suzanne, si tu veux que je garde mes distances, tu n'as qu'à le dire. Je comprendrai le message.

Lorsqu'elle ouvrit de nouveau les yeux, il la fixait toujours, et n'avait pas l'air de plaisanter du tout. Il attendait une réponse.

— Non, ce que je t'ai dit tout à l'heure ne te visait pas particulièrement, prononça-t-elle après avoir pris une profonde inspiration. C'est compliqué, Tom ! Je n'ai pas fréquenté beaucoup d'hommes dans ma vie. En fait, Josh est le seul petit ami sérieux que j'aie jamais eu. Et le seul mari, bien sûr.

— Personne d'autre ? demanda-t-il, incrédule.

— Non. Notre histoire a commencé au lycée, puis on s'est mariés. La suite, tu la connais.

— Franchement, que la fréquentation de ce… goujat soit ta seule expérience des hommes, ça me tue !

— Je n'ai pas eu d'autre modèle, c'est vrai, acquiesça-t-elle. Mon oncle et mes cousins, Roddie et Ray, n'ont pas non plus contribué à me donner confiance en la gent masculine. Bien sûr, j'ai rencontré des types sympas. Des maris d'amies, pour la plupart. Et puis aujourd'hui, il y a Mark, et Gary. Non, vraiment, rassure-toi, je n'ai pas d'a priori négatif, mais…

— Suzanne, regarde-moi, coupa-t-il.

Elle redressa la tête, consciente que sa gêne devait se lire sur chaque trait de son visage. Tom se leva, fit le tour du comptoir et lui tendit la main. Sans hésiter, elle y posa la sienne et glissa du tabouret. Lentement, comme s'il tenait à lui laisser le temps de revenir en arrière, il se pencha vers elle. Pour rien au monde elle n'aurait fui ce moment ! Lorsqu'elle sentit ses lèvres chaudes contre les siennes, toutes ses appréhensions disparurent. Timidement d'abord, elle répondit à sa caresse, puis s'enhardit. Elle passa les bras autour de ses larges épaules tandis qu'il resserrait son étreinte. Jamais Josh n'avait été aussi doux avec elle, aussi attentionné. Tom semblait respirer à son rythme, écouter le plus infime de ses désirs.

— Tu pleures ? murmura-t-il tout à coup.

Surprise, elle porta la main à sa joue. Oui, elle pleurait, mais c'était d'un trop-plein de bonheur.

— Personne n'a jamais été aussi tendre, aussi patient, aussi gentil avec moi.

— Ne prononce plus ce mot, s'il te plaît.

— Lequel ?

— Gentil. Ton ex-mari, ton oncle, tes cousins, ont été si durs avec toi que tu trouves extraordinaire qu'on te respecte.

— C'est plus que cela, Tom. Tu es si… généreux ! Quand tu m'embrasses, j'ai le sentiment que tu cherches à exaucer mes désirs avant les tiens.

— Je voudrais être près de toi, Suzanne. Je voudrais te rendre heureuse, avoir cette chance.

— Je… je ne me doutais pas que… enfin, je pensais juste que tu étais…

— Gentil, oui, je sais.

— Depuis quand as-tu des… sentiments pour moi ?

— Je n'en sais rien. Je crois que j'ai été séduit tout de suite, en fait ; et quand tu as mis ton mari dehors, ça m'a vraiment fait plaisir. Pourtant, je ne te connaissais pas.

— On ne peut pas dire que je t'aie incité à t'approcher.

— Effectivement.

— Je viens tout juste d'admettre que tu me plaisais.

— C'est pour ça que tu m'as invité à déjeuner ?

— Je ne suis pas vraiment transparente, tu vois.

— C'est une des choses que j'aime en toi. Tu es franche et tu ne calcules pas. Un vrai extraterrestre dans notre monde moderne !

— Euh… merci. C'était flatteur, n'est-ce pas ?

Il lui sourit et, prenant sa taille entre ses mains puissantes, il l'attira doucement à lui. Cette fois, c'est elle qui chercha ses lèvres, surprise d'en vouloir déjà davantage. Leur étreinte aurait pu durer toujours, Suzanne avait perdu la notion du temps, de l'espace.

— Je pourrais rester là toute la vie, mais je te rappelle qu'on a des enfants à aller chercher, déclara-t-il tout à coup.

— Oh, mon Dieu ! J'avais complètement oublié ! s'exclama Suzanne en se dégageant. Et mon dessert ?

— Il sera parfait pour ce soir. Jack et Sophia seront contents de trouver une petite douceur toute prête à leur retour.

— Dans ce cas, tu es invité à dîner.

— Suzanne, je ne veux pas que tu te sentes obligée…

— J'aimerais vraiment que tu sois là.

— Si tu continues, je finirai par ne plus repartir.

— J'en serais la première contente, assura-t-elle. Le seul problème, c'est que… nous allons devoir nous cacher des enfants.

— On peut toujours essayer, mais Sophia n'est pas du genre qu'on berne longtemps. Je suis sûr qu'elle a déjà sa petite idée, d'ailleurs.

— Mark m'a proposé de les garder pour la nuit mais…

Elle s'interrompit en réalisant ce qu'elle était en train de proposer à Tom. Une soirée en amoureux, et une nuit… Etait-elle prête à aller aussi loin, si rapidement ? De toute évidence, elle éprouvait pour cet homme un désir violent, irrépressible, mais elle avait aussi des responsabilités. Et un passé qui lui conseillait de ne pas se précipiter dans une relation.

— Jack avait très envie de rentrer, continua-t-elle.

— Ils doivent pouvoir te faire confiance. Si tu as dit que tu viendrais les chercher aujourd'hui, il faut y aller.

Elle acquiesça d'un signe de tête et l'embrassa brièvement.

— Nous avons le temps, Suzanne, reprit-il. Il nous a fallu cinq ans pour nous rencontrer vraiment, alors nous pouvons bien nous contenter de quelques baisers volés pendant quelque temps, qu'en penses-tu ?

Il avait raison. Officiellement, Jack et Sophia n'étaient pas encore ses enfants. Comment réagirait l'assistante sociale en découvrant qu'elle vivait maritalement, ou même qu'elle s'était fiancée, comme ça, en quelques semaines ?

Fiancés ? Où allait-elle chercher une aberration pareille ?

Bien sûr, le mot sonnait bien à son oreille… De la même façon qu'en voyant les enfants, elle avait immédiatement su qu'elle les adopterait, elle sentait aujourd'hui que la place de Tom était auprès d'eux.

Chapitre 13

Le réveillon du 31 décembre n'avait jamais été un événement incontournable pour Suzanne. Mais les enfants commencèrent à évoquer cette perspective sitôt montés dans le pick-up. D'après Sophia, Michael devait passer la soirée chez ses grands-parents pendant que Carrie et Mark faisaient la fête chez des amis.

— Il va voir un feu d'artifice sur le lac, expliqua Jack. On pourrait y aller, nous aussi ?

— La foule, le bruit... ce n'est pas vraiment mon truc. D'habitude, je suis couchée à minuit, répondit Suzanne.

— Comment ? s'indigna Tom avec une moue horrifiée. Mais c'est impossible ! Il faut remédier à ça, et vite. Je suggère que cette année, nous organisions une petite fête à notre façon. Qu'en dites-vous, tous les deux ?

— Génial ! s'exclama Jack.

— Je pourrai boire du champagne ? demanda Sophia.

— La question est : avons-nous du champagne, Suzanne ?

— Au risque de vous décevoir tous les deux, non. Excusez-moi, mais je n'ai pas les moyens.

— Adieu, champagne ! gémit Tom en feignant le désespoir. Mais peu importe. Demain, une fois que vous aurez écumé toutes les boutiques de fringues de la ville, vous achetez deux ou trois trucs que je vais vous inscrire sur une liste et je m'occupe de la soirée, ça vous va ? Pas besoin de sortir le cristal et l'argenterie pour s'amuser. Une *pizza-party*, c'est pas mal non plus !

Des hourras fusèrent depuis l'arrière de la voiture, et il fallut rien moins qu'un bon quart d'heure pour que les enfants recouvrent leur calme. A première vue, ils étaient heureux de retrouver la maison même si Sophia, comme Suzanne s'y attendait, s'éclipsa rapidement dans sa chambre. Combien de temps encore allait-elle bouder comme ça ? Dès que l'occasion se présenterait, Suzanne était bien décidée à terminer la conversation qu'elles avaient entamée le soir de Noël. On ne pouvait pas rester éternellement sur ce genre de blocages.

— Amusez-vous bien ! lança Tom avec un signe de la main.

Suzanne mit le moteur en route et, après un regard vers Sophia qui était assise à son côté, sur le siège passager, elle prit la route de Seattle. Jack avait accepté de rester avec Tom, bien trop content d'échapper à la séance d'essayage ! Il ne voyait aucun inconvénient à ce que sa mère adoptive choisisse pour lui les vêtements dont il avait besoin, puisque, selon ses mots, il s'en fichait. Son voisin avait donc raison ? Les garçons et les fringues, ce serait génétique ? Incompatibilité par nature ? Elle avait du mal à le croire.

Disons qu'en encourageant leur désintérêt, on leur donnait un pli qu'ils avaient ensuite du mal à perdre.

— J'espère que Jack ne va pas se faire mal, murmura-t-elle en songeant à la leçon de bicyclette qui se profilait.

Dans son rétroviseur, elle voyait s'éloigner les deux silhouettes, le petit vélo appuyé contre un arbre, Tom mimant avec les bras un pédalier imaginaire devant Jack, tout ouïe.

— La première fois que j'ai fait du vélo, déclara Sophia, le regard tourné vers la vitre, je me suis carrément ouvert le crâne.

— Mon Dieu ! Tu es allée à l'hôpital ?

— Evidemment, répliqua-t-elle avec une impatience manifeste. Maman a même cru que j'allais mourir.

Si la fillette ne se déridait pas un peu, la séance de shopping promettait d'être sympa ! C'était peut-être le moment ou jamais de mettre un terme à la crise et d'essayer de sortir de l'ornière.

— Sophia, il y a quelque chose dont je voudrais te parler depuis quelques jours.

L'enfant s'était retranchée derrière son épaisse chevelure brune et ne bougeait pas d'un millimètre mais tant pis, Suzanne se lança.

— Je suis désolée si je t'ai donné l'impression de vouloir prendre la place de ta mère, continua-t-elle, ou pire, de t'aider à l'oublier. Ce qui me tenait à cœur avant tout, c'était que tu se sentes bien près de moi, en sécurité surtout. On se connaît à peine, et j'imagine que tu n'as a priori aucune raison de me faire confiance. C'est vrai que j'ai dépensé de l'argent pour que tu aies une belle chambre, des cadeaux, mais ce n'était pas pour t'en mettre plein la vue et encore moins te signifier que je pouvais t'offrir bien mieux que ta maman n'avait jamais pu le faire. J'ai bien trop de respect pour toi, donc pour elle aussi, pour jouer à un jeu aussi vil. Cependant… je t'ai dit que j'avais vécu chez mon oncle et ma tante après la mort de mes parents ?

Sophia se contenta de hocher la tête.

— Eh bien, ils m'ont recueillie un peu par obligation. Et mes cousins ne m'ont pas franchement ouvert les bras, eux non plus. Dans un sens, je les comprends ; ils ont, du jour au lendemain, dû partager la même chambre pour que j'aie la mienne. Mon oncle, lui, était contrarié parce que mon arrivée chamboulait tout. C'était un homme assez routinier, il n'avait pas prévu de récolter un troisième enfant, comme il me le répétait souvent, et cette « tuile » dérangeait toutes ses habitudes. Heureusement que ma tante Jeanne était un peu plus gentille mais tu vois, malgré tout, je me suis toujours sentie de trop. Et j'ai grandi dans cette idée, de déranger, d'être une intruse. Alors j'ai peut-être été maladroite avec Jack et avec toi, mais je veux que vous sachiez que je vous ai désirés. Et rien ne serait plus terrible pour moi que de constater que vous ne vous sentez pas bien avec moi, pas à votre place.

— Je sais, répondit Sophia, en tournant enfin la tête dans sa direction. Mais ça ne m'empêche pas d'être triste.

— Je suis désolée, ma chérie. En réalité, si je tenais tant à ce que cette année Noël soit parfait, c'était davantage pour moi que pour vous, je dois l'avouer. Non seulement la Providence a voulu que vous soyez près de moi, mais le fait d'avoir retrouvé mon frère et ma sœur, et de vivre un nouveau Noël avec eux, vingt-six ans après, était pour moi complètement magique. Tout à mon bonheur, je n'ai pas songé que vous n'étiez peut-être pas prêts.

— C'est mon plus beau Noël, murmura Sophia tandis que de grosses larmes coulaient sur ses joues. Mais quand je pense à maman, je m'en veux d'être heureuse.

— Je sais combien c'est difficile.

— Si je suis heureuse, je ne veux pas que maman le sache, parce que c'est pas juste.

— Parfois, je me dis que les gens qui ne sont plus là nous voient, qu'ils continuent à vivre près de nous même si on ne le sait pas, qu'on peut leur parler. Tu vois, le soir de Noël, chez tante Carrie, eh bien j'ai pensé un instant au bonheur qu'auraient ressenti mes parents en nous voyant tous réunis.

— Tu parles aux morts ?

— Et pourquoi pas ?

Suzanne se pencha vers la boîte à gants et en sortit un paquet de mouchoirs, qu'elle tendit à Sophia. Celle-ci se moucha, essuya ses larmes et esquissa un sourire.

— C'est ma manière à moi de ne pas les oublier, enchérit-elle. Beaucoup de gens font ça, je crois. Quant à toi, je veux absolument que tu gardes le souvenir de ta maman. C'est quelque chose de très précieux, et qui peut t'aider dans la vie, surtout si tu te dis qu'elle n'a jamais voulu que ton bonheur et que, là où elle est, elle ne peut que se réjouir de te savoir en bonne santé, aimée et protégée. Tu crois qu'elle aurait trouvé bien, si elle vivait encore, que tu sois malheureuse ? Ce que je te propose, c'est qu'on achète un bel album pour ranger les photos que vous avez d'elle. Et s'il y en a une que tu aimes plus que les autres, tu pourrais la mettre dans un cadre spécial et la poser sur ton bureau, qu'en dis-tu ?

— Ça ne t'embêterait pas ?

— Bien sûr que non ! Un soir, je te montrerai des photos de mes parents. Et j'aimerais bien que tu me montres les tiennes. Je suis curieuse de savoir si tu ressembles à ta mère ou à ton père, ou à une de tes grands-mères, pourquoi pas.

— Maman disait que j'étais le portrait craché de mon père, mais je ne me souviens pas de lui. Jack, lui, ressemble à maman.

— Tu as une photo de ton père ?

— Quelques-unes. Maman m'a dit qu'il fallait que je les garde parce que même s'il était méchant, on était de la même famille.

— Elle a eu bien raison. Tu as connu tes grands-parents paternels ?

— Non, mais même lui ne les connaissait pas, je crois, répondit la fillette en hochant la tête. Il vivait dans des familles d'accueil. C'est pour ça que…

Sophia s'interrompit, le visage sombre, la gorge visiblement nouée.

— Tu pensais que ça allait t'arriver, à toi aussi ?

Elle ne répondit pas mais, lorsque Suzanne gara la voiture, la fillette se jeta dans ses bras en sanglotant. Bouleversée elle aussi, elle la tint serrée contre sa poitrine, cherchant les mots les plus rassurants qu'elle pouvait trouver.

— On peut quand même aller faire les magasins ? s'enquit Sophia entre deux hoquets.

— On est là pour ça, non ? répondit Suzanne en riant. J'espère bien qu'on va s'amuser !

— Maman aurait été d'accord ?

— J'en suis sûre.

Elle avait choisi un des centres commerciaux les plus grands de la ville : trois étages entièrement consacrés à la mode. Sophia étant trop grande pour s'habiller au rayon enfants, elles se dirigèrent directement vers les boutiques pour ados, avec succès d'ailleurs. Contrairement à ce que Suzanne avait craint, la fillette n'avait pas de goût particulier pour les jeans trop serrés ou les T-shirts arrivant au-dessus du nombril. C'est même sur des vêtements assez classiques, quoique dans l'air du temps, que son choix se portait. Trouver une robe pour le mariage de Gary et Rebecca se révéla plus ardu mais à la troisième enseigne, elles en repérèrent une qui les mit d'accord. Suzanne compléta les achats par des sous-vêtements, des chaussettes et un pyjama.

Pour Jack, les choses allèrent plus vite. Guidée par Sophia, elle prit deux jeans, des sweat-shirts avec et sans capuche, et dégota même un petit costume pour le mariage, et pour un prix abordable.

— Tout de même, il va bien falloir qu'il vienne avec moi un de ces jours pour essayer des chaussures, fit remarquer Suzanne. Il se serait ennuyé s'il nous avait accompagnées aujourd'hui, tu crois ?

— A mort ! assura Sophia. On a fini ?

— Tu en as assez ?

— Au contraire ! J'ai droit à des chaussures, moi aussi ?

— Tu plaisantes? répondit Suzanne avec un regard dépité vers les baskets de la fillette. Ça tombe sous le sens! Allez, viens!

Elles trouvèrent assez facilement leur bonheur dans une boutique de dégriffés qui proposait une gamme impressionnante de modèles. Munie de nouvelles baskets, d'une paire de bottines et de ballerines assorties à sa robe, Sophia portait fièrement ses paquets, impatiente de rentrer pour montrer son butin à son frère.

En arrivant dans le quartier, elles l'aperçurent qui pédalait sur le trottoir, suivi de Tom, au pas de course derrière lui, tenant la selle. La scène était non seulement cocasse, mais émouvante. Jack n'était pas près d'oublier cette journée, et celui qui lui avait appris à monter à bicyclette. Cet homme génial qui se comportait comme… un père, se dit-elle en sentant son estomac se nouer.

— Il est drôle, Tom, je l'aime bien, déclara Sophia. Vous allez vous marier?

Suzanne resta bouche bée. Non, elle n'était pas aussi transparente que ça quand même! Si même une fillette de dix ans parvenait sans mal à déchiffrer ses pensées, il fallait qu'elle s'inquiète!

— Qu'est-ce qui te fait dire ça? demanda-t-elle en ravalant sa salive.

— Je vous ai vus vous embrasser, hier soir.

— Quoi?

— Vous parliez, et puis tout d'un coup je n'ai plus rien entendu, alors j'ai jeté un œil dans le couloir.

— Ce n'est pas bien d'espionner les gens, Sophia!

— N'empêche que je tiens un scoop!

Suzanne, trop ébranlée par les révélations de sa fille, préféra remettre à plus tard son sermon sur le respect de l'intimité.

— Ça t'ennuierait que nous nous mariions?

— Je ne sais pas, hésita Sophia. Il voudrait bien de nous?

— A ton avis?

— Je pense que oui, parce qu'il est vraiment très gentil. Jack l'aime beaucoup.

— Oui, je l'ai remarqué moi aussi.

— Alors, vous allez vous marier?

Décidément, lorsque cette petite avait une idée en tête, elle n'en démordait pas facilement!

— Nous n'en sommes pas là, répondit Suzanne. Tout à fait entre nous, je l'espère, mais tu ne dois en parler à personne.

— Je pourrais être demoiselle d'honneur?

— C'est promis, si toutefois nous nous marions, répéta-t-elle. Tu n'as rien dit à ton frère, j'espère?

— Pas encore. Mais je peux bien le lui dire, à lui.

— Non, Sophia, je préférerais que ça reste un secret entre nous pour le moment. Imagine! Si ça ne marchait pas entre Tom et moi, il risquerait d'être très déçu.

— Oh! C'est vrai, je n'y avais pas pensé.

Tom et Jack, les joues rougies par l'exercice, arrivèrent devant la maison en même temps que la voiture.

— J'ai failli dire à Tom de me lâcher, à un moment! cria Jack, hors d'haleine. Sauf que j'allais pas très droit.

— C'est ton premier coup d'essai, il faut être prudent, répondit Suzanne en l'embrassant.

— J'ai fait de la peinture, on a regardé le foot et on a mangé plein de tarte !

Suzanne échangea avec Tom un sourire complice.

— Vous avez fait un casse ? demanda ce dernier en avisant les paquets entassés à l'arrière de la voiture.

— Disons qu'on s'est fait plaisir. Il y a des habits pour toi, Jack, si tu veux les essayer.

— Je suis obligé ?

— Evidemment ! Comment saura-t-on s'ils sont à ta taille, autrement ?

— C'est pas juste ! émit-il avec un soupir de dépit.

— Allez, mon grand ! encouragea Tom en lui donnant une petite tape sur l'épaule. Courage !

Sophia chargea son frère d'un maximum de sacs, prit ce qui restait et le pressa vers la maison.

— Merci, prononça Suzanne dès qu'elle fut seule avec Tom. Sophia et moi, nous avons passé un super moment entre filles.

— Et Jack et moi aussi, entre garçons !

— Il y a un léger souci… Sophia nous a vus nous embrasser hier soir. Un baiser furtif, mais tout de même, elle a des doutes.

— Je te l'avais dit ! Impossible de cacher quoi que ce soit à cette enfant. Je pense même qu'elle a un sixième sens.

— Mais… ça fait à peine vingt-quatre heures que nous nous sommes… rapprochés !

— Quand elle aura seize ans et que tu l'apercevras en train d'embrasser furtivement le garçon qui la raccompagne, tu pourras te venger, suggéra Tom.

Suzanne sentit un frisson lui parcourir le dos.

— Ça va aller ! enchérit Tom en éclatant de rire. Ce n'est pas si grave, après tout, c'est la vie.

— Facile à dire ! Je ne me suis pas encore préparée à m'occuper d'une adolescente, figure-toi. J'ai besoin d'un peu de temps. Et surtout, j'aimerais profiter des quelques mois d'enfance qui restent encore à Sophia avant de me projeter dans un avenir qui m'effraie !

— Ne t'en fais pas. Il suffira que je sorte de chez moi pour que le petit copain du moment déguerpisse en un clin d'œil !

De chez lui ? C'était donc ainsi qu'il imaginait leur vie dans six ans ? Elle dissimula de son mieux sa déception et, s'efforçant de sourire, lui donna rendez-vous en fin d'après-midi pour préparer le réveillon. Elle avait acheté du Coca, une bouteille de bordeaux et des lampions en papier, comme il le lui avait demandé.

Elle trouva Jack dans sa chambre et dut insister pour qu'il accepte de passer ses nouveaux vêtements. Assise sur le lit, elle suivait l'essayage d'un œil distrait, encore chamboulée par la réflexion de Tom. Peut-être avait-elle pris la chose un peu trop au pied de la lettre. Sa plaisanterie n'aurait pas eu le même effet s'il avait précisé que puisqu'ils seraient mariés, il veillerait à ce que le petit ami de Sophia ne dépasse pas certaines limites.

D'un autre côté, elle se faisait peut-être des films sur la pérennité de leur relation. La veille, ils avaient échangé quelques baisers, Tom lui avait dit vouloir son bonheur, mais ils n'avaient pas vraiment parlé d'avenir. Et de toute évidence, si, à trente-cinq ans, il était toujours célibataire, c'était par choix. Il y a longtemps, autrement, qu'une femme aurait succombé à ses charmes. Il lui avait confié qu'il se sentait seul, mais peut-être n'avait-il envie que de moments ponctuels en sa compagnie, un déjeuner, un dîner de temps en temps, quelques nuits… Il ne serait pas le premier à tenir à sa liberté plus qu'à tout. Et de toute façon, comment un homme aussi organisé et méticuleux que lui pouvait-il imaginer passer sa vie sous le même toit qu'une femme qui laissait tout traîner, entassait des bricoles un peu partout sans jamais les trier, et qui, en plus, venait d'hériter de deux enfants plus qu'énergiques ? Ils étaient aux antipodes l'un de l'autre, il fallait bien le reconnaître.

Et puis, envisager le mariage après seulement quelques baisers n'avait aucun sens, elle délirait complètement ! Sans doute l'idée l'avait-elle séduite parce qu'il semblait s'être attaché aux enfants. Oui, c'était l'image d'une famille modèle qui l'avait aveuglée, mais il était temps de se montrer plus réaliste.

Lorsque Sophia entra avec sa nouvelle robe, elle y voyait plus clair. D'abord, ne pas brûler les étapes. Son impatience lui avait joué des tours, dans sa vie, il était grand temps qu'elle apprenne à la réfréner. Pour l'instant, elle avait une soirée à préparer. Profiter pleinement de chaque moment auprès de Tom et des enfants, voilà ce qui importait. Pour ce qui était de l'avenir, on verrait bien.

Demain, c'est la rentrée, soupira Suzanne, tout en jetant un regard dépité vers les factures empilées devant elle. Les vacances étaient passées si vite ! L'arrivée des enfants, Noël en famille, et puis Tom…

Il s'était montré si caressant avec elle le soir du 31, si prévenant aussi. Ils avaient d'abord décoré le salon pour y créer une ambiance tamisée, et puis, à l'initiative du jeune homme, ils avaient fait un karaoké, chacun y allant de sa chanson préférée, chorégraphie à l'appui. Après le repas, Jack, gavé de pizza et épuisé par ses premiers mètres à bicyclette, s'était endormi sur le canapé, bien avant minuit. Tom l'avait délicatement pris dans ses bras et monté jusque dans son lit, sans le réveiller. Sophia, épuisée par son après-midi de shopping, n'avait pas tardé à aller se coucher elle aussi.

Ils avaient ensuite passé la soirée les yeux dans les yeux, à siroter un délicieux vin rouge, à échanger des baisers de plus en plus passionnés. Tom était rentré chez lui à l'aube, la laissant comblée, et pleine d'espoir.

Mais comment leur relation allait-elle évoluer à présent que Jack et Sophia iraient à l'école ? La semaine précédente, elle les avait inscrits, Sophia en CM2 et Jack en CE1. Elle espérait rencontrer les maîtresses le plus rapidement possible. Mais Tom, quel temps aurait-elle à lui accorder le soir, après une journée passée au magasin, les devoirs des enfants à surveiller, le dîner ?

La sonnerie du téléphone la tira brutalement de ses pensées.

— Je serai devant ta porte dans une minute, entendit-elle prononcer.

— Tom ! Il gèle !

— Tu as froid ? Je promets de te réchauffer.

Elle abandonna les factures sur la table et enfila une veste en hâte. Il était là lorsqu'elle sortit, son immense silhouette se détachant sur l'obscurité.

— Tu m'as manqué, prononça-t-il en s'avançant vers elle.

Sa main, brûlante malgré le froid, caressa sa joue.

— Toi aussi, dit-elle en se blottissant contre lui.

Elle était bien loin, sa résolution d'élever seule des enfants. A présent, elle n'imaginait plus de repas, plus de week-end, plus un moment de bonheur sans lui, en somme.

— Je suis là, assura-t-il, capturant ses lèvres.

Ses baisers, brûlants, profonds, la faisaient littéralement fondre. Ses mains parcouraient son corps avec une sensualité incroyable, la laissant ivre de volupté.

— Et si vous n'étiez qu'un imposteur, monsieur Stefanec ? murmura-t-elle en reprenant son souffle. Tu te plains qu'on te considère comme un homme ordinaire, mais tes baisers ne seraient sûrement pas si… envoûtants si tu n'avais pas une grande expérience de la gent féminine.

— Ah ? Tu aimes mes baisers ?

— On dirait Jack, quand il veut qu'on lui répète un compliment, dit-elle en souriant.

— Ah bon ? Ce n'était pas un compliment ? demanda-t-il en faisant glisser ses lèvres le long de son cou. Je ne vois pas du tout où tu veux en venir, alors.

— Tu as dû rencontrer des tas de femmes…

— Chez Boeing, on ne manque pas de femmes célibataires en quête de l'âme sœur, confirma-t-il. Mais il se trouve que c'est toi que j'embrasse, pas mes collègues.

— Alors, j'ai de la chance.

Elle se le répéta jusqu'à ce que le froid les oblige à se séparer. En refermant la porte derrière lui, elle décida de remettre le paiement des factures au lendemain. Pour l'instant, elle n'avait qu'une envie, se glisser sous la couette, et rêver de caresses plus audacieuses !

— Vous vous êtes encore embrassés ! entendit-elle Sophia lancer en passant devant sa chambre.

— Petite Mata Hari ! répondit-elle, réprimant un fou rire. Bonne nuit, Sophia.

Retrouver chaque soir Suzanne pour échanger un dernier baiser n'était peut-être pas l'idée la plus lumineuse qu'il ait eue. Trop agité pour s'endormir, Tom tournait et retournait dans son lit depuis déjà une heure. Il n'avait qu'une pensée, qu'un désir, poursuivre ces moments de volupté avec sa belle, et pas sous le porche ! Mais avec les enfants à quelques pas de sa chambre, elle ne l'inviterait jamais à le rejoindre. Quant à s'éclipser de chez elle, c'était encore plus exclu, Jack et Sophia étant encore trop jeunes pour qu'on les laisse seuls.

Il y avait bien un moyen plus… légitime de pouvoir partager avec elle une plus grande intimité, mais il craignait de l'effrayer par trop de précipitation. Après cinq ans de quasi-indifférence, du moins de la part de la jeune femme, leur relation avait évolué plutôt rapidement… Au point que, malgré le froid mordant, chaque soir, il rêvait de la déshabiller, là, sous le porche, de pouvoir enfin caresser sa peau nue. C'était à devenir fou !

Il ne la connaissait vraiment que depuis six semaines

mais elle ne lui avait rien caché de ses angoisses, de ses doutes, des obstacles qu'elle avait surmontés. Il savait ce qui la faisait rire ou les mots susceptibles de l'émouvoir. Ensemble, ils avaient passé les fêtes symboliques de Noël, puis du jour de l'An. Il avait fait des cookies avec les enfants, aidé à meubler leurs chambres, il avait à cœur d'apprendre à Jack à faire du vélo. La liste était longue de tout ce qu'ils avaient partagé. Pour les enfants, c'était évident, il faisait partie du paysage.

Connaissant Suzanne, elle avait dû penser au mariage. Ce n'était pas le genre de femme à se satisfaire d'une relation épisodique. Et pourtant, il le sentait, elle avait peur. Il avait été surpris de découvrir qu'elle n'avait en réalité aucune expérience des hommes en dehors de son ex, aucune référence. En fait, rien ne lui donnait vraiment envie d'essayer de nouveau. Non, Suzanne Chaumont, tout à sa nouvelle maternité, ne voulait ni d'un amant ni d'un mari.

Il était entré dans sa vie par une porte dérobée et l'avait touchée parce que ce qu'elle avait vu en lui correspondait au premier de ses critères : être un bon père potentiel.

Peut-être que le mariage prochain de son frère lui rappellerait qu'elle aussi avait droit au bonheur. Tom avait reçu une invitation à la cérémonie ainsi qu'à la fête qui suivrait le samedi. Sans doute Gary avait-il préalablement consulté sa sœur pour savoir si elle souhaitait que son voisin soit présent et apparemment, elle avait répondu par l'affirmative. Un point pour lui. Ce signe était encourageant, même s'il n'y avait pas non plus matière à crier victoire.

Le plus surprenant, c'est qu'il se sentait prêt à faire le

grand saut. Malgré le fiasco qu'avait été pour lui le mariage de ses parents, il réalisait enfin, grâce à Suzanne, que rien n'était écrit à l'avance. Pas plus qu'un autre, il n'était prédestiné à vivre seul, et si le mariage de ses parents s'était peu à peu délité jusqu'à en devenir mortifère, c'était avant tout leur histoire à eux.

Et puis, lorsqu'il tentait de se remémorer précisément ses souvenirs d'enfance, il devait bien reconnaître qu'il y avait un avant et un après la mort de Jessie. Il avait la vague impression que ses parents n'avaient pas toujours été lugubres. Puisqu'il avait huit ans quand sa sœur était tombée malade et dix lorsqu'elle avait disparu, il aurait dû se rappeler plus clairement l'avant.

Bien sûr, son père avait toujours été un homme dur, sévère, un militaire au sens caricatural du terme, mais sa raideur était avantageusement contrebalancée par la bonté de sa mère. Au fond, Tom avait peut-être occulté les bons moments qu'ils avaient passés en famille pour ne garder à la mémoire que les plus douloureux, ceux qui avaient laissé en lui comme une plaie ouverte. En faisant un effort, il se rappelait tout de même qu'à une époque, son père embrassait sa femme avant de partir travailler. Parfois, lorsqu'ils regardaient la télé, celui-ci passait même un bras affectueux autour de ses épaules. C'est après la mort de Jessie que, peu à peu, leurs relations s'étaient dégradées. Cette tragédie les avait brisés, sans doute parce que chacun s'était renfermé sur sa propre douleur. Au lieu de lutter ensemble pour surmonter l'adversité, c'est en ennemis qu'ils avaient continué à vivre, et dans une quasi-indifférence vis-à-vis du seul enfant qui leur restait. Tom s'était peu à peu forgé une carapace et s'était persuadé qu'on était toujours seul, qu'on ne pouvait compter sur l'affection de personne. Et en restant célibataire, il pensait s'être au moins prémuni contre la loi des séries : lui n'aurait pas la bêtise de reproduire ce dont il avait été victime.

Seulement voilà, l'arrivée de Suzanne dans sa vie avait littéralement fait voler en éclats ses certitudes les plus établies. Il s'était pris à y croire, et avait peu à peu baissé sa garde. Oui, il l'aimait. Oui, il était prêt à faire le grand saut ! Il y avait cependant un hic, et de taille ! Bien sûr, elle lui faisait confiance, bien sûr, elle comptait sur lui, elle trouvait du plaisir à leurs étreintes furtives. Elle le trouvait gentil, en somme, pas dangereux pour un sou. Pour autant, avait-il réussi à toucher vraiment son cœur ? Pour envisager le mariage, encore aurait-il fallu qu'ils partagent quelque chose de spécial, un sentiment souverain qui leur permette de traverser les épreuves de la vie l'un à côté de l'autre, sans jamais douter. L'attirance physique, les convenances, la complicité ne pouvaient suffire à cimenter un couple.

S'il était sûr de son profond attachement, celui de la jeune femme, en revanche, était sujet à caution.

Chapitre 14

Devant la grille de l'école, Suzanne embrassa une nouvelle fois Jack et lui sourit, masquant de son mieux sa nervosité.

— Quelque chose me dit que Mme Lopez sera la meilleure des institutrices que tu aies jamais eues, dit-elle avant de se séparer de lui, le cœur gros.

Evidemment, débarquer en cours d'année dans une nouvelle école était toujours déstabilisant ; pas étonnant que Jack, qui manquait en général de confiance en lui, soit un peu nerveux. Pourtant, il s'efforçait d'arborer une mine courageuse et n'avait pas versé une larme. Comme elle s'y attendait, l'attitude de Sophia, elle, avait changé du tout au tout en arrivant devant l'établissement. Suzanne l'avait regardée s'éloigner vers sa classe, impassible, le visage comme vidé de la moindre émotion, la démarche volontaire. Pourtant, elle aussi devait stresser. Elle s'était réveillée bien avant que le réveil ne sonne, avait passé un jean neuf, ses bottes et son sweat-shirt préféré, puis, incapable de tenir en place, elle avait couru réveiller son frère.

— Jack va adorer Mme Lopez, assura la directrice en venant lui serrer la main.

La cinquantaine bien tassée, cette femme affichait une assurance tout à fait en rapport avec sa fonction. Elle expliqua à Suzanne que Melissa Stuart lui avait envoyé un exemplaire complet du dossier de suivi des enfants et que ceux-ci seraient entre de bonnes mains. L'ancienne institutrice de Sophia avait précisé dans le carnet scolaire que la fillette avait des prédispositions pour le dessin. La directrice avait donc tout naturellement choisi pour elle un instituteur de son équipe qui était réputé pour savoir mieux que personne développer des dons artistiques chez ses élèves. Et justement, s'il y avait une chose que M. Schroeder appréciait, ajouta-t-elle, c'étaient les gamins qui avaient du caractère.

C'était exactement le discours que Suzanne avait besoin d'entendre. Rassurée, elle remercia la directrice et se résolut à rejoindre sa boutique. Au fond, elle était comme tous les parents un jour de rentrée, bien plus stressée que sa progéniture ! Toute la journée, elle fut totalement absente, n'accordant à ses clientes qu'une oreille distraite. Et à partir de midi, elle ne tenait plus en place, croyant chaque seconde entendre le bruit du bus scolaire, dont l'arrêt était à deux pas, juste au coin de la rue. La classe ne terminait pourtant qu'à 15 heures…

Lorsque enfin les enfants apparurent, elle se précipita à leur rencontre.

— Alors ? Comment ça s'est passé ? s'enquit-elle en les pressant d'entrer. Dites-moi tout !

— Bien, répondit Sophia avec nonchalance.

— Mme Lopez est très gentille, enchérit son frère,

le regard pétillant. Je crois que je me suis fait un copain, aussi.

— Déjà ?

— Il s'appelle Dylan. Mme Lopez lui a demandé de me faire visiter l'école, il m'a tout montré.

— C'est génial !

— Oui, mais j'ai des devoirs, répondit Jack avec dépit. J'ai passé des tests et Mme Lopez dit que je suis très fort en maths.

— Que dois-tu faire ce soir ? demanda Suzanne.

— J'ai un livre et je dois lire tout haut pendant au moins vingt minutes.

— Ça y est, tu as fini ? interrompit Sophia. Je peux en placer une ?

— Euh… oui, ça y est, murmura Jack.

— Merci.

— Tu t'es fait des copains, toi aussi ? lui demanda-t-il.

— Le premier jour ? Tu rêves !

— Et ton instituteur ? interrogea Suzanne.

— Pas mal. On va faire un film et aujourd'hui, j'ai appris à me servir de la caméra vidéo, c'était super ! M. Schroeder a dit que, la semaine prochaine, je pourrai m'occuper de la perche.

— C'est quoi ? demanda Jack.

— Tu es vraiment trop bête !

Suzanne se racla la gorge et prit l'air le plus sévère qu'elle put. Il faudrait qu'elle ait une petite discussion avec Sophia sur la façon dont celle-ci parlait à son frère.

— Sophia, Jack n'a que sept ans, rappela-t-elle.

— Eh oui ! enchérit Jack. Je parie qu'à sept ans tu ne savais pas tout !

— La perche, c'est pour le son, expliqua Sophia sur un ton de spécialiste. Dis, on pourrait acheter un Caméscope ?

— Je crains qu'il ne te faille te contenter de celui de l'école pour le moment. Tu as passé des tests, toi aussi ?

— Demain, je crois. M. Shroeder nous a fait épeler des mots très durs, comme « annihiler » ou « rétribution ». La galère !

— Ce ne sont pas des mots très gais, fit remarquer Suzanne, surprise.

— Normal, nous parlions de l'actualité, expliqua Sophia avec fierté.

— Et tu as des devoirs ?

— Des tonnes ! Il faudrait que je commence tout de suite.

— Excellente idée ! Quant à toi, Jack, puisqu'il n'y a pas de clients, tu pourrais me faire la lecture.

Une dernière cliente se présenta avant la fermeture mais n'acheta rien. Décidément, janvier s'annonçait plutôt morne. Enfin, ce n'était pas si grave. De toute manière, elle était bien décidée à ce que rien, aujourd'hui, n'entame sa bonne humeur ou son optimisme ! Après tout, si elle avait moins de clients, elle profiterait de son temps libre pour dessiner de nouveaux patrons et tricoter des débardeurs en prévision du printemps.

Tom, impatient lui aussi de savoir comment s'était déroulée la première journée d'école, les avait invités à dîner chez lui. Le soir venu, c'est donc autour d'un poulet au curry qu'ils se retrouvèrent pour une conversation animée.

— Une fille m'a demandé où j'avais acheté mon sweat-shirt, déclara Sophia, ravie.

— Dylan m'a dit que je pourrais faire partie de l'équipe de foot. C'est le mercredi après-midi. J'ai le droit d'y aller ? demanda Jack.

— Il y a une autre fille dans la classe qui est aussi grande que moi, enchérit Sophia.

— Et dans la mienne, il y a un garçon plus petit. Beaucoup plus petit que moi, précisa Jack.

— Tu as un Caméscope ? demanda Sophia en se tournant vers Tom.

— Non, pourquoi ?

— Dommage, parce que tu aurais pu me le prêter.

— Je peux faire du foot ? répéta Jack.

— Je n'y vois aucun inconvénient, au contraire, assura Suzanne, un peu désorientée par ce flot intarissable de paroles.

Le mercredi après-midi ? Comment allait-elle se débrouiller pour l'y emmener ? Voilà un nouveau problème qu'il lui faudrait résoudre.

Après le dîner, elle insista pour que les enfants aident à débarrasser la table et à remplir le lave-vaisselle. Puis, Sophia demanda les clés de la maison pour aller regarder la télé. Elle prit son frère par la main et ils déguerpirent en courant. Quelle tornade ! Sitôt la porte fermée, Tom, l'air subitement grave, s'approcha de Suzanne.

— Ça va ? demanda-t-elle, inquiète.

Pour toute réponse, il l'attira à lui et l'embrassa avec fougue. L'instant d'après, blottie entre ses bras puissants, elle en avait oublié jusqu'à l'existence des enfants et la promesse qu'elle venait de leur faire de venir regarder un film avec eux.

— J'ai de plus en plus de mal à te voir traverser le jardin, murmura-t-il soudain avec résignation. Mais je comprends que tu ailles retrouver les enfants. A demain alors ?

— A demain, répondit Suzanne, interloquée par de si brusques changements d'humeur.

Elle se serait bien attardée un peu…

Tom engagea le pick-up dans l'immense allée qui menait au manoir. La bâtisse, imposante, offrait une vue imprenable sur l'océan. A l'arrière, un champ servait de parking pour la centaine d'invités, dont beaucoup semblaient déjà être arrivés. En se tournant vers Suzanne, il ne put s'empêcher d'admirer une fois encore sa beauté resplendissante. Elle portait une robe dont le bustier épousait comme un gant ses formes voluptueuses, mais son visage, surtout, irradiait. Sa chevelure remontée en chignon laissait voir son cou gracile, ses yeux, légèrement soulignés de noir, étaient immenses, énigmatiques. Son regard s'attarda sur les lèvres finement ourlées, comme faites pour les baisers.

— Jack, tu peux être fier, tu as autour de toi les deux plus belles femmes de la soirée, murmura-t-il en aparté tandis qu'ils montaient les marches jusqu'au perron.

— Les deux ? répéta l'enfant avec étonnement.

— Tu as vu ta sœur ?

De fait, Sophia était resplendissante. Si Suzanne avait de toute évidence eu l'intention de lui choisir une robe toute simple, et assez enfantine dans sa forme, l'effet était raté ! Le motif à fleurs bleues mettait diablement en valeur l'intensité troublante de ses yeux et révélait un corps félin, aux courbes déjà bien dessinées. Encore quelques années et la fillette ferait un malheur !

Ils jetèrent d'abord un œil dans les salons du rez-de-chaussée, où la réception devait se tenir, puis suivirent le flot des invités jusqu'au premier étage. Dans une salle somptueuse, des chaises avaient été placées de part et d'autre d'une allée menant à l'autel.

— Installez-vous, je vous en prie, leur dit une hôtesse à leur arrivée. La famille de la mariée à gauche, celle du marié à droite.

Tom nota d'emblée le nombre impressionnant de gens déjà assis à gauche. Rien d'étonnant, d'ailleurs, puisque Rebecca était née et avait fait ses études à Seattle. Du côté droit, c'était plus vide. A part quelques personnes qu'il n'avait jamais vues, il reconnut sans mal plusieurs membres de la famille.

— Oh, mon Dieu ! Même oncle Miles est venu, s'exclama Suzanne.

En suivant son regard, il découvrit un petit homme rougeaud, avachi à côté d'une femme qui devait être la tante de Suzanne, à en juger par l'extraordinaire ressemblance entre les deux femmes.

Cette dernière s'avança jusqu'à eux et leur présenta les enfants. La bonne dame, prenant les petits par l'épaule, leur sourit avec plus de politesse que de réelle chaleur.

— Tante Jeanne, oncle Miles, voilà Jack et voilà Sophia. Les enfants, voici mon oncle et ma tante, les gens qui m'ont élevée. Tom Stefanec, mon voisin, ajouta-t-elle brièvement. Nous aurons tout le temps de nous voir après la cérémonie, n'est-ce pas ?

Elle salua également d'un signe de tête deux hommes qui devaient être ses cousins, accompagnés de leurs femmes et d'une ribambelle d'enfants.

Tom la suivit ensuite jusqu'au troisième rang, où ils prirent place derrière Carrie, ses parents adoptifs, Mark, son père, ainsi que Michael. Heureux de les revoir, il s'efforça d'oublier la façon quelque peu expéditive dont Suzanne l'avait présenté. Un voisin, voilà donc tout ce qu'il était. La pilule n'était pas facile à avaler.

Mark eut le plus grand mal à empêcher que Michael et Jack s'assoient côte à côte, certain que ces deux garnements ne manqueraient pas de faire du raffut au moment le moins opportun. Tom s'installa près de Suzanne et s'efforça de se détendre en admirant le plafond peint, les rideaux de velours rouges, les nombreux vases de lilas blanc trônant au pied de l'autel. Quel faste !

— C'est grandiose, non ? lui murmura Suzanne à l'oreille.

— Ce parquet me donne envie de danser une valse, acquiesça-t-il.

— Parce que tu danses la valse, toi ?

— Bien sûr !

— Je n'ai pas ton talent ! Tu peux être sûr que je te marcherais sur les pieds. Cela dit, j'ai toujours eu envie d'apprendre. La danse de salon, c'est si romantique.

— En tout cas, si tu as besoin d'un cavalier, tu peux compter sur moi.

Bientôt, la salle fut presque comble et une jeune femme

assise derrière un piano commença à jouer un morceau de Haendel. Le prêtre fit son entrée en même temps que Gary et son témoin, un impressionnant barbu qui, Tom l'aurait juré, ne roulait certainement qu'en Harley.

— Mon frère est vraiment magnifique ! murmura Suzanne d'une voix étranglée par l'émotion. C'est le portrait craché de notre père sur les photos de mariage.

Tom lui prit la main et la tint serrée dans la sienne. A cet instant, il était certain qu'elle pensait à ses parents, qu'elle aurait voulu qu'ils soient présents.

Un murmure parcourut l'assemblée et tout le monde tourna la tête de concert pour apercevoir la mariée, qui s'apprêtait à parcourir l'allée centrale au bras de sa mère.

— Qu'elle est belle ! s'exclama Sophia tandis que Jack, ébloui, se tordait le cou pour l'admirer.

Il n'y a pas si longtemps, Tom en aurait fait autant mais aujourd'hui, il n'avait d'yeux que pour Suzanne. Bien plus que Noël, l'événement d'aujourd'hui symbolisait les retrouvailles d'une famille qui, sans la détermination et l'amour de la jeune femme, serait restée éclatée. Un amour que, il fallait bien le reconnaître, il jalousait…

Gary, le regard brûlant, ne quitta pas sa fiancée des yeux jusqu'à ce qu'elle l'ait rejoint. A tout moment, Tom s'attendait à ce que Suzanne échange un regard avec lui, un regard qui aurait signifié : « Bientôt, ce sera notre tour ! » mais non, la cérémonie commença sans qu'elle lui ait accordé la moindre attention.

Durant l'échange des alliances, il tourna la tête vers elle et s'aperçut que des larmes coulaient lentement sur ses joues sans même qu'elle semble s'en apercevoir. Mais cette fois encore, elle n'avait d'yeux que pour Rebecca et Gary.

Les nouveaux mariés sortirent en se donnant la main, sous les applaudissements de la salle.

Carrie, le visage mouillé de larmes, se tourna vers sa sœur.

— C'était tellement beau…, murmura-t-elle.

— Dis-moi, tu n'as pas pleuré le jour de notre mariage, fit observer Mark, feignant l'indignation.

— C'est parce que j'étais heureuse.

— Et aujourd'hui, tu ne l'es pas ?

— Si, concéda-t-elle en riant. Je sais bien que ça n'a pas de sens !

— C'était beau, oui, intervint Sophia. Un vrai conte de fées.

— Tu as noté comme la ressemblance entre Gary et papa est troublante ? demanda Suzanne à sa sœur.

— Oui, incroyable.

— C'est drôle, le jour de ton mariage, je me suis fait la réflexion que tu étais le portrait juré de maman.

Sans cesser de commenter la cérémonie qui venait d'avoir lieu, le petit groupe suivit le flot des invités jusqu'au rez-de-chaussée, où ils eurent le plus grand mal à se frayer un passage vers les jeunes mariés pour les féliciter. Suzanne s'arrêta pour embrasser sa tante, sous le regard indifférent de son oncle. Tandis que la jeune femme saluait plus amplement ses cousins, Tom entendit Miles murmurer à l'oreille de sa femme.

— Adopter des enfants de cet âge, c'est vraiment chercher les ennuis.

Suzanne et Jack étaient déjà trop loin pour avoir entendu mais il vit Sophia se raidir. Encore une fois, rien n'échappait à la perspicacité de la fillette. Il la prit par la main et l'attira à l'écart.

— Ne t'inquiète pas, assura-t-il avec un sourire ironique. Cet homme a été assez mesquin pour refuser d'accueillir chez lui Carrie et Gary, sa propre famille, alors ce qu'il peut dire ou penser n'a vraiment aucune valeur.

— Suzanne m'a raconté qu'il n'était pas très gentil avec elle.

— C'est aussi ce que j'ai cru comprendre. Si elle le supporte, je crois que c'est parce qu'elle aime sa tante.

— Il faut que je sois sympa avec eux ?

— Au moins pour Suzanne…

La fillette acquiesça d'un signe de tête et se détendit tout à fait.

— Vous vous êtes amusés, les enfants ? demanda sa belle voisine en attachant sa ceinture.

Il avait eu le plus grand mal à les escorter jusqu'à la sortie tant la foule était dense. Sa cavalière d'un soir avait tenu à embrasser encore une fois son frère et sa jeune épouse, sa sœur, sa tante… Il avait bien cru un moment qu'ils seraient encore là au lever du soleil.

— Génial ! C'est la première fois que je dansais sur une vraie piste de danse, déclara Sophia.

Tom avait été le premier à l'inviter, suivi de Mark et pour finir, d'un adolescent d'une quinzaine d'années qui ne s'était probablement pas rendu compte de l'âge réel de sa partenaire.

— Moi, j'ai beaucoup mangé, enchérit Jack.

— Et moi rien du tout ! dit Suzanne. J'étais tellement émue que tout le monde soit là que j'ai passé mon temps à aller de l'un à l'autre et à papoter.

La jeune femme fut intarissable pendant tout le voyage de retour. Elle avait trouvé la robe de la mariée magnifique, l'orchestre génial, le voyage de noces en Nouvelle-Zélande pendant un mois une idée fantastique… Rien ne semblait pouvoir tarir son enthousiasme. Tom, par contre, sentait ses tempes le lancer.

— Je veux un mariage comme ça, avertit Sophia. Mais avec beaucoup plus de monde. Six cents personnes, je dirais. Je marcherai vers mon mari et tout le monde me regardera et me trouvera très belle.

— Il va falloir que tu commences à te faire des amis sans tarder, répondit Suzanne en riant avant de se tourner vers Tom. Tu ne t'es pas ennuyé au moins ?

— Au contraire, j'ai trouvé l'événement très… inspirant.

Du coin de l'œil, il nota que, contrairement à ses habitudes, elle n'avait pas rougi. Son allusion, apparemment, n'avait pas eu le moindre écho en elle.

Il ne fut pas fâché d'arriver à Edmond et, à bout de nerfs, écourta les au revoir. De longues minutes, il resta seul dans la voiture, après avoir refermé la porte du garage derrière lui. Son mal de tête n'avait fait qu'empirer, à la mesure de sa déception. Pourquoi Suzanne s'était-elle montrée si distante toute la soirée ? Pendant la cérémonie comme durant la fête qui avait suivi, elle ne lui avait accordé aucune attention particulière, comme s'ils étaient de nouveau des étrangers l'un pour l'autre. Comme si elle avait à cœur que personne ne puisse s'imaginer qu'ils étaient ensemble. Il supposa que soit elle était vraiment trop captivée par le bonheur de son frère pour laisser parler ses propres désirs, soit l'idée du mariage ne lui avait même pas traversé l'esprit. En tout cas, elle n'avait pas semblé faire le lien avec lui.

Chapitre 15

Depuis le mariage de Gary et de Rebecca, Tom était plus renfermé, plus sombre, c'était évident. Parfois même, Suzanne croyait percevoir sur ses traits, de manière fugace, des signes d'agacement, de frustration, ou de colère.

Elle ne s'était jamais vraiment attardée sur le passé, pourtant peu banal, de son voisin. Une enfance marquée par le décès de sa sœur, une carrière dans l'Armée… Et pas n'importe quel corps d'Armée. Les Rangers, pour le peu qu'elle en savait, n'étaient pas de simples soldats. C'est à eux qu'on faisait appel dans les situations les plus difficiles. A combien d'atrocités avait-il assisté ?

Séduite par son extrême gentillesse, elle lui avait fait confiance, oubliant du même coup les leçons qu'elle avait apprises à ses dépens au contact de Josh. Et si Tom cachait sous sa bienveillance apparente un tempérament violent, ou simplement désabusé ? Elle le croyait doux comme un agneau et pourtant, cet homme avait passé dix ans de sa vie l'arme à la main, dans des contextes plus horribles les uns que les autres. Il ne pouvait pas être étranger à toute forme d'agressivité…

A présent qu'elle y songeait, Suzanne réalisait qu'elle

savait décidément bien peu de choses de lui. Par exemple, pas une fois il ne lui avait parlé précisément de son expérience sous les drapeaux. Elle ne s'était certes pas attendue à ce qu'il lui fasse le récit de souvenirs sanglants, c'était le genre de choses qu'on taisait, quand on les avait vécues. Mais il aurait pu au moins lui relater quelques anecdotes, lui parler de ses camarades, des pays qu'il avait traversés. Rien, pas un mot… Et son meilleur ami, le connaîtrait-elle jamais ? De quoi les deux rangers pouvaient-ils bien parler quand ils se voyaient ?

Quant à ses collègues de travail, elle n'en savait guère plus. Il lui avait dit que, parfois, il allait avec eux boire un verre ou faire un bowling mais jamais il n'avait proposé de les lui présenter.

Depuis une semaine, les enfants et elle l'avaient vu beaucoup moins fréquemment. Par deux fois seulement, il était venu dîner et il avait fallu qu'elle aille jusqu'à lui pour prolonger leurs rendez-vous nocturnes, sous le porche. C'est vrai qu'elle ne se sentait pas assez sûre d'elle-même pour s'abandonner entièrement à lui, mais elle trouvait frustrant d'en rester là, comme deux adolescents vivant leur idylle dans la clandestinité et craignant que leurs parents ne les découvrent. Il était peut-être temps qu'elle demande à Carrie de lui garder les enfants un jour ou deux. Le week-end suivant, sa sœur et Mark avaient prévu de laisser Michael à son grand-père et de partir en amoureux à Leavenworth. Mais le suivant, ce serait envisageable. Les enfants, elle en était certaine, seraient heureux de retrouver leur petit cousin.

*
* *

Rien ne s'arrangea pendant les jours qui suivirent. Suzanne n'avait encore rien demandé à sa sœur lorsque le lundi soir, Tom déclina son invitation à dîner, pour la première fois depuis qu'ils se fréquentaient. S'était-il senti offensé parce que la veille, au téléphone, elle n'avait pas pu lui parler longtemps, Jack n'arrivant pas à trouver le sommeil ?

Il ne fallait sans doute pas se formaliser. Deux jours plus tard, pour se faire pardonner sans doute, il les invitait dans une pizzeria. Mais dans le brouhaha ambiant, il leur était plus que difficile d'avoir une conversation personnelle, d'autant que les petits ne cessaient de les solliciter, faisant des allers-retours entre la salle de jeux et leur table pour réclamer quelques cents supplémentaires ou pour leur raconter leurs exploits.

Suzanne se rendait bien compte que le manque d'activité à la boutique commençait à lui porter sur les nerfs. Elle avait beau aimer tricoter, ces derniers temps, elle ne faisait plus que ça. Janvier ne faisait que commencer et déjà, elle n'en pouvait plus ! Sans compter qu'à ce rythme, l'argent que lui avait donné Gary serait bientôt réduit à une peau de chagrin.

— Suzanne, ça va ? lui demanda-t-il quand ils furent rentrés, après que les enfants se furent engouffrés dans la maison.

— Je suis désolée, répondit-elle, les larmes aux yeux. J'ai l'impression que quelque chose s'est rompu entre nous et…

Elle ne parvint pas à terminer sa phrase. Le visage de

Tom venait de se fermer, comme s'il avait littéralement changé de masque.

— En effet, je crois qu'il faut qu'on parle, déclara-t-il d'une voix sèche. Je peux me libérer demain à l'heure du déjeuner.

— Mais…

— Je comprends que tu sois occupée et je ne m'attarderai pas, coupa-t-il. Bonne nuit, Suzanne.

Elle ferma le verrou derrière lui, encore sous le choc de la froideur avec laquelle il s'était adressé à elle. Epuisée, elle s'écroula sur le canapé et s'efforça de rassembler ses esprits. A quel moment leur relation avait-elle dérapé ?

Une amitié s'était d'abord installée entre eux, le plus naturellement du monde. Et puis insensiblement, ils s'étaient rapprochés, attirés l'un par l'autre, confiants dans la complicité qui les liait. Tom s'était tout de suite montré génial avec les enfants et grâce à lui, elle avait enfin retrouvé la sensation d'être une femme. Alors qu'est-ce qui clochait ? Qu'avait-elle fait pour qu'il prenne tout à coup ses distances ?

L'idée même d'avoir à se poser ce genre de questions lui était détestable. Qu'est-ce que j'ai fait de mal ? Pendant des années, elle s'était seriné cette phrase, cherchant désespérément le moyen de devenir la femme dont Josh rêvait. Elle n'allait pas remettre ça !

Aujourd'hui, après deux ans et demi de célibat, elle était presque parvenue à se convaincre que l'échec de leur mariage ne lui était pas imputable. Il lui avait fallu une éternité avant d'oser regarder son mari dans les yeux et lui renvoyer au visage toutes les humiliations qu'il lui avait fait subir. Et quand, après avoir jeté ses frusques sur le trottoir et s'être barricadée, elle avait attendu son retour, le cœur battant, elle n'avait pas flanché, malgré son manque de confiance en elle. Retrouver Carrie et Gary, réaliser qu'elle était capable de gérer seule une entreprise, si petite soit-elle, voilà ce qui lui avait réellement mis la tête hors de l'eau. Et maintenant qu'elle recommençait à y croire, qu'elle parvenait à envisager l'avenir, un engagement nouveau, tout s'effondrait ? Non, ce n'était pas possible.

Peut-être que ce qui n'allait pas chez elle, c'est qu'elle ne comprenait rien aux hommes. Sans s'en rendre compte, il était possible qu'elle ait lassé Tom, tout simplement. Il en avait sans doute assez des baisers échangés en coup de vent, entre deux portes, il perdait patience. Pourtant, si vraiment il avait besoin de partager avec elle davantage d'intimité, pourquoi ne l'avait-il jamais invitée à une escapade amoureuse, l'espace d'un week-end ?

Le mariage de Gary ! songea-t-elle brusquement. C'était depuis ce jour-là que tout allait de travers. Et si Tom avait trouvé un peu lourd d'être invité alors qu'il n'appartenait pas à la famille, et s'il avait cru qu'elle lui faisait là un appel du pied, pire, qu'elle voulait lui forcer la main ? Elle poussa un profond soupir et enfouit sa tête dans ses mains. A force de ruminer ses idées noires, elle allait devenir folle !

Elle ne comprenait rien à ce qui se passait, certes, mais une idée s'insinuait cependant peu à peu dans son esprit. Elle n'était peut-être pas comme son frère et sa sœur, elle n'était peut-être pas faite pour la même vie. Il se pouvait que Josh ait eu des raisons de lui en vouloir. Incapable de supporter plus longtemps l'incertitude où la menaient ses réflexions, elle rejoignit sa chambre, se déshabilla et se glissa sous la couette. Evidemment, il ne fallait pas qu'elle compte dormir!

Elle avait eu un peu plus de clients que d'habitude dans la matinée et son cours de 10 heures, s'il était loin d'être complet, avait attiré six habituées. Ensuite, elle s'était remise à tricoter, l'humeur maussade, épuisée par une nuit blanche. Les derniers pulls pour enfants qu'elle avait mis en vitrine s'étaient vendus rapidement, elle n'avait presque plus de stock.

Elle n'avait vu entrer personne depuis une heure lorsque Tom apparut. Peu d'hommes s'aventuraient dans la boutique et elle trouva immédiatement la situation incongrue. Dans un costume gris clair et des chaussures de ville, il était… absolument craquant! Irrésistible, même.

— Salut! dit-elle en se levant. Je ne manquerai à personne si tu m'emmènes déjeuner quelque part. Il suffira que je mette un petit mot sur la porte pour prévenir de mon retour.

— Non, je veux juste qu'on parle. On est très bien ici.

Apparemment, il ne s'était pas déridé depuis la veille.

— On peut s'installer dans la petite salle à l'arrière, risqua-t-elle timidement. C'est là que je donne mes cours.

L'estomac noué, elle prit place sur une chaise tandis qu'il s'installait devant elle.

— Qu'est-ce qui ne va pas, Tom?

— Nous. Depuis quelque temps, je me demande si nous n'avons pas eu tort de nous lancer dans cette relation.

— Mais… pourquoi ?

— Les choses étaient plus simples quand nous étions seulement amis.

— Tu ne m'aimes pas, c'est ce que je dois comprendre ? articula-t-elle péniblement.

— Ce n'est pas ça… Seulement, je suis peut-être trop impatient. T'embrasser sous le porche et puis rentrer chez moi, dans cette maison vide, n'a pas de sens.

— J'avais pensé demander à Carrie de garder les enfants le week-end prochain, murmura-t-elle.

Voilà qu'à présent elle s'accrochait ! Elle ne comprenait donc rien ? Puisqu'il trouvait leur idylle absurde, qu'espérait-elle donc sauver ?

— Suzanne, comment envisages-tu notre histoire ?

Au point où elle en était, autant jouer franc-jeu. Elle n'avait plus rien à perdre, de toute façon.

— J'espérais que tu me demanderais en mariage, déclara-t-elle d'une traite, les yeux rivés au plancher.

— Et pourquoi, dans ce cas, ne m'as-tu pas accordé un seul regard pendant le mariage de ton frère ? Il te suffisait d'un geste…

— Je ne voulais pas que tu penses que j'essayais de te forcer la main. Je me suis dit que notre relation en était encore à ses balbutiements, qu'il n'était pas bon de précipiter les choses.

— C'est pourtant ce que je souhaitais, Suzanne.

— Comment ? Mais alors…

— Laisse-moi te poser une autre question, interrompit-il.

Tu me dis avoir envisagé notre mariage, l'avoir souhaité même, mais pourquoi ? Qu'en attends-tu ?

— La première fois que j'ai vraiment croisé ton regard, j'y ai trouvé une telle douceur... jamais un homme, je crois, ne m'avait regardée comme ça ! J'en ai été complètement... bouleversée. C'est à ce moment-là, je crois, que j'ai pensé pour la première fois à toi comme à un compagnon. Comme à un père aussi, pour Sophia et Jack.

— C'est donc ma gentillesse qui t'a séduite ?

— Je sais que tu détestes ce mot, et je ne comprends pas bien pourquoi. Après ce que j'ai subi avec Josh, je peux te dire qu'à mes yeux, cette qualité n'a rien de minime.

— Quand tu allais te coucher le soir, après nos étreintes sous le porche, étais-tu sincère en prétendant que tu aurais aimé passer la nuit avec moi ?

La plupart du temps, elle était trop inquiète, trop fatiguée aussi pour penser à lui une fois la porte refermée. Les factures qu'elle ne parvenait à payer que grâce à ses économies, le soudain désintérêt de Dylan pour Jack, la multitude des petits soucis quotidiens finissaient souvent par mobiliser toute son attention.

Visiblement atteint par la tension, palpable, qui régnait dans la pièce, Tom se leva et enfonça ses mains dans ses poches.

— Je n'ai pas l'intention d'y aller par quatre chemins, Suzanne. Ce que j'aimerais savoir, c'est tout simplement si tu m'aimes.

La question lui fit l'effet d'une bombe. Etonnamment, jamais elle ne s'était attendue jusque-là à ce qu'il la lui pose.

C'était pourtant l'évidence, la moindre des choses… Et surtout, pourquoi n'avait-elle jamais prononcé ce mot?

— C'est étrange, avoua-t-elle. C'est comme si je n'avais encore jamais… mis de mots sur les sentiments que j'ai pour toi.

Sa réponse, elle le sentait bien, achevait de la confondre. Il aurait mieux valu qu'elle se taise.

— C'est bien ce que je pensais, émit son interlocuteur, les mâchoires serrées. Tu vois, moi, je suis tombé amoureux de toi, Suzanne, je n'ai jamais eu une seconde d'hésitation à ce sujet. Il y a dans l'amour quelque chose de spontané, d'inexplicable. Soit on le ressent, soit on ne le ressent pas. De toute évidence, le *feeling* dont je parle t'est étranger.

Elle aurait voulu se lever, bondir vers lui et se blottir dans ses bras, mais quel sens cela aurait-il eu après ce qu'elle venait d'alléguer? Et puis elle n'était pas certaine de tenir sur ses jambes!

— Ce n'est pas parce que je n'ai pas prononcé le mot que…

— Désolé, Suzanne, mais je ne peux pas vivre aux côtés d'une femme qui voit en moi quelqu'un de gentil, un bon mari ou même un père idéal. Je t'aime trop pour savoir que cette situation me fera souffrir tôt ou tard et je n'ai aucun penchant pour le masochisme.

Elle ne l'entendait plus, obnubilée par la question qu'il venait de lui poser. L'aimait-elle? Si ce n'était pas de l'amour, comment qualifier le sentiment de plénitude qu'elle éprouvait lorsqu'il était près d'elle, le manque aussi, lorsqu'il n'était pas là?

— Ecoute, reprit-il avec un soupir de lassitude. Je ne

vais pas disparaître. Si tu me cherches, tu sais où j'habite. J'espère que nous pourrons être amis de nouveau. J'ai... je me suis beaucoup attaché à Sophia et à Jack.

— Tu nous manques terriblement, tu sais. Tu es si souvent absent, ces temps-ci.

Elle se rendit compte qu'une fois encore, elle avait parlé trop vite. Tu *me* manques, aurait-elle dû dire si elle avait voulu le convaincre.

— Prenons le temps de réfléchir chacun de notre côté, O.K. ? Je serai là.

— D'accord, répondit-elle, abasourdie, incapable de réfléchir plus avant.

En le regardant s'éloigner, elle se demanda pourquoi, si elle ne l'aimait pas, son cœur venait de se briser.

Tom n'avait pas menti, il était là... Pour l'aider à sortir les courses de la voiture, pour encourager Sophia dans son tout nouveau désir d'être grand reporter, pour faire du vélo avec Jack le dimanche. Les enfants n'avaient apparemment pas enregistré qu'il ne venait pratiquement plus jamais dîner à la maison ; en tous les cas, ils n'avaient fait aucune remarque. Quant à elle, ça faisait une semaine qu'elle ressassait ses doutes et se rongeait. Si elle n'avait pas eu la responsabilité des enfants, elle serait au fond du trou à l'heure qu'il était.

Aimait-elle Tom ? La question était simple pourtant. Pourquoi ne trouvait-elle pas de réponse ? Le soir, seule dans son lit, quand tout était calme autour d'elle et la maison silencieuse, elle avait l'impression de savoir. Les baisers de Tom, la chaleur de ses bras lui manquaient, elle ne comprenait pas comment elle avait pu passer des semaines sans céder tout à fait au désir de lui appartenir. Elle avait tout gâché, comme toujours. A présent, il y avait de fortes chances pour qu'elle n'ait même jamais l'occasion de découvrir quel amant il était. De toute façon, le problème n'était pas là. Tom ne lui avait pas demandé si elle le désirait.

Peut-être avait-elle le sentiment de ne pas le connaître assez pour lui faire confiance. A moins que, manquant de points de comparaison, elle soit tout bonnement incapable de reconnaître la nature de ses propres sentiments.

Elle devinait sans mal ce qu'il pensait d'elle en ce moment. Pour lui, elle n'avait à son égard aucun sentiment réel mais trouvait confortable de pouvoir se reposer sur sa sollicitude au quotidien. C'est vrai qu'elle lui était reconnaissante de tout le mal qu'il s'était donné depuis qu'elle avait les enfants. Sans son aide, rien ne disait qu'elle aurait su gérer aussi bien ce bouleversement dans sa vie.

Son aide… C'est Josh qui avait raison, au fond. Qu'avait-elle jamais accompli seule ? Un an plus tôt, quand elle avait décidé d'engager un détective privé pour retrouver sa famille, elle était au bord du gouffre, et parfaitement consciente d'avoir perdu tout amour-propre. Mais elle s'était trompée en pensant que réunir les siens suffirait à la remettre sur pieds, à donner sens à sa vie. En fait, elle n'avait même pas été capable de retrouver Carrie et Gary elle-même, il avait fallu qu'elle paie quelqu'un pour que son désir devienne réalité. Bien sûr, elle avait eu le courage de démissionner et d'ouvrir la boutique mais c'était bien le seul acte de bravoure dont elle puisse s'enorgueillir. Et puis, quand elle avait voulu adopter tout en restant célibataire, c'est encore vers quelqu'un d'autre qu'elle s'était tournée pour gérer le quotidien. Tom s'était trouvé là, par chance. Comme un ange gardien.

Orpheline, on l'avait brinqueballée sans qu'elle ait réellement prise sur son destin. Ensuite, elle s'était arrangée pour n'avoir jamais à prendre de décision majeure dans sa vie. On l'avait envoyée vivre chez son oncle et sa tante, avec le sentiment qu'elle abandonnait Carrie et Gary à leur sort. Mais les paroles de sa mère n'avaient jamais cessé de résonner dans sa tête. « Tu es l'aînée, tu dois t'occuper d'eux… » Et elle n'avait rien fait. Plus tard, elle avait rencontré Josh, un macho qui avait décidé de tout à sa place. Elle avait laissé faire, bien sûr, et s'il n'avait pas levé la main sur elle, elle n'aurait sans doute jamais trouvé le courage de le quitter.

En fait, elle n'avait vécu seule que pendant trois ans de sa vie. Trois ans pendant lesquels elle n'avait pas eu de choix à faire, s'inscrivant dans une routine rassurante. Jusqu'à ce jour, inoubliable, où son téléphone avait sonné, où une voix tremblante lui avait demandé si elle était bien chez Suzanne Chaumont. Carrie ! Elle l'avait reconnue d'emblée et à partir de cette seconde, tout avait basculé. Jour après jour, elle s'était enhardie, prenant des décisions, s'efforçant de devenir la femme qu'elle n'avait jamais osé être. Et maintenant, qu'allait-elle faire ? Attendre que tout s'écroule ? Ou bien se prendre en main, une bonne fois pour toutes ?

Une semaine passa, puis une autre, chaque jour apportant davantage de doutes que le précédent. Au bout du compte, après être passée de l'apathie à l'angoisse, une colère bénéfique s'empara d'elle. Oui, elle savait faire des choix, elle l'avait prouvé ! En quittant un travail confortable, en empruntant une somme d'argent sans savoir si elle pourrait la rembourser, en créant son entreprise, en retrouvant les deux êtres qu'elle aimait le plus, elle avait démontré qu'elle pouvait agir sur le cours des choses. Bien sûr, elle avait accepté un peu d'aide, et alors ? Ce qui était certain, c'est qu'elle n'avait pas besoin de Tom pour élever ses enfants.

Sophia déboula dans le magasin dans une humeur tellement joyeuse que Suzanne ne remarqua pas immédiatement que Jack, lui, était étrangement éteint.

— Une nouvelle fille est arrivée aujourd'hui dans notre classe, annonça la fillette. M. Schroeder l'a mise à côté de moi.

— Elle est sympa ?

— Géniale. Et plus grande que moi ! Je me demandais si… Est-ce qu'elle pourrait venir dormir à la maison un soir ?

— Bien sûr, répondit Suzanne, folle de joie à la perspective de voir Sophia se faire enfin une amie. Mais tu sais que j'ouvre la boutique samedi matin.

— J'avais pensé lui dire de venir samedi soir, parce qu'on n'a pas école le lendemain.

— Comment s'appelle-t-elle ?

— Heather. Alors c'est vrai, je peux lui demander ?

— Feu vert, assura Suzanne. Que dirais-tu de commander des pizzas et de louer un film ou deux ?

A ce moment, Jack aurait dû sauter de joie et demander s'il pouvait choisir le dessin animé qui lui plaisait, mais il resta muet, le regard rivé sur ses chaussures.

— Evidemment, peut-être qu'elle ne pourra pas venir, ajouta Sophia en haussant les épaules, tout à son idée. Sa mère ne sera peut-être pas d'accord. Je vais lui demander et on verra bien.

— En tout cas, c'est gentil de ta part. Arriver dans un nouvel établissement n'est pas facile, surtout en cours d'année. Heather appréciera ton geste.

— J'ai des tonnes de devoirs en maths, continua Sophia en sortant des cahiers de son sac.

— Et toi, Jack, comment s'est passée ta journée ? hasarda Suzanne.

L'enfant, les lèvres tremblantes, donnait de petits coups dans le pied d'une chaise.

— Un garçon de ma classe, Zane…, murmura-t-il. Il a invité des copains à dormir chez lui pour son anniversaire, vendredi. Et il a dit que je pouvais venir.

Depuis quelques jours, il évoquait souvent le fameux Zane. Suzanne croisait les doigts pour que Jack parvienne à se faire un ami lui aussi et les choses avaient l'air bien parties.

— Mais c'est génial ! Pourquoi fais-tu cette tête ?

— Tu sais bien… Tout le monde va se moquer de moi.

Oh ! mon Dieu ! Elle avait totalement oublié ! D'autant

que la semaine dernière, il n'avait mouillé son lit que deux fois.

— Les choses s'arrangent, répondit-elle, confiante.

— Je lui ai dit que je ne pourrais sûrement pas venir.

— Tu te fais trop de souci. Dans quelques mois, tu ne te souviendras même plus que tu avais ce problème.

Suzanne s'était voulue optimiste mais elle réalisa que pour un enfant de sept ans, quelques mois, c'était une éternité !

— Je voudrais rentrer à la maison, dit-il en haussant les épaules.

Suzanne regarda sa montre. 4 heures moins le quart. C'était un peu tôt. Si elle commençait à fermer avant l'heure, ses clientes risquaient de se décourager. Que l'une d'elles casse une aiguille ou vienne chercher une pelote et trouve porte close, et ce serait une cliente de perdue.

— Ce ne sera plus très long, Jack. Tu sais quoi ? Si tu allais chercher des pains au chocolat à la boulangerie avec Sophia ? Moi, j'ai très envie d'un cookie.

La fillette, déjà installée à ses devoirs, sauta de sa chaise avec enthousiasme. Elle leur donna de la monnaie et les regarda s'éloigner, Sophia d'un pas alerte et le pauvre Jack, qui traînait les pieds.

L'enfant finirait bien par se faire des amis, même si pour l'instant, il ne se sentait pas suffisamment sûr de lui pour dormir chez eux. A cet âge, beaucoup de ses camarades de classe devaient préférer retrouver leurs parents le soir, il n'était pas un cas d'espèce.

Elle s'efforça de se montrer optimiste lorsqu'ils revinrent et écouta patiemment Jack lire une histoire avec difficulté.

Deux clientes qu'elle n'avait encore jamais vues entrèrent et lui achetèrent pour soixante dollars de fournitures diverses. Décidément, elle avait bien fait de ne pas fermer plus tôt !

C'est sur le chemin du retour, dans la voiture, qu'elle eut soudain une inspiration.

— Jack ! J'ai une idée ! s'exclama-t-elle. Si tu allais à la fête de Zane sans y rester dormir ? Je viendrais te chercher en fin d'après-midi.

— Mais qu'est-ce que je vais lui dire ? demanda l'enfant, le regard soudain pétillant d'espoir.

— Eh bien, c'est l'occasion rêvée de faire un pieux mensonge, répondit-elle avec un regard complice vers Sophia. Tu n'auras qu'à dire que… je ne t'autorise pas à passer la nuit chez ton ami parce que le lendemain matin, nous devrons partir très tôt.

— Où ça ?

— Sophia, tu as une idée ?

— Tante Carrie et oncle Mark nous emmènent faire du snow-board, suggéra d'emblée la fillette.

— Pas mal. Mais lundi, tout le monde risque de lui poser des questions.

— Et je n'ai jamais fait de snow-board, enchérit Jack.

— C'est vrai, concéda Sophia. Notre oncle et notre tante nous gardent parce que Suzanne doit s'en aller pour le week-end.

— Parfait, répondit Suzanne. Ma vie privée ne regarde personne.

— Alors… je peux aller chez Zane ?

— Je crois que plus rien ne s'y oppose !

En arrivant devant la maison, il sauta de la voiture et courut vers la porte d'entrée.

— Alors, que penses-tu des pieux mensonges ? demanda Suzanne en se tournant vers Sophia.

— Pas mal, concéda cette dernière. Evidemment, maintenant, il va falloir acheter un cadeau.

En proportion du bonheur de Jack, c'était bien peu de choses, songea Suzanne en souriant. En sortant de la voiture, elle ne pensa même pas à jeter un œil vers la maison de Tom. Les cris de joie du petit résonnaient encore à ses oreilles, elle se sentait légère, une super maman !

Pourtant, elle aurait aimé qu'en entendant le moteur, il sorte les accueillir, qu'il les invite à dîner, comme avant… Ou bien qu'il appelle tout à l'heure pour lui donner rendez-vous sous le porche.

Elle savait qu'il n'en ferait rien et tant pis. Désormais, elle était capable de se débrouiller seule.

Chapitre 16

Tom regarda sa belle voisine descendre de voiture, suivie de Sophia. Où était donc Jack ? Il y a quelques semaines, il serait sorti prendre de ses nouvelles. Ce soir, pourtant, il en était incapable, même s'il avait conscience de commettre une grossière erreur, sans doute la plus grosse de sa vie.

Seul derrière sa fenêtre, il n'arrivait à rien sinon à se perdre en conjectures. Jack s'était-il fait un nouveau copain ? La semaine dernière, il avait trouvé l'enfant abattu, beaucoup moins bavard qu'à l'accoutumée. Et lorsqu'il lui avait demandé des nouvelles de Dylan, le petit avait rentré la tête dans les épaules.

— Il s'est moqué de moi parce que je lis mal, avait-il fini par avouer.

— Parce qu'il est parfait, lui, peut-être ?

— Il lit bien mieux que moi, c'est sûr.

— Tu es sans doute meilleur que lui en maths ?

— Oui, sauf que la lecture, c'est à voix haute et que tout le monde entend.

Evidemment… Les gamins de cet âge ne se faisaient vraiment pas de cadeaux. Tom s'était étonné de découvrir à quel point les déboires du petit le touchaient. Comme s'il s'agissait de son propre fils.

— Tu crois que je saurai faire du vélo tout seul, bientôt ? lui avait demandé Jack un peu plus tard, dépité après une nouvelle séance d'entraînement peu concluante.

— Aucun doute là-dessus, mon garçon, avait-il assuré. C'est un peu long parce que tu ne peux t'exercer qu'une fois par semaine, mais tu vas y arriver, je te le promets.

Tom avait alors songé avec amertume qu'une fois l'enfant autonome, leurs séances du dimanche après-midi prendraient fin, et avec elles, un sacré prétexte pour garder le contact. Si ses rapports avec Suzanne étaient devenus houleux et problématiques, son attachement aux enfants, sa complicité avec Jack ne faisaient en revanche aucun doute.

Ce soir, plus que jamais, il avait envie d'appeler la jeune femme. C'est ce que les amis étaient censés faire, non ? Passer un coup de fil régulièrement, prendre des nouvelles, avoir des conversations anodines ou plus profondes, sans arrière-pensées en tout cas.

Par exemple, c'est avec elle qu'il aurait voulu évoquer le départ de son meilleur ami. Phil l'avait appelé pour lui annoncer qu'il s'envolait pour l'Afghanistan et ça lui avait fait un choc. Il n'avait pas précisé le but exact de sa mission, sans doute parce qu'il l'ignorait encore, mais Tom devinait qu'il serait envoyé à la frontière pakistanaise, un des points clés du conflit. Il avait bien sûr évité d'exprimer son inquiétude avec Phil, mais s'en ouvrir à Suzanne lui aurait fait du bien. Il se sentait coupable de n'être pas aux côtés de son compagnon d'armes, soulagé aussi d'être sorti définitivement de ce qu'il considérait à présent comme un véritable enfer. En même temps, il doutait de pouvoir un jour servir de nouveau une vraie cause. Son existence, aujourd'hui, lui semblait pathétique et vaine.

L'espace de quelques semaines, il avait pourtant bien cru avoir trouvé un but à sa vie. Suzanne et les enfants lui avaient donné l'impression d'avoir besoin de lui, et pas seulement pour les leçons de vélo.

Dissimulé par la pénombre, derrière le rideau du salon, il ne put s'empêcher de sourire en voyant Sophia faire la roue sur le gazon mouillé avant de rentrer, suivie de Suzanne, radieuse. Décidément, tous les trois s'en sortaient très bien sans lui.

Il avait passé de longues années à vivre comme un loup solitaire, mais pour la première fois, il se sentait seul. *Vraiment* seul. Il s'installa dans le fauteuil sans prendre la peine d'allumer la lumière. Pourquoi cette extrême solitude le frappait-elle maintenant ? Sans doute parce que en quelques jours, il avait à la fois tout eu et tout perdu.

Des années durant, il s'était satisfait de peu de choses, planter des bulbes, tailler ses arbustes, tondre son gazon. Il avait passé des jours à poncer les meubles de Suzanne, heureux de retrouver un hobby de jeunesse. Ces activités lui correspondaient assez bien parce qu'elles requéraient du temps. Il n'avait jamais aimé se brusquer, faire les choses à la va-vite, brûler les étapes.

Et voilà que soudain, sa patience l'avait lâché ! Il était amoureux, et il fallait que tout soit instantanément bouleversé ! Il savait pourtant combien les hommes lui faisaient peur, il en connaissait la cause, et malgré tout, il avait attendu d'elle qu'elle se jette dans ses bras, sans aucune retenue. Qu'elle lui dise : « Oui ! Je t'aime ! » comme ça, sans même réfléchir, qu'elle se livre aveuglément.

Pourquoi avait-il accordé autant d'importance à ces quelques mots, alors qu'ils étaient si bien ensemble ? C'était complètement absurde ! Après s'être efforcé de passer auprès d'elle pour le gars sympa, totalement à l'opposé de son ex, voilà qu'il lui mettait la pression, qu'il entendait qu'elle réponde sans discuter à son désir. Comme Josh. Dire qu'il était même allé jusqu'à lui reprocher de le trouver gentil ! Au lieu de jouer de sa musculature pour l'impressionner, c'était pourtant bien lui qui s'était mis dans la peau du père de famille idéal. Et maintenant, il ne supportait pas l'idée qu'elle le voie uniquement comme un homme stable, responsable. Tout au long de leur relation, il s'était efforcé de la rassurer, évitant de se montrer trop pressant, s'en tenant à de chastes baisers, lui cachant qu'il aurait voulu passer davantage de temps seul avec elle. Et lorsqu'il était parvenu à ses fins, lorsqu'il avait senti que Suzanne lui faisait confiance, il avait fallu qu'il panique !

Car ça ne faisait aucun doute, c'était bien un vent de panique qui s'était emparé de lui ! Il avait craint qu'elle ne l'aime pas, craint de s'être fait des films. En fait, il n'avait pas cru au bonheur alors même qu'il était là, sous son nez. Et il avait fui…

Lui, l'ancien soldat, le valeureux combattant maintes fois médaillé, était-il possible qu'il se soit montré aussi lâche ? Il était tombé amoureux de Suzanne mais, persuadé que tôt ou tard elle ne l'aimerait plus, il avait précipité la catastrophe. Si elle n'avait pas prononcé les mots qu'il attendait, c'est qu'elle ne l'aimait pas, brillante conclusion, vraiment ! Et il avait sauté sur l'occasion pour se carapater. A présent, il en était réduit à épier, tapi dans l'ombre, une famille qui aurait pu être la sienne s'il n'avait pas réagi bêtement.

Une question s'imposait, à laquelle il fallait qu'il réponde sans tergiverser davantage. Aurait-il le courage de prendre un risque, le risque de sa vie ? Aimer Suzanne, s'engager pour de bon, sans craindre *a priori* qu'elle lui brise le cœur.

Suzanne avait aidé Sophia à encadrer la photo de sa mère, mais jamais elles n'avaient encore regardé ensemble tous les clichés. Entre la préparation des dîners, les devoirs, le ménage et la comptabilité, elle n'avait pas trouvé le temps de se poser pour faire l'album dont elle avait parlé.

Mais ce soir, Jack était chez Zane, la soirée s'annonçait calme, c'était l'occasion ou jamais.

— J'adorerais que tu me montres les photos de ta famille, proposa-t-elle à la fillette après le repas.

— C'est vrai ? Tu veux dire maintenant ?

— Pourquoi pas ? Si ça te dit, bien sûr.

Sophia partit en courant dans sa chambre et revint avec une boîte à chaussures qu'elle posa sur la table de la cuisine. Elles prirent place côte à côte et la fillette souleva le couvercle.

— Elles ne sont pas classées, tu vois, dit-elle en sortant une première photo. Ça, c'est quand j'étais en maternelle.

Comment ne pas s'émouvoir devant le visage de l'adorable gamine qu'elle était déjà ? Son regard brillant de malice et d'intelligence contrastait avec un sourire forcé, visiblement suggéré par le photographe. Sans doute avait-il fallu argumenter pour qu'elle se déride. Déjà à l'époque, elle avait un caractère bien trempé !

Elles parcoururent diverses photos de classe sur lesquelles la fillette ne s'attarda pas, préférant celles où sa mère figurait. Elles avaient toutes été prises quand les enfants étaient petits, la sclérose en plaques n'avait pas encore diminué la pauvre femme. Suzanne regardait attentivement ce beau visage, cherchant des traits familiers. Jack avait son sourire timide, son regard flou, un peu désabusé, comme si cette femme n'avait jamais attendu grand-chose de la vie. Et de fait, en plus d'être malade, elle avait dû vivre avec la conscience qu'elle ne pourrait pas donner à ses enfants l'avenir dont elle rêvait pour eux.

Sur de rares photos, on voyait le père des enfants. Une en particulier, prise sur une plage, attira l'attention de Suzanne. Sophia, qui devait avoir trois ans, était montée sur les épaules de l'homme à l'épaisse chevelure brune, aux yeux d'un bleu perçant. Il levait la tête vers sa fille et lui souriait. Ce qui frappait d'emblée, c'était l'insolence qui émanait de sa posture, des traits de son visage. De toute évidence, Sophia avait hérité du tempérament de son père, en plus de la ressemblance physique, frappante.

Mais autre chose sautait aux yeux. La photo n'était pas posée, elle montrait un instant pris sur le vif. Et c'était clair, à ce moment-là, le père de Sophia l'aimait. Assez pour jouer avec elle, assez pour trouver du plaisir à la faire rire.

— Des fois, j'aimerais bien me souvenir de lui, dit la

fillette. Mais au fond, c'est mieux comme ça puisqu'il n'a pas voulu de nous.

— Ton papa vous a fait du mal, mais je ne parviens pas à lui en vouloir. Au fond, je me sens juste désolée pour lui, avoua Suzanne.

— Ah bon ?

— Pense à tout ce qu'il a raté en étant loin de vous ! C'est triste de savoir qu'il ne vous aura pas vus grandir.

— On n'est pas si géniaux, quand même.

— Je trouve que si, au contraire. Vous êtes drôles, intelligents…

— Si je deviens riche, il regrettera de nous avoir abandonnés, fit remarquer Sophia.

— A mon avis, peu importe ce que vous deviendrez, il regrettera de toute façon de n'avoir pas été là.

L'enfant marqua un temps, comme si elle méditait le sens de ces paroles.

— Ah, au fait ! reprit-elle enfin. Jack voulait savoir si maman serait fâchée s'il t'appelait « maman » aussi.

— Que lui as-tu répondu ? demanda Suzanne, le cœur battant.

— Je lui ai dit qu'il pouvait le faire, puisque maintenant c'est toi notre mère.

— Effectivement, émit Suzanne d'une voix étranglée par l'émotion. Au fond, la façon dont vous m'appelez importe peu, tant qu'elle vient du fond du cœur.

— Et « maman bis », ça n'irait pas.

— C'est sûr ! confirma Suzanne en éclatant de rire.

— Je ne sais pas comment je vais t'appeler, moi, je vais réfléchir, assura Sophia avec sérieux. Tom et toi, vous ne vous embrassez plus sous le porche, comment ça se fait ? ajouta-t-elle avec une indifférence feinte.

— Tu… tu as remarqué ?

— Evidemment, je ne suis pas aveugle.

— Disons que nous aussi, nous réfléchissons, déclara Suzanne. Nous essayons de savoir si nous sommes réellement amoureux l'un de l'autre.

— C'est une blague ? demanda Sophia, bouche bée.

— Non ! Pourquoi ?

— Mais parce que ! répliqua Sophia, cherchant visiblement des arguments. Il a des yeux tout ronds quand il te regarde, et toi tu souris tout le temps quand il est là. Enfin, je sais pas, moi, vous êtes compliqués, vous les adultes.

— Vraiment ?

Suzanne n'était pas très fière de chercher du réconfort auprès d'une fillette de dix ans, mais ce que lui disait Sophia lui faisait un bien fou !

— Tu n'as pas remarqué ?

— Eh bien… la seule chose dont je suis sûre, c'est que je suis heureuse quand il est avec nous.

— Et pourquoi ?

— Mais… parce qu'il est…

Gentil ? Non, elle connaissait des tas de gens à qui elle aurait pu attribuer ce qualificatif, et parmi eux certains hommes avec qui elle était sortie. Elle songea en particulier à l'entrepreneur qui était tombé amoureux d'elle après son divorce. La première fois qu'ils avaient été au restaurant, il lui avait parlé de sa famille, d'une séparation qu'il n'avait pas voulue, des enfants qui lui manquaient…

Tout gentil qu'il était, elle s'était immédiatement désintéressée de lui.

— Parce que…

Parce qu'il ferait un bon père pour les enfants ? Bien sûr, elle ne pourrait jamais tomber amoureuse d'un homme qui n'aimerait pas Sophia et Jack, mais elle était parfaitement capable de les élever seule. Si elle n'avait pas eu confiance en elle sur ce point, jamais elle n'aurait mis les pieds dans l'agence d'adoption. Et de fait, ils s'en sortaient très bien tous les trois.

Si elle se sentait bien avec Tom, ça n'était pas non plus seulement parce qu'elle le trouvait attirant. Elle avait eu autant de plaisir à parcourir avec lui les allées des grands magasins que de se blottir entre ses bras et de répondre à ses baisers.

— Je crois que je suis amoureuse, concéda-t-elle enfin.

— Ah ! Quand même ! déclara Sophia, pour qui le sujet ne faisait visiblement pas débat.

La petite remit les photos dans la boîte en se promettant de les ranger bientôt dans son album.

— Et moi, je peux voir tes parents ? demanda-t-elle.

Suzanne lui sourit et alla chercher le carnet dans lequel elle avait collé les clichés, il y avait bien longtemps de cela. Chaque fois, elle éprouvait le même plaisir à le parcourir, mais là, montrer à sa fille ceux qui auraient pu être ses grands-parents l'émouvait de manière complètement inédite. D'autant que la fillette s'extasiait à chaque photographie, confondant immanquablement Gary avec son père au même âge, et Suzanne avec sa mère.

Comme il était encore tôt, elles s'installèrent sur le canapé pour regarder un film en mangeant du pop-corn. Sophia, la tête posée contre son épaule, commentait les scènes avec un humour qui n'appartenait qu'à elle. Suzanne n'avait-elle pas rêvé, quelques semaines plus tôt, de cette scène au détail près ? Elle, assise sur le canapé en train de tricoter, une petite fille blottie contre elle, des rires…

La réalité l'avait comblée, et pourtant… A présent, elle en désirait davantage. Elle se plaisait à imaginer Tom, traversant le salon en plaisantant sur le film à l'eau de rose qu'elles regardaient, allant peut-être dans le garage pour travailler sur un nouveau meuble qu'ils auraient chiné ensemble. Et plus tard, une fois la petite couchée, l'intimité d'une chambre, un feu d'artifice sensuel… Comment avait-elle pu passer à côté de ce qui avait sauté aux yeux d'une enfant de dix ans ? Etait-il déjà trop tard ou parviendrait-elle encore à dire « Je t'aime » à celui qui, elle en était convaincue, était l'homme de sa vie ?

Comme tous les dimanches, Jack sonna à la porte de Tom à l'heure de sa leçon de vélo.

— J'ai été à un anniversaire, raconta-t-il avec enthousiasme tandis que Tom ouvrait le garage. Normalement, on devait rester dormir chez Zane mais moi je suis rentré. Suzanne est venue me chercher très tard, quand tous les autres sortaient leurs sacs de couchage.

— Tu as passé un bon moment ?

— Génial ! Sauf que tu ne devineras jamais ! Je n'ai pas fait pipi au lit dans la nuit, ça fait que j'aurais pu rester là-bas.

Deux autres garçons sont rentrés chez eux en même temps que moi. Peut-être qu'ils font pipi au lit, eux aussi ?

— Ou bien c'est qu'ils n'étaient pas très rassurés de dormir loin de leurs parents, suggéra Tom.

— Ah oui !

Au moment où Jack posa sur la pédale un pied plein d'assurance, il comprit que cette fois serait la bonne.

— Parfait ! encouragea-t-il. Tu sens comme tu es en équilibre ?

— Oui ! s'écria Jack.

Tout en continuant de courir derrière l'enfant, il lâcha légèrement prise.

— Je crois que c'est parti, mon garçon ! File, je suis juste derrière toi !

— D'accord ! répondit Jack, haletant.

Il lâcha tout à fait la selle et leva les bras au ciel, fou de joie : ça y était ! Jack venait de comprendre le truc ! Le vélo fila tout droit jusqu'au bout de la rue.

— J'y arrive ! criait Jack. Tu me vois, Tom ?

— C'est génial ! Maintenant il va falloir que tu fasses demi-tour. Vas-y doucement… Non ! Pas si court !

Tom grimaça tandis que Jack s'étalait de tout son long sur le bitume. Mais l'enfant se releva aussi vite qu'il était tombé et sauta de joie.

— J'ai réussi ! J'ai réussi ! répétait-il avec enthousiasme.

— C'était très bien, répondit Tom en le rejoignant. Mais il va falloir qu'on travaille les virages.

— Je veux que Suzanne me voie !

— Allons la chercher. Tu te sens d'aller jusqu'à la maison à vélo ?

Pour toute réponse, le petit sauta sur la selle et, sitôt que Tom lui eut donné l'impulsion nécessaire, il roula sans difficulté. Arrivé devant chez lui, il parvint même à freiner et mit le pied par terre. Laissant tomber son vélo, il courut jusqu'à la porte.

Une minute plus tard, il réapparaissait suivi de sa sœur et de sa mère adoptive. Totalement absorbé par sa mission, Tom ne leur accorda qu'un sourire rapide.

— O.K., Jack, dit-il. Tu roules jusqu'au bout de la rue et là, tu tournes très large, tu as la place. Evite de donner un coup de guidon, sers-toi surtout du poids de ton corps.

— D'accord, assura le petit.

Cette fois, tout se passa au mieux. Le garçon pédala jusqu'au bout de la rue et réussit son virage tout en se permettant le luxe de demander si tout le monde le voyait bien. Il freina devant eux, radieux.

— Cool, émit Sophia tandis que Suzanne, aux anges, l'embrassait.

— Tu es un chef! s'exclama-t-elle avant de se tourner vers Tom. Il faut dire que tu as eu un prof génial. Merci, Tom.

— Merci, Tom ! répéta Jack, les joues rougies par l'émotion. Je peux m'entraîner encore un peu ?

— Si tu voies arriver une voiture, surtout, range-toi sur le côté, avertit-elle.

— Je sais, Tom me l'a déjà dit, répondit l'enfant.

Après avoir exagérément vérifié qu'aucun véhicule n'était en vue, il repartit, plein d'énergie.

— Est-ce que Tom peut venir dîner ce soir ? demanda Sophia.

Il ouvrit la bouche pour décliner poliment l'invitation mais l'expression qu'il lut sur le visage de Suzanne l'en dissuada. Elle avait l'air heureuse, et totalement détendue.

— J'aimerais beaucoup que tu sois des nôtres. En plus, je fais des spaghettis *à la Chaumont*, ma spécialité.

— Dans ce cas… je peux difficilement rater ça, assura-t-il.

Il réalisa subitement que l'instant décisif allait se jouer. Si Suzanne n'acceptait pas ses excuses, il n'aurait pas d'autre choix que de déménager. Impossible pour lui désormais de rester à la lisière de sa vie, de celle des enfants. Le jour où cette femme reviendrait avec un autre homme, ce qui ne manquerait pas d'arriver, il ne pourrait jamais encaisser le coup.

— 7 heures et demie ! lança-t-elle avant de rentrer, le bras autour de l'épaule de Sophia.

Qu'allait-il bien pouvoir faire d'ici là ? Il prit sa voiture et alla jusqu'au dépôt-vente, où il trouva une nouvelle bibliothèque, certainement en érable celle-là, qui ne demandait qu'à être restaurée. Il l'acheta en espérant que Suzanne craquerait, une fois le bois mis en valeur.

De retour chez lui, il prit une douche et, une bouteille de vin à la main, sonna chez sa voisine. C'est Sophia qui vint lui ouvrir.

— Suzanne est dans la cuisine, informa la fillette avec un large sourire, au moment où le téléphone sonnait. Ah ! Ça doit être pour moi.

Sous le regard incrédule de Tom, elle courut répondre.

— Le téléphone sonne et Sophia pense que c'est pour elle ? dit-il en rejoignant Suzanne.

— C'est qu'il y a eu de grands changements cette semaine, expliqua-t-elle. Les enfants se sont fait des amis. Chaque fois que la sonnerie retentit, ils déboulent comme des fous de leur chambre, et c'est au premier qui décrochera !

Sophia et Jack se montrèrent intarissables pendant tout le dîner, Heather et Zane revenant sur les lèvres toutes les dix secondes. La mère d'Heather était d'accord pour que Sophia aille dormir chez elle la semaine prochaine. Jack irait jouer chez Zane le lendemain après l'école. Heather avait envie d'apprendre à tricoter. Zane faisait du roller…

Suzanne, avec la chaleur qui lui était coutumière, reprenait l'un ou l'autre pour qu'ils apprennent à s'écouter au lieu de s'interrompre, encourageant du même coup leur échange. A chaque sujet abordé, elle veillait à ce qu'il puisse s'intégrer à la conversation, s'en remettant souvent à son expérience. Après avoir entendu trois fois « Je parie que Tom saurait… », il commença à se sentir important, un parangon de sagesse qui plus est !

— Nous avons le temps pour le dessert, dit-elle à la fin du repas. Tu veux un café, Tom ?

— Je n'ai plus faim, de toute façon, assura Sophia en se levant. Tu viens, Jack ?

Le petit avait visiblement envie de rester à table mais sa sœur le tira par la manche et l'entraîna dans sa chambre.

— Qu'est-ce qui se passe ? demanda Tom, interloqué par cette soudaine désertion.

— J'avoue tout, répondit Suzanne. Sophia avait pour consigne d'emmener jouer son frère après le dîner.

— Pourquoi ?

— Je voulais être seule avec toi.

— Ça tombe bien, j'espérais pouvoir te parler, moi aussi.

— Je propose qu'on laisse tout en plan et qu'on s'installe dans le salon.

Elle s'assit sur le bord du canapé et croisa les mains sur ses genoux. Visiblement tendue, elle planta néanmoins son regard dans le sien, avec une assurance inédite.

— Je ne vais pas y aller par quatre chemins, commença-t-elle tandis qu'il s'asseyait à côté d'elle. Après, tu n'auras peut-être plus envie de dessert mais…

Tom, le souffle court, s'efforçait de masquer son inquiétude.

— Tu considéreras peut-être qu'il est trop tard, continua-t-elle, mais il est important que tu saches où j'en suis. J'ai toujours gentiment acquiescé lorsque mon entourage m'assurait que j'allais me remarier. Vaguement, je me disais que ça pourrait arriver, mais je n'y croyais pas. En fait, j'étais absolument fermée à cette perspective sans être pourtant capable de l'exprimer. Dans mon esprit, il était impossible que je tombe amoureuse.

— Tu pensais ne plus pouvoir faire confiance à un homme ?

— Exactement. En réalité, c'est en moi que je n'avais

pas confiance. Je doutais de ma capacité à rendre un homme heureux.

— Tu avais tort. J'ai été plus heureux en quelques semaines près de toi que dans toute ma vie. Tu as un don pour le bonheur, Suzanne.

— Merci du compliment, mais l'idée est pour moi toute nouvelle. J'ai essayé de convenir à Josh, avec la force du désespoir, parce que je n'avais que lui. Je n'ai pas eu la chance de grandir auprès de mes parents, de les voir fiers de moi parce que j'avais une bonne note, d'apprendre à faire du vélo avec mon père… Tu penses bien qu'avec mon peu d'expérience, ma confiance en moi n'a guère pu se consolider. Quand Josh est parti, j'ai vécu seule, tu es bien placé pour le savoir. D'abord, je me suis sentie libérée, soulagée de n'avoir à m'occuper que de moi, de mes propres désirs. C'est à ce moment-là que j'ai décidé d'adopter. Je voulais par-dessus tout être mère, mais sans risquer de me retrouver dans une situation de vulnérabilité.

— Et j'ai débarqué dans ta vie en te demandant de m'ouvrir ton cœur.

Tom redoutait le pire. D'un instant à l'autre, elle allait lui déclarer que la vie à deux ne faisait pas partie de ses projets.

— Oui. Mais je ne m'étais pas autorisée à penser réellement à mes sentiments pour toi. J'étais juste heureuse… C'est Sophia, contre toute attente, qui m'a amenée à ouvrir les yeux. Une enfant de dix ans, tu te rends compte ?

— Elle est étonnamment perspicace, acquiesça Tom. Moi aussi j'ai réfléchi cette semaine, continua-t-il. Et j'ai découvert que j'étais un vrai trouillard. Après la mort de ma sœur, je crois que mes parents se sont éteints eux aussi, d'une certaine façon. S'ils s'étaient aimés autrefois, ce drame a rompu ce qui les liait. Notre maison est devenue lugubre, glacée. J'avais l'impression que non seulement ils ne se supportaient plus, mais qu'ils ne supportaient plus ma vue. Nous partagions les repas dans le silence, puis mon père partait à son club, ma mère s'enfermait dans sa chambre. Tous les soirs, c'était le même rituel. J'ai toujours refusé de mener cette vie. Bien sûr, j'ai vu vivre d'autres familles, différentes de la mienne, mais je me suis toujours demandé ce qui se passait derrière les portes closes. Et puis, j'étais certain que si mes parents ne m'avaient pas assez aimé pour continuer de vivre, qui m'aimerait? Alors si je t'ai pressée, c'est que je voulais t'entendre dire que tu ne m'aimais pas.

— Mais… je ne te l'ai pas dit.

— Heureusement pour moi, non. Ce que je te demande aujourd'hui, c'est de me laisser une seconde chance. Ce ne sont pas des mots que j'attends, Suzanne. Je crois qu'on peut être heureux ensemble, tout simplement.

— Oh! Tom, murmura-t-elle tandis que des larmes coulaient le long de ses joues, c'est exactement ce que je voulais te dire! Je t'aime, depuis le début. J'avais peur de le reconnaître, c'est tout.

Incapable de prononcer un mot, il caressa sa joue, essuyant ses larmes. Elle l'aimait… Et elle venait de le lui dire!

— Tu m'as tellement manqué, reprit-elle.

— Je me sens vide loin de toi, Suzanne. J'aimerais…

enfin… Veux-tu devenir ma femme ? déclara-t-il après avoir pris une profonde inspiration.

Il réalisa qu'une fois encore, il la pressait, mais c'était plus fort que lui.

— Voilà que je recommence, se reprit-il avec une moue contrite. Nous avons tout le temps pour ça. Je veux juste que tu me laisses une chance.

— Tom ! Je suis pressée, moi ! Si nous ne nous marions pas, comment justifierions-nous auprès des enfants que nous dormons dans le même lit ?

— On trouvera bien un moyen mais… c'est vrai que nous serions enfin libres de nous aimer au grand jour…

— Où habiterions-nous ? demanda-t-elle, le regard pétillant de désir.

— C'est plus grand chez moi mais… beaucoup plus vivant chez toi !

— Et puis, tu pourrais t'occuper des mauvaises herbes.

— Je crains d'avoir d'autres choses en tête quand j'aurai goûté au plaisir d'être entre tes bras, assura-t-il.

— Comme quoi, par exemple ? demanda-t-elle, un sourire ravageur sur les lèvres.

Il lui murmura quelques mots au creux de l'oreille tandis qu'elle passait les bras autour de ses épaules. Pour la première fois, c'est elle qui l'embrassa, et avec une passion qui le laissa tremblant de désir.

— Tu crois qu'on devrait prévenir tout de suite les enfants ?

— Pour tout te dire, il me semble avoir entendu une petite espionne étouffer un soupir de satisfaction tout à l'heure, dans le couloir. Je crois que nous tenons là un secret de polichinelle.

— Dans ce cas, ils attendront, déclara Tom en l'attirant à lui.

PRÉLUD'

Le 1er Janvier

Prélud' n°121

Nuit de neige - Kay Stockham

En route pour l'Indiana, Darcy tombe en panne en pleine tempête de neige. Coincée dans sa voiture glaciale, la jeune femme craint le pire car elle est enceinte. Et alors qu'elle se voit déjà accoucher seule et loin de tout, un séduisant inconnu, comme surgi de nulle part, lui porte secours...

Prélud' n°122

Un gage d'amour - Nadia Nichols

Pour retrouver la trace de son père, et son héritage, Libby ne possède qu'un gage d'amour : l'anneau que son père a donné à sa mère avant de mourir. C'est ce même anneau qu'elle montre à Carson Dodge, lorsqu'elle loue ses services pour l'aider dans ses recherches — Carson, un homme très attirant mais qui se montre aussitôt hostile et méprisant...

Prélud' n°123

Le bonheur en partage - Brenda Novak

Riche, célèbre, et célibataire, Tyson n'est nullement préparé à devenir père. Il se retrouve pourtant brusquement en charge d'un bébé, sans l'avoir voulu. Très vite débordé, il ne voit qu'une solution : faire appel à une baby-sitter à temps plein — Dakota Brown, une jeune femme très différente de celles qu'il a l'habitude de fréquenter...

Prélud' n°124

Un secret à te dire - Carrie Alexander

Depuis le drame intime qui a marqué sa jeunesse, Rose se tient à l'écart des hommes. Mais lorsque Evan tombe amoureux d'elle, et qu'elle noue de charmantes relations avec sa fillette, Lucy, elle sent enfin son cœur battre de nouveau. Pourtant, comment oser se libérer du terrible secret qui la hante et l'empêche de s'abandonner tout à fait ?...

Prélud' n°125

L'inconnu de la Villa Bellagio - Leanne Banks

En mission professionnelle à Key West, Amelia rencontre Jack, et croit vivre une grande passion avec lui. Jusqu'au jour où elle découvre qu'il est peut-être en train de se servir d'elle pour approcher la grande Lillian Bellagio, pour qui elle travaille...

BestSellers

A paraître le 1er janvier

Best-Sellers n°359 • thriller

La maison du passé - Amanda Stevens

Sarah DeLaune se remet d'un divorce douloureux lorsque son ex mari, l'inspecteur Sean Kelton, fait appel à ses connaissances de l'occultisme pour résoudre un crime rituel. La scène du meurtre lui rappelle confusément l'assassinat de sa sœur, épisode douloureux qu'elle a enfoui au plus profond d'elle-même depuis l'enfance. Pourtant, elle doit faire remonter les souvenirs à la surface, faute de quoi elle pourrait être la prochaine sur la liste du meurtrier…

Best-Sellers n°360 • suspense

Cette nuit-là - Sharon Sala

Jade Cochrane, arrachée à l'affection de son père dès sa petite enfance, a été élevée au sein d'une communauté hippie où elle a été livrée à la perversion de pédophiles. De retour au foyer, la jeune femme tente de tourner enfin la page. Mais elle en sait beaucoup trop au goût d'un de ses bourreaux…Commence alors une traque sans merci, car le tueur professionnel à ses trousses doit faire disparaître toute trace vivante des errances passées de son employeur.

Best-Sellers n°361 • thriller

La cinquième victime - M.J. Rose

Alors qu'un hiver glacial s'abat sur Manhattan, des meurtres particulièrement pervers sont commis sur des jeunes femmes adeptes de mises en scène sulfureuses sur Internet. Des meurtres à l'évidence imaginés par un cerveau fou, puisque les victimes meurent en direct, mystérieusement empoisonnées… Chargé de l'enquête, l'inspecteur Noah Jordain remonte une piste qui le conduit jusqu'au cabinet du Dr Morgan Snow, dont un patient – l'un des hommes les plus influents des Etats-Unis –, est suspect n°1…

BestSellers

Best-Sellers n°362 • roman

L'enfant sans mémoire - Charles Davis

Le jeune Charlie, 11 ans, passe une enfance heureuse à Sunnyside, petit village des Appalaches… jusqu'au jour où son père est assassiné.
Charlie a entendu le coup de feu, il a vu son père étendu sur le sol de la cuisine, inanimé, mais est incapable de se souvenir de ce qu'il s'est passé. Doit-il croire les rumeurs qui accusent sa mère du meurtre ? Doit-il, avec cette dernière, soutenir la thèse de l'accident ?
Tandis que le village aimé devient menaçant, et que le monde bienveillant des adultes vacille, Charlie tente de reconstituer la vérité sur le drame qui a fait basculer sa vie. Une quête qui l'amènera à percer les secrets et les mensonges de ceux qui l'entourent, ainsi qu'à découvrir sa véritable identité.

Best-Sellers n°363 • roman

Le chemin de l'espoir - Emilie Richards

Vous retrouverez également ce mois-ci le dernier roman d'Emilie Richards qui se déroule, comme les autres livres de la série à laquelle il est relié, (*Un été en Virginie, L'écho du passé, La vallée des secrets*), dans la splendide vallée de Shenandoah, en Virginie. Un roman empreint d'émotion, où Eric Fortman, célèbre et charismatique journaliste, revient à Shenandoah pour y passer sa convalescence après un reportage où il a risqué sa vie. Là, il retrouve Gayle, son ex femme, et ses fils. Gayle lui propose de s'installer à *Daughters of the Stars*, l'auberge qu'elle dirige, pour tout un été…

BestSellers

Best-Sellers n°364 • historique

Lady Flibuste - Brenda Joyce

Jamaïque et Londres, 1820

Fille d'un pirate et d'une lady, Amanda Carre n'a jamais connu sa mère. Dès sa naissance, son père l'a embarquée sur son bateau, et, dès lors, Amanda n'a eu d'autre horizon que celui de l'océan. Sauvage et passionnée, elle n'a peur de rien – jusqu'au jour où le destin la foudroie : son père a été arrêté et va être pendu ! Bouleversée, Amanda fait irruption, pistolet au poing, chez le gouverneur de Jamaïque au moment où le capitaine Cliff de Warenne se trouve dans le bureau de ce dernier. Devant Warenne stupéfait, Amanda menace le gouverneur de mort, puis, se ravisant, promet de se donner à lui s'il gracie son père…

Best-Sellers n°365 • suspense

Double trahison - Diana Palmer

La criminologue Josie Langley a toujours éveillé un instinct de protection quasi passionnel chez le sergent Marc Brannon, des Texas Ranger. Pourtant, le hasard a voulu qu'ils témoignent à deux reprises au tribunal dans des camps opposés… Deux ans plus tard, la jeune femme doit collaborer avec Marc Branonn, qui travaille désormais au FBI. Conscients de l'ampleur prise par l'affaire – la mafia locale et un ennemi dangereux, encore non identifié, sèment la mort impunément – ils ne peuvent pas laisser leurs contentieux personnels empiéter sur l'enquête. Même si le passé reste difficile à oublier…

ABONNEMENT...ABONNEMENT...ABONNEMENT...

Oui, je désire profiter de votre offre exceptionnelle. J'ai bien noté que je recevrai d'abord gratuitement un colis de 2 romans* ainsi que 2 cadeaux. Ensuite, je recevrai un colis payant de romans inédits régulièrement.

Je choisis la collection que je souhaite recevoir :

(❑ cochez la case de votre choix)

- ❑ **AZUR** : Z7ZF56
- ❑ **BLANCHE** : B7ZF53
- ❑ **LES HISTORIQUES** : H7ZF53
- ❑ **AUDACE** : U7ZF52
- ❑ **HORIZON** : O7ZF54
- ❑ **BEST-SELLERS** : E7ZF53
- ❑ **MIRA** : M7ZF52
- ❑ **JADE** : J7ZF52
- ❑ **PRELUD'** : A7ZF54
- ❑ **PASSIONS** : R7ZF53
- ❑ **BLACK ROSE** : I7ZF53

*sauf pour les collections Jade et Mira = 1 livre gratuit.

Renvoyez ce bon à : Service Lectrices HARLEQUIN
BP 20008 - 59718 LILLE CEDEX 9.

N° d'abonnée Harlequin (si vous en avez un) ⎣_⎦⎣_⎦⎣_⎦⎣_⎦⎣_⎦⎣_⎦⎣_⎦⎣_⎦

Mme ❑ Mlle ❑ NOM ____________________

Prénom ____________________

Adresse ____________________

Code Postal ⎣_⎦⎣_⎦⎣_⎦⎣_⎦⎣_⎦ Ville ____________________

Le Service Lectrices est à votre écoute au 01.45.82.44.26
du lundi au jeudi de 9h à 17h et le vendredi de 9h à 15h.

Conformément à la loi Informatique et Libertés du 6 janvier 1978, vous disposez d'un droit d'accès et de rectification aux données personnelles vous concernant. Vos réponses sont indispensables pour mieux vous servir. Par notre intermédiaire, vous pouvez être amené à recevoir des propositions d'autres entreprises. Si vous ne le souhaitez pas, il vous suffit de nous écrire en nous indiquant vos nom, prénom, adresse et si possible votre référence client. Vous recevrez votre commande environ 20 jours après réception de ce bon. Date limite : 31 décembre 2007.

Offre réservée à la France métropolitaine, soumise à acceptation et limitée à 2 collections par foyer.

Composé et édité par les
éditions Harlequin
Achevé d'imprimer en novembre 2008

par

LIBERDÚPLEX

Dépôt légal : décembre 2008
N° d'éditeur : 13932

Imprimé en Espagne